凯风自南

我的『三亲』家庭协奏曲

李培 著

百花洲文艺出版社
BAIHUAZHOU LITERATURE AND ART PRESS

图书在版编目（CIP）数据

凯风自南 / 李培著. -- 南昌：百花洲文艺出版社，
2021.8
ISBN 978-7-5500-4364-0

Ⅰ.①凯… Ⅱ.①李… Ⅲ.①长篇小说－中国－当代
Ⅳ.①I247.5

中国版本图书馆CIP数据核字(2021)第151406号

凯风自南
KAIFENG ZI NAN

李 培 著

出 版 人	章华荣
责任编辑	郝玮刚
封面设计	中尚图
出版发行	百花洲文艺出版社
社 址	南昌市红谷滩区世贸路 898 号博能中心 A 座 20 楼
邮 编	330038
经 销	全国新华书店
印 刷	河北盛世彩捷印刷有限公司
开 本	880mm×1230mm　1/32　　印张　9
版 次	2021 年 8 月第 1 版第 1 次印刷
字 数	192 千字
书 号	ISBN 978-7-5500-4364-0
定 价	49.00 元

赣版权登字 05-2021-291

网址　http://www.bhzwy.com
图书若有印装错误，影响阅读，可向承印厂联系调换。

献给我的爷爷奶奶

献给老妈

目录

凯风自南

我的"三亲"家庭协奏曲

我爸去世后不久，供暖季进入尾声。

北京早春的风抬起袖口，像邋遢大王抹鼻涕似的捋着白颐路^①边高高低低的屋檐，将那些倒吊的冰凌冰锥，一股脑儿扫了个精光。只是刮到人脸上，依旧会沙沙的疼，尤其刚哭过以后，小脸蛋儿立马就被吹成两个通红的灶眼儿。我妈回昌平家属院歇了几天，又去厂里办了病退手续，然后提着个干瘪的尼龙布包搬来爷爷奶奶家，挤进我那九平方米的小宇宙，自此公转自转，成为这个"三亲"家

---

① 白颐路，位于北京市海淀区，白石桥路、海淀路、颐和园路的统称，于1997年改造为现中关村大街。

庭中的正式一员。另两位成员自然就是我爷爷和我奶奶了。

我爷爷当时刚离休不久，每天依然精力充沛，不是上颐和园遛早，就是去紫竹院唱歌。半张脸大的韭菜盒子，一顿饭至少能吃五六个，最后还得再来两碗棒子面粥，北京话管那叫"溜溜缝儿"。某天，他忽然心血来潮，在马路边剃了个大光头，回家把我们都吓了一跳，俨然变成《神雕侠侣》中宽厚仁慈的一灯大师。

要说我爷爷是一灯，那我奶奶就是体重加倍的灭绝师太。对不起，我知道我串戏了。我奶奶这人长得有个特点，腮帮子老是气鼓鼓的，不管什么场合总觉得她好像在跟谁生气。也是凭着这股子气性，退休后又成了小脚侦缉队^①里的大脚总管，每天到七区居委会主持日常工作，为四化建设保驾护航。

老两口当时面临的唯一难题大概就是我的学业了。再过半年，我就要升入六年级了，功课难度如同当时北京市民的申奥热情，直线飙升。尽管我的学习成绩一向不赖，可人家重点中学也不是福威镖局，岂能任你说进就进？二老苦于能力所限，水牛抓跳蚤，有劲使不上，于是和我小姑商量一番，决定拉我妈过来救火。

那时候，我妈身体尚好，有点小病小灾她自己从来不当回事。偶尔，心跳蹿到每分钟一百二，脸色煞白，手脚齐刷刷冻成四块冰坨，可也就是含几粒速效救心丸，躺在床上做一番深呼吸，起来继续忙活自己的事。有时，半夜胆结石犯了，疼得身体扭曲，接近孔

---

① 小脚侦缉队，1990 年中央电视台元旦晚会上的小品台词，特指那个年代由退休老年妇女组成的社区居委会。

雀舞造型。我醒了问她："怎么了？哪儿不舒服啊？"她照样中气十足地回我："没事儿，睡你的觉。"我就翻个身继续睡了。

不是不关心她，但是我说不出口。从小到大，我都说不出关心别人的话。这是受谁的影响呢？我也搞不清。反正对于十一岁的我来说，帮助家人驱逐病魔的最好方法就是赶紧闭眼入睡，因为每次清晨醒来，我妈都会重新变得生龙活虎。

就这样，四个人，三居室，柴米油盐，锅碗瓢盆，日子像拧不紧的水龙头，滴滴答答地往前流淌。然而，这样的平静仅持续了一个星期。有天夜里，我忽然发现我妈又添了个新毛病。这病白天没事，晚上才发作，而且比胆结石严重，比心脏病更吓人——

她竟然开始梦游了！

我小时候睡觉挺死的，一般来说，"大珠小珠落玉盘"的音量是吵不醒我的。可偏偏那段时间，楼上新搬来一个大姐姐，每晚十点准时开始练钢琴，焚膏继晷，天天不落。琴声一起，别说"大珠小珠"，恨不得连"玉盘"都给砸了，自然就把我惊醒了。

小屋里刚停暖气，窗外还刮着呜呜的夜风。三月中旬的北京城，春天刚一露头就夭折了。我捂着自己冰凉的鼻尖，哆哆嗦嗦地跳下床，准备去"嘘嘘"一下。扭头发现对角的单人床上，被子偎着枕头一团萧瑟。

咦？我妈呢？

我们家三间房，由一条细长的过道连缀在一起。最大的那间靠东，是一灯和老师太的寝宫。最小的这间居中，我和我妈住。门外则是厨房和厕所深情对望。最西边还有一间中不溜大小的房间，算是"多功能室"，放着电视，支着餐桌，摆着沙发，倚着落地灯，立着高低柜，摞着两个红木大箱子，还挤着一台老式唱片机。高低柜好比东岳，沙发就是西岳，落地灯是南岳，唱片机就是北岳，至于那两个红木箱子，无论摆在哪个位置，永远是当之无愧的中岳，中岳嵩山嘛，五岳剑派之首。箱子里放着我奶奶的各种宝贝物件，没多金贵，却地位尊崇，谁也不敢轻易去碰。这间房既是饭厅，又是客厅，又是储物室，又是会议室，还是放映室和音乐厅，一专多能，自由切换。

我妈此时正背对着我，像一尊逼真的蜡像凝立于那台老唱机前若有所思。忽然，这个蜡像动了起来，抬起两只手做出一个挪动老唱机的动作。虚空中，那台老唱机仿佛真的就被她挪走了，冒着仙气，飘浮到一个虚幻的格子里去了。然后，我妈又像指挥交通似的指了指红木箱子，又指指高低柜，红木箱子和高低柜便也听话地缓缓升至半空。这边这边，那边那边，哎呀不对，往后往后，也不对，再往前来一点。老唱机、红木箱子、高低柜在那个虚浮的黑漆漆的十字路口，像三辆愣头愣脑的大货车，疲于奔命，往来辗转，还个个带着酒驾嫌疑，一不留神就会发生碰撞剐蹭。我妈有点不满意了，嘴里"啧"了一声，于是悬在空中的幻影复归其位，仿佛如来佛祖五根胖胖的手指，刚刚被奋力掰开一点缝隙，紧接着又牢牢并拢在一起。我妈摇了摇头，不知道是对自己，还是对眼前这些不给力的"群演"。窗外幽暗，小风汩汩地流，把月光洗刷得异常清冷，半拉的窗帘像一块皱巴巴的幕布。我妈单薄的背影就在这幕布下晃来晃去，好似正在排练一部晦涩艰深的单人哑剧，气氛神秘而诡异。

我站在房门外，揉揉惺忪的睡眼，确定自己不是做梦，便小声叫她："妈妈，您干吗呢？"

我妈没理我，连头都没回，嘴里又"喷"了一声，好像陷进了更深的泥潭。楼上的钢琴忽然换了曲目，"当当当当""咣咣咣咣"完全是砸锅卖铁的感觉，听起来怪瘆人的。

我畏缩着又叫了一声："妈妈？"

我妈还是没回头。琴声继续在头顶肆虐，"当当当当""咣咣咣咣"。

突然，我妈像是要钻防空洞似的，矮身跪在地上，还把手伸到老唱机下面，摸摸这儿，又抠抠那儿，最后干脆一头探下去，歪着脑袋，扫视起那片狭小黑暗的区域，也不知道在发掘什么。钢琴声从"砸锅卖铁"转为急迫的"大水漫灌"，好像一群野猪奔跑在泥巴地里，啪叽啪叽的。我猛然想起课外书里讲的，有关主人公梦游的段落。大意是说，遇到梦游的人，千万不要和他对话，更不要轻易叫醒他，不然会损伤到对方的脑神经，严重者甚至会变成痴呆弱智，连自己爹妈儿女都不认识了。想到此处，我心里也跟碰翻了一摞"玉盘"似的，赶紧往后退了一步，生怕一不留神害了我妈，厕所也忘了去，直接跑回屋钻进了被窝。

窗边的暖气管上挂着个色彩缤纷的小泥人儿，是个奋起千钧棒的齐天大圣。那是前两年春节小姑在地坛庙会上给我买的，如今虽然早已风干了身段，但神态依旧栩栩如生。黑暗中，一对火眼金睛居高临下地瞪着我，鬼魅飘忽，蠢蠢欲动，仿佛马上就要去大闹天宫了。我赶紧闭上眼，脑子里"刷刷刷"蹦出来的全是电影里的梦游场景：《虎口脱险》里的奥古斯托，《神探亨特》里的精神分裂杀人犯，《寻找魔鬼》里弄丢藏宝图的鲁大刀……想着想着，杂乱无章的琴声、风声，都渐渐变得缥缈迷离。快要睡着时，我迷迷糊糊感觉我妈回到了床上，脸朝着墙，没一会儿就打起了小呼噜。

第二天轮到我值日，我妈还没睡醒，我就早早出门了。在学校门口排队买煎饼时，碰上了和我同组的女生兰天，我就把昨晚的梦游奇遇记给她讲了一遍。

兰天瞪大眼睛问："真的假的？"

"骗你干吗？都快吓死我了，快帮我想想办法。"

"你妈妈是不是发现什么宝藏了？"

"开什么国际玩笑，我奶奶家能有宝藏？你瞧瞧我爷爷袜子上那些窟窿，都快成北斗七星了。"

"扑哧！"兰天笑起来像个洋娃娃似的，接过师傅递来的煎饼，说："等我中午回家问问我爸，我爸懂这个。"

太好了！兰天他爸是化学所的研究员，每次开家长会都拿个笔记本认认真真地做记录，一副很博学、很严谨的样子。

下午第一节课前，兰天果然跑来向我汇报："我爸说了，叫醒梦游的人并不会变成痴呆，没有科学依据。当然了，最好的办法是把他们领回床上继续睡觉，不然的话，万一开窗户从楼上跳下去，或者无意中打开了煤气，那你家可就危险了。哦对了，我爸还说，有的梦游病人可能会用凶器自残，这你也要多加小心。"

我的妈呀，太严重了吧！听她这么一说，我更慌了，恨不得立马骑着班里的扫把飞回家，下午的课都听不进去了。班主任在语文课上讲解"绝伦"这个词的含义和用法，还给大家举例造句："安徒生先生的童话故事写得精彩绝伦。好，下面谁用'荒谬绝伦'来造个句子？"

　　马老师扫视一周，见我正坐在窗边走神，就指着我说："李炀，你来。"

　　我根本没走脑子，不就是"绝伦"嘛，马老师用安徒生举例，我就用契诃夫呗："契诃夫先生的每一篇大作几乎都荒谬绝伦。"

　　哈哈哈哈——全班都笑喷了。

　　晚上放学回家，趁我爷爷没留神，抄起他的大茶缸子咕嘟咕嘟，我先来了一通牛饮。我先提提神，这样夜里才能保持十二分的清醒，救全家人于水火。

　　十点一刻左右，楼上钢琴一声晴天霹雳，我从床上猛地惊醒过来。哎呀，怎么还是睡着了？屋里依旧阴冷阴冷的，跟个小冰窖似的。我翻身一看，坏了，我妈又不见了。这下子我觉得更冷了，穿着秋衣秋裤跳下床，飞奔到"客厅"去救人。

　　兰天他爸说得果然没错，我妈今晚还真拿着什么"凶器"，貌似马上就要开始自残了。只见她站在窗前的暖气旁，左手一带，右手一抽，"刷"的一下，白光闪动。哇！不得了啦，要出人命啦！此时，头顶的钢琴声如垃圾车卸货般"噼里啪啦""稀里哗啦"。我救人心切，一个箭步冲上去，伸手拉住我妈的手，正巧我妈也侧过身来，黑暗中四目相交，手掌碰在一处，仿佛令狐冲使出了吸星大法，两个人都吓得激灵一下子。

"哎哟！"

"妈呀！"

我妈一看是我，眉头皱起来："你大半夜不睡觉干吗呢？"手里的"凶器""唰"的一下收了回去。这时我才看清楚，原来是个盒尺。

我也埋怨她："您大半夜不睡觉干吗呢？"

我妈一脸迷茫，仿佛受了我奶奶耳背的传染，什么都听不见了，随后便从耳朵里抠出两大团棉花来。

啊这……嘻，难怪她昨天晚上不理我呢！

"楼上这家真不像话，大半夜的撒癔症，明天我非上去找他们家不可。"我妈说完就轰我，"去去去，回去睡觉去，着凉了你就老实了。"

正说着，卫生间的门"咔哒"一响，我爷爷穿着件大浴袍出来了，站在"客厅"门口，笑呵呵地看着我俩，像一尊刚刚抛光打蜡的弥勒佛："还没睡呢？"

"睡什么呀，您听听楼上这动静……"我妈推我一把，让我赶紧回屋，"您泡完澡了？轻快多了吧？"

我爷爷满面红光，额头上还挂着一层小汗珠，拍了我肩膀一巴掌道："你冷不冷啊，快回被窝里去。"又回应我妈，"你还别说，这刘大夫的建议啊，还真是简单易行又有效果。"

　　　　　　　凯风自南　我的"三亲"家庭协奏曲

我妈笑着说："就是有点费水哈。我听我妈气哼哼的，都抱怨好几天水费的事了。"

我爷爷轻声说："甭管她，她懂什么。起码我这每天泡一泡热水澡，腰椎间盘也松快了，老寒腿也不那么疼了，比贴膏药、扎针灸的效果都好，不然真去医院里做理疗，那不是更费钱？"

"对啊！其实每天泡个澡好处特别多，对睡眠也有帮助。"我回到屋里重新躺下，听我妈在外面继续说，"爸，我想跟您商量个事。"

"嗯，你说。"

"我想把占丰那两个书架给运过来。"

"哦，你是说去年买的那两个天坛牌的书架吧？"

"对，省吃俭用的，买了那么两个大家伙。"

"你妈可没少在背后唠叨他，嫌他瞎花钱。"

"所以说嘛，挺贵的东西现在就这么放在那边吃土，您说多浪费啊！我这两天就琢磨着干脆连占丰的那些藏书都一起给拉过来得了，炀炀这孩子随他爸，书虫子似的，每天写完作业就到处找书看。"

"看书是好事，可就怕他总看那些武侠小说，别再影响了学习。"

"这您放心，武侠小说平时不让他看，寒暑假才能看。我看这孩子学习也不费力，前两天摸底测验又考了个全班第二，每天晚上七点半不到作业就全写完了，闲着没事，不如多让他看看经典名著，总比老看电视剧强吧？"

"那倒是。"

"就是咱家这些家具吧，还得倒腾倒腾，要不真没地方放……"

我爷爷倒吸一口凉气，嗽了嗽嗓子。

我妈接茬儿说："尤其这个房间和那边过道，太浪费空间了。这两天晚上我睡不着，就重新设计了一下，要是能把……"

我爷爷忽然打断我妈："不过话说回来，炀炀这眼看就六年级了，也没时间老看那些闲书。倒不如等他上了中学，再把那些书和书架一块儿弄过来也不迟。"

我妈明显不想放弃："是这样，我正好有点其他东西想让厂里车队的鞠师傅给拉过来。他说那辆小轻卡后面空间挺大，反正都得跑一趟，想拉什么索性一股脑都拉过来得了。要不然三天两头的我老得回去拿书。这孩子一会儿要看三国，一会儿又想看福尔摩斯，您看看他那小书桌上，都快堆不下了。"

"老这么傻看也不行啊，视力还要不要了？"我爷爷又咳了一下嗓子，"实在不成，我那屋还有个破书架，你们先搬过来用着。"

"您那个小书架……上面塞得满满当当的，哪儿还有地方啊……"

"拾掇拾掇还是能用的嘛！他一个小孩子没那么多讲究。"我爷爷的拖鞋在地上蹭了两下，有种临阵脱逃的意味，"要不这样，明天，明天再跟你妈商量商量，好吧？毕竟不是什么花盆板凳，挺大的东西也不是那么好安排……今天这都十点多了，你看，你妈也睡了，明天晚上等你回来，咱们再征求征求她的意见，好不好？今天就先早点睡吧！"

我妈好像还想说点什么，我爷爷却落荒而逃了，声音一溜烟地飘散在过道里："早点睡，早点睡，明天再说。"

　　　　　　　凯风自南　我的"三亲"家庭协奏曲

知道戊戌变法为什么以失败告终吗？因为光绪皇帝身后还有个垂帘听政、权倾朝野的老佛爷。知道唐中宗李显和唐睿宗李旦吧，贵为天子的他们却为何人生起起伏伏、身不由己？因为他们的命运始终掌握在不可一世的老娘武则天手里。我爷爷为什么一到关键时刻就临阵脱逃、噤若寒蝉呢？当然是因为……不过，这也得怨我妈，初来乍到找错了突破口，不明敌我，疏忽大意，求胜心切，轻敌冒进，自然犯了兵家大忌。您说，能有好果子吃吗？

　　第二天晚上，我奶奶一听说要把我爸的书架运过来，立马就急眼了："炀炀才几岁？要那么大书架子干吗？"

　　别看我奶奶听力严重退化，那大嗓门可是一点不受影响。此时，窗外又恰好刮起一阵凑热闹般的小旋风，从我家不太严密的窗户缝嗖嗖往里灌，碰上我奶奶那高分贝嗓音，简直就像火柴的炽焰，擦燃了一千响浏阳钢鞭，我坐在小屋里都闻到了从"客厅"传来的浓烈硝烟味。

　　我妈一开始表现得毫不示弱，一是怕我奶奶的助听器不好使，二是情绪也有点激动，不由得跟着放大了音量："以后上了中学大学需要看很多书的，现在这点书只是九牛一毛。"

　　我奶奶不为所动，捏了捏挂在胸前经常接触不良的助听器，咳两声试试音，见招拆招道："看那么多书有什么用啊，看完就扔了呗！"

　　"您真逗，书能随便扔吗？知识就是财富，温故才能知新。"

　　我奶奶怎么可能听得懂这些？只管摆动她的如来神掌："不行不行，你看这屋子里挤的，哪儿还有地方放书架？还两个！"

我妈让自己的情绪稍事平复，理了理思路，道："您别看那俩书架子挺高的，可是纵深特别窄，并排放在咱家过道里就行，出来进去的影响也不大，只要别往里推摩托车就成。"

"过道？这过道里还有冰箱、洗衣机呢，你把它放哪儿？"

其实过道里不只有冰箱、洗衣机，还摞着两个大塑料桶，贴墙根儿立着一张边角可以收拢的新折叠桌。当然，这些都比较好安排，最重要的还是那两个大件儿。

"洗衣机可以放我屋里，我那个床头柜不要了，就把洗衣机摆在我床头。这洗衣机比床头柜宽八公分，门可能开起来有点费劲，但也能打开一多半，平时开门小心一点肯定磕不坏，还能当个床头柜用。周末洗衣服的时候再给它推出来就行了。"

"那你的床头柜呢？挺好的东西总不能扔了吧？"

"把我的床头柜放在厨房。水池子旁边不是有个米缸吗？把那个米缸摞在床头柜上面，下面柜子里还能放些盘子碗筷什么的。"

我奶奶刚想接话，又让我妈堵回去了："冰箱——可以放在看电视那屋，把下面带轱辘的唱片机推到我爸床头去。我爸喜欢听京剧，经常听着听着就在沙发上睡着了，好几次都着凉感冒了，这要是躺在自己床上听，那是什么劲头啊，困了直接盖上被子就睡了。"

"我嫌它吵。"

我妈气乐了："您晚上把助听器一摘，什么都听不见了。"

"不行，那我看着它也闹心。再说了，你爸床头还有个缝纫机呢！"

"我看那缝纫机您平时也不用，可以放到阳台上去。"

"你怎么知道我平时不用？我拿它当另一侧的床头柜用。"我奶奶顿了一下，"再说了，阳台哪儿还有地方啊？"

"阳台不是有个没用的三屉桌吗……"

"那也不能给扔了呀！"

"我没说扔您的东西啊！那三屉桌下面不是空着一块儿地方吗？"

"那下面能塞缝纫机？缝纫机高出一块儿，要是能塞下我早就放那儿了。"

"您换个思路，把那桌子翻过来，桌面朝下放，缝纫机架在上面不就行了？反正都是用不着的东西，蒙上一块塑料布，楼下过人也看不出来，不会影响到您阳台的整洁美观。再说了，谁没事从楼底下经过还抬起头检阅您的破阳台啊！"我妈显然对自己的策划很满意，说完长出了一口气。

"翻过来放？那不把阳台的地漏给堵住了？"我奶奶忽然射出一支冷箭。

"……"我妈猝不及防，正中面门。

我奶奶"穷寇"猛追："上次大雨溻进来，差点把阳台给淹了，那脏水都流到我屋里去了，你这可倒好，还想把地漏给堵上，再下暴雨怎么办？"

窗外的风声越来越汹涌，我家这一排窗框都跟着颤抖起来。

我妈张了张嘴，舌头却失灵了，僵住了，一个字也蹦不出来了，这感觉可能比吃了只苍蝇还难受。天呐，百密一疏啊，漏网之鱼啊，净琢磨怎么倒腾那些破家具了，怎么把地漏这事给忘了？这下可崴泥了①，缝纫机动不了窝儿了。于是，唱片机也别想战略转移了。唱片机转移不了，冰箱也没办法腾笼换鸟了。光让洗衣机当开路先锋顶什么用？粮草呢？补给呢？援兵呢？孤军深入，有去无回啊！

正在此时，我爷爷打马扬鞭前来支援，蚊子咳嗽似的嘀咕了一句："咱家这阳台早就应该封起来了，人家老顾家封完阳台，这个冬天暖和多了。"

嘿，邪了！我奶奶忽然就耳听八方了，这么小的声音居然都让她照单全收，然后狠狠剜了我爷爷一眼："你说得轻巧，封阳台多少钱呢，你出啊？"

"得得得，当我什么都没说。"温酒斩华雄都没我爷爷这么痛快，真的是一触即溃。

然后我妈也回到小屋，像动画片里那只被蛐蛐斗败的大公鸡，喘着粗气，颜面扫地，用力把盒尺往床上一扔，顺手剥开一块"酸三色"②放进嘴里，发狠地嚼起来，嘎嘣嘎嘣的。我停下写作业的笔，扭头瞧瞧她——嚯，脑门上一团黑中透紫的乌云，怕不是中了岳不群的紫霞神功。我也是很多年后才总结出来的，我妈一生气就喜欢吃东西，而且是咬碎钢牙的那种吃法，人家都是化悲痛为力量，我妈这大概属于化怒火为食欲。这一发狠不打紧，"吭哧"一下咬到了嘴唇，好家伙，扎心的疼，眼角瞬间就沸腾起来了，炉子上的开水似的呼呼往外冒。我妈"哎哟"了一声，伸手去抓挂在暖气旁

---

① 崴泥，北方方言，坏事、有些麻烦的意思。
② 酸三色，20 世纪八九十年代北京地区流行的一种水果糖。

的小毛巾，一眼瞥见窗台上我爸的遗像。我爸戴着金丝眼镜，面容白皙，温文尔雅地注视着她，眼神中波纹不兴，睿智而平和，微抿的嘴角收束起一丝沉郁的阴影，像一弯小船，淡然挥别着世间的一切纷纷扰扰。我妈的眼泪更止不住了，一把拉上窗帘，把我爸隔离出去，窗帘的浪头一不小心，卷翻了堤崖上的泥人儿孙悟空，"啪"的一声掉在地上，摔成两半，仿佛被五行山压断了腰。

　　第二天上学之前，我妈没好气地命令我："给你一个周末的时间，把屋里这些乱七八糟的书都给我整理一遍。你看看你那枕头边上比猪八戒的炕头儿都乱。"

　　我像被迫吃了一口毛鸡蛋似的痛苦地咧着嘴说："您给猪八戒当过保姆啊？"

　　我妈"呸"了一声："你别跟我递葛①，今天心情不好。"

　　我学着电视剧里美国人的样子耸了耸肩膀，不敢再废话了，环顾一周，自己也觉得脸红，确实就像我妈说的，真够乱的，俨然就是一片书籍的战场。"尸横遍野"的各类书册，或正扑于窗台，或仰面于床角，或大头朝下挤在暖气缝儿里，或虎落平阳牺牲在花盆脚下，东一榔头，西一棒子，错落有致，星罗棋布。可惜的是，我妈接受不了这种参差不齐的情趣之美。

　　从上幼儿园大班起，我的所有课余时间几乎都被我爸有意引导

―――――――

① 递葛，北京方言，下属或晚辈对上级或长辈的挑衅、冒犯行为。

着以阅读的方式彻底填满了。我从小人书、连环画起步；到了三年级左右，便能看下来一多半的《呼杨合兵》；四年级试读《笑傲江湖》《神雕侠侣》；五年级中段这个寒假，又啃完了《射雕英雄传》《倚天屠龙记》。不过就像我妈说的，武侠虽好，却不可贪恋，那些只属于假期限定款。开学后的日子可以照常看课外书，但必须是正经书。什么是正经书呢？《雾都孤儿》《汤姆叔叔的小屋》、四大名著、鲁、巴、茅、郭、老、曹……你说我看得懂吗？看得懂，也看不懂。不过看不懂，也照样可以看。我爸说了，书读千遍，其义自见。我爸还说，好读书，不求甚解，但是心中有书的人和心中无书的人，气质修养肯定是不一样的。

半年前，我爸转院到奶奶家附近的海淀医院，断断续续折腾了好几个月，我妈没少往这边带书，一方面给我爸精神好的时候解解闷儿，一方面也给夜里陪床的三舅、老舅、姨父和姑父当作消遣。击鼓传花，看完一圈，这些书就都转到了我手上。我就跟见了金币的巴依老爷似的，一本一本都给带回自己的小屋里，于是书桌上、窗台上、枕头边，甚至是衣柜里，塞得到处都是。我小时候看书还有个毛病，拿起一本书随便翻到哪一页都能一口气看下去，有时候从三十二页看到七十七页，有时候又从三百多页往回看，一路倒车到二百多页，有时候才看了一半就扔一边了，还有时候直接看完结局那几页就不看了。这大概就叫作不求甚解吧，所以换书看的频率也特别快，动不动就让我妈给我带新书回来。我妈在看书这件事上也算无条件地支持我了，隔三岔五地回一趟昌平的宿舍楼，一次挑选五六本适合我的书带回来，别看数量不多，分量可不轻，尤其挤在回城的公交车里，又冷又累，手指头勒得发紫，左手勒疼了换右手，右手拎累了就找个扶手一挂。有一回下车差点忘了拿，一只脚踩到了地面上，另一只脚却接收到脑电波的信号，想起车上价值不菲的"黄金屋"，赶紧调头转向，正好车门"啪"地关上，脚腕子夹了个正着。回家后，我妈撩起裤管，指着水蜜桃似的脚脖子对我说："今天我可算明白了，什么叫知识就是力量。你看看，这力量多足！"

星期天一大早，我迷迷糊糊一睁眼，就觉得鼻子眼儿奇痒，连打了两个大喷嚏，这才发现我妈拿着个鸡毛笔，正坐在床边嘻嘻坏笑。

"起床啦！起床啦！"

"您干吗呀，真烦人！"我拉过被子蒙住脑袋，"再让我睡一会儿。"

"别睡了，早点儿起来，待会儿跟我去跳蚤市场。"

"去跳蚤市场干吗？"我露出两只眼睛问，"您不是让我整理书吗？"

"先把你爷爷和你小姑的书卖了，再整理你的书。你爷爷说了，把他那个书架腾出来，先让你用着。"

我爷爷屋里的那个小书架看起来有点像断了腿的孔乙己，倚在门后黑不溜秋的旮旯里委曲求全。要说我爸的书架是武二郎，那我爷爷的书架就是标准的武大郎。"武二郎"不仅高大英俊，"本事"也多，武侠、文艺、童话、侦探、史籍、哲学，中西合璧，面面俱到。"武大郎"则是一副叫花子形象，吃不饱穿不暖，肚子里的干货自然也少，揭开那破篮子一看，全是没营养的破炊饼：

最上面一层堆放着我奶奶的各类心肝宝贝：腌咸菜的罐子、盛钉子的瓶子、灰尘包浆的鞋盒子，还有快过期的蜂蜜、麦乳精，脏兮兮的笔筒、烟缸，再加上锈迹斑斑的工具箱，个个蓬头垢面，像个难民营。底下三层挂个破布帘子，马、恩、列、斯、"红宝书"，独占三分之一；然后就是我小姑上学时留下来的各种教材、电影杂志、东西南北中的菜谱；我姑父前些年订阅的摄影期刊、封面血淋淋的凶杀小说，以及"黄土高坡"系列录音带；最下面一层，则是成套的小人书连环画，《杨家将》《西游记》《丁丁历险记》《聪明的一休》……

我和我妈收拾了一上午，光抖落那些浮土就快崩溃了，简直是越收拾越乱。后来，她给我戴了一副棉口罩，又找来一个大编织袋。没多一会儿，我们就把袋子塞得满满当当的。这时候，我爷爷也跑过来凑热闹，什么破花瓶啊、烟灰缸啊、泡了水的扇子啊，稀里呼噜地全给扔了进来，笑眯眯地对我说："这些没用的东西，你都给它卖了，卖多少钱归你，好不好？"

正说着，我奶奶忽然从后面冒了出来，抄起花瓶和烟灰缸当宝贝似的又给收了起来，顺手撂下几支钢笔、一沓空白的记事本。这下我爷爷可不干了，满怀焚书坑儒的悲愤说："文化用品哪能随便扔？"

我奶奶翻个白眼说："这些破玩意儿留着干吗用啊？"

午饭简单吃了两碗炸酱面，我和我妈就推着自行车去了中关村大操场。天气预报说下午有四五级阵风，我们扛着书下到一层，就知道气象部门又看走眼了。那两扇木板做的楼门噼噼啪啪响个不停，开了又关上，关上又开开，好似这大楼扮作了戏曲中的妖娆花旦，将手边一对水袖舞得痴迷癫狂。我妈嘀咕了一句"这风力少说也有六七级了"。

春天是风最得意的季节，挽着老婆，领着孩子，老婆叫沙，孩子名土，一家三口追着幸福跑一圈，北京城就灰头土脸没法看了。我妈在前面推着那辆二四女车，我扶着车后架上的编织袋，一路走得依里歪斜的，仿佛被困在一个巨型的小米粥锅里，每一步都黏滞不爽。不过跳蚤市场却一点不受影响，和每个周末一样，大操场门口早已水泄不通，自行车、三轮车、手推车密密麻麻摆了一片。场地里更是满坑满谷、人来人往，别说球场中央，就连碎石遍布的跑道上都已经铺满了各式货摊儿。

我和我妈在球门后面的沙坑附近挤出一块空地，铺上塑料布，把各类书报、杂志、老物件一一摊开，分门别类摆好。轻薄的书上再压块砖头，以防被风吹走。然后，我妈支开马扎，我就近找了个大树墩子，坐等顾客上门。闲来无事，我拿起一个破角的老笔筒端详起来，笔筒下方的落款写着：民国三年。

我问我妈："这是真的吗？"

我妈整理着头上的纱巾说："谁知道真的假的，还破了个角，更不值钱了。"

我却觉得这笔筒很精致，圆滑细腻的陶瓷上立一棵老松，挂一轮满月，旁边还题着一句诗：明月松间照。我感到莫名的有些相见恨晚，心想，干脆拿回家放毛笔用吧！这时走过来一个秃顶老大爷，一眼就看中了这个笔筒,从我手里接过去,掏出个放大镜,绷着眼珠看了半天,好像要从沙漠里翻出二斤海带,又在手里掂了掂分量,问我妈:"多少钱?"

我妈伸出五根手指:"给五块钱吧!"

"你这都磕了边了,没人要了,"老大爷从怀里摸出几张零钱,数了数,"正好四块钱,我拿走了。"

我看了我妈一眼,恳切地说:"妈,这个笔筒咱别卖了,拿回去给我放毛笔用吧!"

我妈一吸溜嘴角:"那你不早说。"又对那个老大爷说,"真不好意思,我儿子又不想卖了,要不,您再挑挑别的吧!"

老大爷斜睨了我一眼,说:"算了,五块就五块吧,我也不跟你砍价了。"

我有点着急了:"您再看看别的吧!我真的不想卖了。"说完,伸手去接那个笔筒。

我妈苦笑一下:"您看,没办法,这是我儿子的东西,他不想卖了。"

老大爷往后退了一步,赵子龙抱阿斗似的搂紧那个笔筒,直接又掏出一张两块的,递了过来:"六块,可以了吧,都破成这样了,差不多得了。"

我妈赶紧接过钱,一脸为难地说:"其实我们是真不想卖。"老大爷走后,她一拍我肩膀:"行啊,没看出来,我儿子还挺会做生意。"

我一头雾水,都快哭出来了:"您怎么真给卖了?不是说好拿回去放毛笔吗?"

我妈嫌我入戏太深："行了行了，家里好几个笔筒呢，又不差这一个。你可真随你奶奶，什么破烂儿都当个宝。"

　　我妈说得还真没错，这大概就是遗传基因的力量吧，龙生龙凤生凤，穷人家的孩子攒钢镚儿。谁规定非得上了年纪才能恋旧？就拿今天这几样东西来说吧，有一副乒乓球拍，其实我也不舍得卖，最早学打乒乓球的时候，我爸就是用这副拍子手把手教的我。再比如那些小人书连环画，以前每到星期六晚上，我爸回奶奶家看我，都会在睡前找出一本给我读，尤其是那套《杨家将》，我真是百听不厌。后来就算自己能独立看书了，还是喜欢缠着我爸让他给我读。我一直觉得我爸讲的比电视上的评书联播更有意思，什么杨六郎啊，穆桂英啊，活灵活现，信手拈来，特别是模仿宰相寇准的山西口音，每次都把我逗得在床上直打滚儿。

　　这么想着，我就顺手拿起了那套《杨家将》连环画，漫无目的地一页页乱翻。

　　忽然，在第一册的最后一页发现用铅笔写着的一行小字，字体一看就是我爸的，标准的行楷，轻盈工整，漂亮极了：一九九一年四月十三日，炀炀又长高了两厘米。

　　再拿起第二册，后面也写着字：一九九一年四月廿日，小胖墩天生汗脚，脚臭与书香共舞，妙哉妙哉。

　　第三册的后面写着：一九九一年四月廿七日，儿子饭量见长，屁股溜圆，可惜依旧不爱吃茴香。

　　第四册：一九九一年五月四日，人间四月芳菲尽，山寺桃花始盛开。

第五册、第六册、第七册……整套书几乎每一本后面都写着这样几句随笔、古诗，甚至是歌词，或长，或短，或感叹，或调侃。也就是说，每当我不识愁滋味地沉沉睡去后，我爸都会凑到橙黄的台灯下，拿起我的自动铅笔，面对窗外平平无奇的夜色，把与我共同成长的点点滴滴随手写成彩虹。

　　一瞬间，大操场里就像立起了一块露天电影幕布，以往我们父子俩一起看书的画面纷纷闪现而出。那是多少个难忘的寒暑假哟，回到爸爸妈妈在昌平的家属宿舍，我总是来不及洗手喝水，第一时间从书架上找书看。夏天，电扇嗡嗡作响，窗外蝉蛙齐鸣，我妈在厨房里炸着馒头片，满屋焦香缭绕，我和我爸并排躺在凉席上，一左一右地跷着二郎腿，他捧一本《福尔摩斯探案集》，我举在手中的则是最爱的《笑傲江湖》。我俩看一会儿就要聊上两句，说到哪一个引人发笑的段落，或是性格怪异的奇葩人物，便一起开心地咯咯大笑。我爸有时还会学着新佑卫门的样子一拍大腿："提问！"我立刻就化身一休哥，用两个食指在脑袋上画几个圈圈："回答！"然后就是隋唐十三杰排名，或者一百单八将的绰号，真的是高山流水对答无误。寒假里，我们爷儿俩则会坐在热烘烘的火炉子旁边，弄几块橘子皮放在上面烤着玩，暖暖居室内果香四溢，我爸一边看书，一边给我讲书里的典故出处。我呢，嗑着瓜子，半张着嘴，聚精会神地听，感觉听哪一门课都没有听我爸讲故事这么用心过。那些抑扬顿挫的语调，手舞足蹈的神态，连同书中的各式传奇人物，甚至身后窗帘上的翠竹图案，全都活生生地立体起来，在清冷的冬日里繁花似锦。

　　　　　　　　　　凯风自南　我的"三亲"家庭协奏曲

想着想着，我这小心脏就被压上了秤砣，越来越沉，眼眶胀得发烫，喉头也哽住了。跳蚤市场里依然人声鼎沸，我却感觉双脚离地，浮上了半空，成了画面外的旁观者，嘈杂声离我越来越远。只有风沙仍旧从四面八方吹过来，吹进我的裤管里、脖领子里，那个凉啊，透心凉；那个扎呀，扎得人没处躲没处藏的。我感觉特别委屈，抑制不住地想哭，眼泪就像洗衣机里的自来水，玩命打转转。我使劲低下头，怕自己绷不住劲儿真的哭出来。我不想让我妈看见我哭。我妈扭头问我怎么了，我说眼里进了沙子，要去厕所洗把脸，便放下书，迅速跑开了。

　　从厕所出来，我长长吸了口气，空气里弥漫着熟悉的黄土味，乱糟糟的感觉重新包裹住我，让我感觉轻松了一点。我夸张地活动了几下下颌骨，伸展伸展快要被吹皱的面皮。往回走的路上，我不小心撞到个虎背熊腰的胖叔叔。胖叔叔腋下夹着一套小人书，一脸嫌弃地匆匆走远了。我回到摊位上，发现那套《杨家将》连环画不见了，忙问我妈哪儿去了。我妈说卖了，有个胖子买走了。

　　"胖子？卖了多少钱？"

　　"十块钱一套，怎么了？"

　　"谁让您卖的！"我气得直跺脚，嘴唇都有点哆嗦了，那些刚刚还属于我的美好回忆，就这样一去不复返了吗？

　　不行，我要把它们追回来！

　　"你干吗？"我妈手里正好捏着那十块钱，被我一把就夺了过去。她脚上的"水蜜桃"还没消肿，根本追不上我，"你上哪儿去？给我站住！"

我挤开人群，愣头愣脑地冲出大操场，跑到马路边。一股巨浪般的妖风平地里澎湃而起，眼前景物瞬间被翻涌的尘埃之浪覆盖。赶紧抬起手肘蒙住脸，侧过身挺成一具革命雕塑，耳边随即传来众多自行车壮烈倒下的哀号。待风浪呼啸而过，揉揉沙涩的眼角，我四处踅摸起来。还好，凭借我1.5的超强视力，发现那个胖叔叔的自行车后轮刚好消失在南面的丁字路口，而旁边的音像店恰如其分地飘来一首吴奇隆的新歌："追逐天边最冷的北风，寻找世界最高的山峰……"于是，我提一口丹田之气，施展出熊的力量、豹的速度，撵了上去。

　　跑过路口一拐弯，一排办公楼后身的小路上人车稀少，目标消失了。好在小路尽头只有一个弯角可走，只不过风、沙、土一家三口此时又联合起来考验我的决心，把简单的中长跑设置成障碍赛。它们一会儿变身蒙头遮眼的红斗篷，拿我当西班牙野牛来戏耍；一会儿又成了矫健的蒙古摔跤手，抱腰缠腿，脚下使绊，想尽一切办法拖住我的步伐。我很快就体力不支了，气喘如水牛，踉跄似蜗牛，心里这个恨自己啊，谁让你体育课总是得过且过呢！

　　咬着后槽牙，我吃力地又跑过两个路口，腿肚子和大脑袋一块儿胀起来，左瞧瞧，右看看，不知道该往哪边走了。街道四周，小店、小摊勾连成片，不比大操场里逊色。行人多，自行车更多，都像海里的浪花翻涌跳跃，胖叔叔化作一根绣花针，就此沉入海底两万里。往东？往西？还是沿着前面的斜街走？又或者，拐进了哪一栋楼里？我呼哧带喘地跳上便道，弯下腰，双手撑住膝盖，小腹里一群蝎子在打架——岔气了。怎么办？我的书找不回来了。我感

　　　　凯风自南　我的"三亲"家庭协奏曲

觉眼泪又要不争气地涌上来了，呜呜呜……斗志软塌下去，耳畔的风竟也跟着幸灾乐祸，得意地吹起了口哨。是的，没有人在意一个小屁孩即将失去整个世界的心情……不，不行！今天说什么我也要把那套书找回来，找不回来我就不回家了！

我用力咽了口唾沫，叉着腰直起身子，左右巡视起来。两个用纱巾把脑袋裹成阿拉伯人的买菜妇女；几个不怕风吹毅然坚守在墙根儿下棋的糟老头子；一群围着炒货摊等瓜子出锅的聒噪老太太……嗯？等等！我把目光对焦重新拉回到那几个下棋的老爷爷附近，发现他们旁边的一溜小货摊中，有个缩进去一块儿的小书摊儿，胖叔叔的身影忽然就从书摊儿侧面闪出来了，自行车后架上不正是我的那套《杨家将》吗？

漂亮！被斗牛士和摔跤手拼掉的血格瞬间补满。

我一溜小跑过去，愣头愣脑地把钱递给胖叔叔说："叔叔，对不起，这套《杨家将》我不想卖了，把钱还给您。"

胖叔叔正推着车和书摊儿老板讨价还价，满脸都是犯痔疮的表情："你谁呀？"

我指了指《杨家将》："这套书是我的。"

"我怎么知道是你的？真逗，哪儿凉快哪儿待着去。"

"反正我把钱还给您了，书我就拿走了。"

"你敢！你动一下试试？"胖叔叔把车一支，车座上的钱掉到了地上，他腾出手来揪住我后脖领子，把我甩一边去了。

"你干吗呀……"我脚脖子一软，直接侧扑在地，右手搓破了一层皮。

旁边紧挨着就是个卖干果的炒货摊，几个老太太正叽叽喳喳闲聊，其中一个听我一喊，一个箭步就蹿上来了，推开气势汹汹的胖叔叔说："光天化日欺负小孩是不是？你哪个单位的？"

炒瓜子的香气呼一下扑过来，代替了烘托气氛的二氧化碳干冰，就像什么奇侠剑客空降到舞台中央，大地静止，风声也被屏蔽了。我定睛一瞧，哟，这不我奶奶吗？再一看旁边那几位，全是她居委会里的老姐妹。

"谁欺负小孩了？"胖叔叔指着我，脸上的横肉嘟噜嘟噜直颤，"这小兔崽子要抢我东西。"

"他一个小孩能抢你什么东西？"别看那胖叔叔身高一米八几，脖子跟卡车辘轳似的，我奶奶可一点都不怵，掏出个治安巡逻的红袖箍戴上，指着他鼻子就训，"同志，我还告诉你，你嘴里给我放干净点，赶紧道歉认错，要不咱们就上派出所理论理论。"

"神经病吧你！"

我奶奶扭过脸问我："到底怎么回事啊？"

我委屈地直掉眼泪："我刚才上厕所去了，我妈就把那套小人书卖给他了，根本就没经过我的同意，那是我的书！"

"……"我奶奶一愣，估计在心里嘀咕呢：不对啊，你们不就是卖书去了吗，怎么又不想卖了？

我仿佛听见她的心里话，五脏六腑揭竿而起，一肚子委屈好似刚出锅的爆米花，哇哇大哭起来："我就是不想卖了！我把钱还给他还不行吗？"

我这一哭一闹，另外几个老太太也围了过来，每个人都伸手摸裤兜，抖落开一个红袖箍，往胳膊上一套，大有发动一场人民战争的态势。胖叔叔本来还想跟我奶奶掰扯掰扯^①，一看这阵势，真惹不起啊，索性认个倒霉，把书往地上一放，顺手捡了钱，推车闪人："拿走吧！拿走吧！今天真是喝凉水都塞牙缝儿。"

几个老太太看我哭起来没完，一边胡噜^②着我脑袋，一边反过来呲哒^③我奶奶："不想卖就不卖呗，你看你把人家孩子逼的。"

"谁逼他了？这……这是怎么逗着嗳？"我奶奶一着急，河北老家话都冒出来了。

晚上吃饭，家里出奇安静，我妈也不说话，我奶奶也不吭声，筷子磕碰碗边，还有我爷爷喝粥的声音，清晰得就像一连串省略号。一大袋子书就那么堆在过道里，五花大绑地等待宣判，是秋后问斩，还是大赦天下，谁也没个定论。吃完饭收拾桌子，我爷爷看我奶奶去了厨房，轻轻叹口气说："那些书不想卖就不卖了，留着当个念想吧，基本上也都是你爸买的。"

我咬着嘴唇说："我爸爸原来说过，书再破再旧也得留着，不能扔也不能卖，书是这个世界上最值钱的东西。"

我爷爷微微一笑："行行行，那咱就不卖了，一本都不卖，好吧！"

---

① 掰扯，北京方言，评论是非，讲明道理。
② 胡噜，揉、抚摸的意思。
③ 呲哒，北京方言，呵斥、教训人的意思。

我奶奶又走回来拿空盘子，我爷爷这句话后半段的音量便一落千丈，如同一个下楼梯崴了脚的人，拽着"好吧"两个字直接滚进了地下室。

　　第二天下午放学回家，我在楼下看到收废品的曾老虎，正和老乡抬着个大理石浴缸往三轮车上运，枣红色，白花纹，好像在哪里见过这玩意儿——嘿！这不是我们家的浴缸吗？赶紧跑上楼一看，卫生间里果然空出了好大一块地方，地上乱糟糟的一堆碎石片，我奶奶正弯着腰用笤帚打扫呢，嘴里还嘟嘟囔囔地不闲着："死老头子，天天就知道泡澡，都快成资本家了，一个月水费多出好几十块，我让人把它拆了，我看你还拿什么泡，哼！"

　　……　……

　　又过了两天，洗衣机忽然转移到了卫生间，连带着"哼哈二将"——那两个大塑料桶。冰箱和过年过节才会打开的新折叠桌，则携手进驻到了"客厅"里。不过我奶奶还是禁止我爷爷在卧室享用他的唱片机，她给冰箱腾出来的驻扎营地是那两个红木大箱子。左手一招"见龙在田"，右手一招"亢龙有悔"，并排塞进了她的双人床下。双人床不够高，原本塞不下气势巍峨的"中岳嵩山老大哥"，但我奶奶本着愚公精神，在四个床角下垫了四块木头，终于完成了史无前例的移山壮举。我小姑看完直嘀咕，这要想从箱子里拿个东西多费劲啊！我奶奶直起身子，长出了一口气，仿佛刚藏好被劫的生辰纲，恶狠狠地瞪了我爷爷一眼，说，"让你爸拿，他那腰已经好多了。"

　　又是一个星期天，北转南风三四级。漫天黄沙解甲归田，没有再次袭扰人间，掉转的风向如同一位内功大师，将丝丝缕缕的南国暖意输入城市经脉，天空被抹成了一张崭新的蓝色复写纸。鞠大大找了两个年轻叔叔帮忙，把我爸那一对大书架，外加几百本藏书，一次性都给运了过来，还上楼帮我们严丝合缝地组装好，巍巍昆仑般并排矗立在过道里，家里的文化氛围一下提升了好几个档次。

鞠大大拍着我肩膀鼓励我："小伙子好好读书，以后当个大诗人，汪国真那样的，给你妈争口气。"

我妈笑了笑："就他还汪国真呢，曲别针差不多。"说完，扭头进厨房准备晚饭去了。

我陪着鞠大大他们在"客厅"下象棋。摆棋子的时候，我爷爷终于回来了，手里提个网兜，网兜里放着他的毛巾、拖鞋和香皂。自从我奶奶把他的"华清池"大卸八块，他就改成骑车去东区服务部的澡堂子泡澡了。那里有个不算太大的圆形浴池，我以前也跟着去过两次，头挨头，腿碰腿，跟进了人肉罐头似的，特别不自在、不卫生，可我爷爷却说挺好，还有人能陪他聊聊天。

他和鞠大大几个人打了招呼，然后就站到书架前端详起来，随手抽出一本《实用美术图谱》翻了两下，又放回去说："读书是好事，不过也不能死读书、读死书，读成个书呆子可就得不偿失了，要从这些书里学本事、学能耐，学会以后怎么养活自己。"

我奶奶捧着苹果、香蕉从阳台走过来，也不知道我爷爷的话她听没听见，径直进了"客厅"，冲鞠大大他们笑眉笑眼地来了一句："你们说说，看那么多书有什么用啊？来来来，吃水果。"

第二章

算了算了,

不算了又能怎么办?

　　我爸的藏书种类繁多,并不比王语嫣家的琅嬛玉洞逊色多少,甚至还包括一些气功、武术方面的期刊。我那会儿也是武侠小说看多了鬼迷心窍,总想在兰天面前出出风头,表演个飞花摘叶、蜻蜓点水什么的,还真就照猫画虎地苦练起来。

　　我每天五点半起床,先到厨房里打一通"铁砂掌",对着米缸里的大米,左右手掌各劈一百下。再练"一指禅",将"客厅"南面的白墙当成假想敌的胸脯,照着膻中穴、巨阙穴的位置,猛戳两根食指,也是每天一百下。没过多久,我奶奶打扫卫生,发现"客厅"墙面如美人老去,布满了密密麻麻的老年斑,叫人痛心疾首,立刻质问我怎么搞的。我说我对着墙打乒乓球来着。我不能泄露自己身怀绝技的实情，"事了拂衣去，深藏身与名"，这才是真正的高手风范。

我奶奶就唠叨起来："你可真能造，这挺白的墙都让你打花了，吵到人家邻居怎么办？"

我顶嘴："您又听不见，瞎操什么心啊？"

我奶奶气得要打我屁股，我爷爷忙拦住她说："算了算了，你找个挂历往上面一挡，不就看不见了吗？"

"你就惯着他吧，什么事都是算了算了。"

"不算了又能怎么办？谁家的男孩不淘气啊？呵呵。"

我爷爷就是这样，对我一贯绵绵软软、香香糯糯，就像个刚出锅的糖三角①。即便自学武术这么不靠谱的事，他也听之任之，甚至还暗地资助我，没少给我买练武术的各式装备，什么护腕啊、拉力器啊、精武腰带啊，有一回还从河北白沟小商品市场，特意给我带回来一把沉甸甸的龙泉宝剑，差点把我奶奶鼻子气歪了。

用这些专业装备一包装，我就更像个绝顶高手了。课间休息，看到浩子在楼道里欺负兰天，揪人家小辫子，立刻冲上去打抱不平，当场比画了一套从杂志上学来的太祖长拳，把浩子惊得慌不择路，差点逃进旁边的女厕所。可让人没想到的是，手下败将竟从此对我崇拜有加。春暖花开，他拉着"牛蛙"一起来找我，非要拜我为师，两人还编了个傻乎乎的口号："锻炼身体，保卫自己；锻炼肌肉，预防挨揍！"于是每天清晨，我家楼下花园里便出现了三位

---

① 糖三角，北方面食，由白面包裹红糖制成，绵软香甜，因形似三角而得名。

　　　　　　　　凯风自南　我的"三亲"家庭协奏曲

传功授艺的小师徒，一位真敢教，另两位也真敢学。不过浩子这家伙完全就是三分钟热乎气，每次跟着我扩扩胸、踢踢腿，就开始啃面包、吃榨菜，嘻嘻哈哈没个正形。胖墩墩的"牛蛙"倒真是一板一眼，振臂、下腰、压腿、蛙跳，只是浑身赘肉四下乱颤，自带十足的喜感。

浩子把榨菜嚼得"咯吱咯吱"响，在一旁打击"牛蛙"的积极性："就你这笨手笨脚的，练什么绝世武功都没用，那几个小痞子可比你灵活多了。"

"牛蛙"憨憨一笑："我又没想找他们打架，几块钱的事，不至于不至于。"

我知道他俩说的是"牛蛙"被劫钱的事。我也见过一次。大约就上个星期，在中关村医院斜对面的胡同里，"牛蛙"像一坨剁碎的腊汁肉，被两个外形酷似烧饼的初中生夹在中间，一顿青椒香菜地添佐料。先给五毛钱，不够，挨了个火辣辣的大耳帖子①；再掏一块钱，还是差点意思，棉服外套的脖领子都快让人家扯成香菜叶子了。

"还有没有？痛快点儿，我们两个人，一人吃一个肉夹馍，起码也要三块钱吧？"

"好好好。""牛蛙"早有准备，那就再来一张一块的，外加一张五毛的。

"这还差不多……嘿，你小子够贼的，钱都分开放。"

---

① 大耳帖子，北京方言，扇耳光的意思。

"嘻嘻！"

你瞧，有商有量，胡萝卜加大棒，劫钱的笑嘻嘻，被劫的嘻嘻笑，多神奇！换作是我，早爆豆了，凭什么给你们，谁家的钱也不是大风刮来的——打住，我瞎激动什么？人家"牛蛙"是书香门第，家里四室一厅，私人直拨电话，零花钱要多少给多少。况且，人家也没找我麻烦，我这么义愤填膺干什么？！"牛蛙"后来向我透露，说他们之前看我左臂上戴着黑纱，所以就放过了我。哼，几个小痞子还炫耀什么侠义心肠吗？

今天的晨练到此结束，我们仨背上书包，说说笑笑一道去上学。已是四月中旬，晨光渐暖，路边大杨树上、灌木丛里，鸟类歌唱家们正忙着吊嗓子，花花草草也都伸着缤纷的懒腰，准备开启夏日蹦迪的激情。唯一讨厌的是，杨絮、柳絮又开始群魔乱舞，头皮屑似的被一只无形大手哗啦哗啦地往下撬。走到科学城商场后面的小夹道，迎面遇到两个邋邋遢遢的中学生，个头儿和我差不多，单肩斜挎着书包，哈欠连天，吊儿郎当。其中有个穿皮夹克的，一看见"牛蛙"，立刻小跑两步蹿了过来，问道："欸，有钱吗？"

对号入座，我马上意识到，这就是上次差点把"牛蛙"做成肉夹馍的小痞子，心里有个拳头攥了一下，挺不服气的。可转念又想起我妈叮嘱过，甭管外面遇到什么事，千万别凑热闹、别逞能，躲得远远的才好。再回头去看一眼浩子——哟，浩子没影了！这小子，我还没教他轻功他就无师自通了。那我也假装没看见吧，事不关己

凯风自南 我的"三亲"家庭协奏曲

高高挂起，低头默默往前走。

"少跟我来这套，你自己说说，够吗？""皮夹克"抖着手里几张毛票，让"牛蛙"开展自我批评。

"买个煎饼吃，差不多也够了……"

"不爱吃煎饼，没肉！"

"可我真没有了，不信你搜！"

"牛亚萌，早上好啊！"

"早上好，兰天。"

我回头一看，坏了，兰天被"皮夹克"盯上了："你是'牛蛙'同学啊？来来来，借哥哥两块钱，吃顿早点。"

兰天吓得脸都白了。

我赶紧冲过去一把推开"皮夹克"，怒道："你要不要脸啊，女生也劫？"然后使劲冲兰天努嘴，"走走走，快走！"

兰天一步三回头地转过街角，跑远了。

"皮夹克"面子挂不住了，贴上来揪住我脖领子："干吗干吗，英雄救美？那我只能找你要钱了。"

"我没钱！"我抓住他手腕，想把他的脏手掰开。没想到这家伙眼疾手快，一下把我右手的护腕给撸走了，转手就给自己戴上了。

"这护腕不错，归我了。"

那是我爷爷他们老干部聚会出游时，从天津洋货市场给我买回来的，一副彩虹色的毛巾护腕，很少见，戴在手腕上特别帅气。我急得冲他直嚷嚷："你还给我！拿来！"

"皮夹克"瞪着眼珠推了我一把，可没怎么推动我，就在嘴上找齐："知道吗，要不是我们看你死了爸爸，早就劫你小子了，你应该感激我们，遇上心地善良的侠盗了，还不知足？"

　　说完，他朝我象征性地抬了下腿，假装要踢我裤裆，其实只是想吓唬吓唬我，踢到一半，又准备收回去，大概还要再来个360°转身，就像穿着燕尾服的魔术师表演完一个节目后，来一个漂亮帅气的收尾动作。我也不知道自己是怎么了，脑海中莫名其妙蹦出一个成语来——奇耻大辱。可能不太贴切，但那一瞬间我真是控制不了自己，尤其他说到"死了爸爸"这四个字，我脑子里呼的一下就扬起了漫天黄沙，一列火车呼啸而来，车厢里的火苗子噌噌往上蹿，刺耳的汽笛声响彻云霄。我几乎是下意识地一把抄住"皮夹克"撩起的右腿，左手紧跟着合围上去，两个肩膀铆足劲，扔链球似的直接把他甩了出去。

　　"皮夹克"完全没想到我敢对他下手，也没想到我有这么大力气，就像一把正在画圈的圆规忽然一下失去了平衡，直接和旁边的红砖墙来了个热吻。

　　"你小子找死呢？""皮夹克"连滚带爬地扶墙而起，挥拳就打。

　　我不记得自己是怎么扛住这一拳的，反正也就那么几秒钟的工夫，我俩就扭抱到一起。我发现真打起架来，什么太祖长拳啊、铁砂掌一指禅啊，根本就派不上用场，只剩下没头脑的飞踹和不成章法的王八拳，再就是近身扭抱了。"皮夹克"想把我扳倒，可力量不够，脚下使了几次绊都没成功。我灵光一闪，想到从武术杂志里看过的摔跤技巧，关键在于"变脸"的力度，只要脸的方向一变，身体重心也就变了。于是我龇牙咧嘴地大喊一声，使出生吞奶牛的力气，把脸拼命向左一转，果然整个身体都像齿轮一样跟着运转起来，如同铁轨扳动了道岔，列车猛然改道，"啪嚓"一下，竟然很顺利地就把"皮夹克"给撂倒了。

撂倒之后该干什么我就不会了，膝盖顶着他的胸口，双手掐住他脖子，然后呢？该干吗了？扇嘴巴？抠眼珠子？阿弥陀佛，罪过罪过，这么狠的招数我可使不出来。"皮夹克"在我身下像一条上了岸的活鱼，嘴里不停地喷着脏话，与其说是威胁恐吓，不如说是在给自己找面子。怎么办？跑吧！虽然暂时占据着绝对优势，我还是想到了跑。于是，我松开双手站了起来，冲"牛蛙"喊了一声："快跑！"

"牛蛙"早就看傻了，兵马俑似的一动不动。我也顾不上他了，两手在腋窝处拉紧书包带，撒腿就跑。"皮夹克"爬起来冲那个同样发呆的小跟班嚷着："去把我表哥叫来，你这个废物！"

我刚跑过前面一排存车处，还真就看到迎面过来了三四个骑车的高中生，果然有援兵。这些人穿的不是破洞牛仔服就是大号蝙蝠衫，还都趿拉着薄薄的红底"片儿鞋"①，一看就都是不好惹的主儿。"皮夹克"在我身后兴奋地喊起来："表哥，表哥，拦住那孩子！"吓得我抹头左拐，朝与学校相反的方向跑去，绕过两个红砖小楼，稀里糊涂地闯进一家电脑公司的后院。

有个秃头老大爷抱着一摞纸盒子正好从一间小平房的后门走出

---

① 片儿鞋，一种老北京布鞋，有白底、红底两种。20世纪八九十年代，这种鞋曾在社会青年群体中风靡一时。

来，我二话不说，顺着老大爷右手边就溜进了那道门，保龄球似的飞过狭长的过道，碰倒了一个放墩布的塑料桶，眼前豁然开朗，竟然来到一个宽阔明亮的大厅里。好多叔叔阿姨提着包，夹着文件，从门外往里赶，我就像游戏"华容道"里的曹孟德，逆着他们的来势往外冲，冲出那家公司大门，才听见几个人回头议论："这孩子从哪儿冒出来的？"

沿着白颐路，我继续闷头往北跑，街上的人流、车流一茬茬生长而出，早高峰的喧嚣气氛渐渐盖过了我的惊慌失措。我气喘吁吁地回头张望，没发现追兵，心里踏实了一点。按照现在的情况看，我必须多跑出几百米，画一个大大的"G"字形，从学校东边那个较远的路口迂回过去，这样才比较保险。呼吸越来越不顺畅，空中的杨柳絮像敢死队一样前赴后继地往我鼻子里冲，肋叉子都快岔气了，回过头再次确认，的的确确没人追我，也就放缓了脚步，从狂奔改成竞走，嘴里"噗噗噗"地不停吹气，驱赶着恼人的毛絮。

我在心里安慰自己，也许这帮小痞子觉得打架这种事司空见惯，就这么算了，莫名的乐观情绪比太阳升得还高，小腿肚子里的酸胀感也有所缓解。想起上次顶着狂风追小人书，今天这又是何苦来呢？大约十五分钟后，我终于绕到学校东侧的小路口。这条路上种的全是大杨树，飞絮就像通天河上的雪在春光中别开生面地转换着季节。只是一想到《西游记》里唐僧踩着冰面过河那段剧情，就总觉得前方会有妖怪出没。预感这东西从来都是好的不灵坏的灵。我刚走到路口小卖部附近，真就从里面冲出来两个又高又壮的"妖怪"，一边一个，直接锁住我的胳肢窝。我挣扎了几下，徒劳无功，

凯风自南　我的"三亲"家庭协奏曲

抬头看看，放弃了抵抗，一个是缩水版的"施瓦辛格"，另一个是小一号的"史泰龙"。

"是他吗？"

"就是他！""皮夹克"拽着"牛蛙"也从小卖部里走出来。

"施瓦辛格"含住右手的大拇指和食指，冲西边那个路口吹了声流氓哨，然后和"史泰龙"架着我，将我拖到附近一个破旧的红砖楼下面。"皮夹克"监督着作为"污点证人"的"牛蛙"，一人推一辆自行车紧随其后。几个上班的大人与我们擦肩而过，匆匆一瞥止不住匆匆的脚步。"皮夹克"的表哥很快赶了过来。原来，他表哥带着另一个同学，还有那个邋遢的小跟班，亲自守在我们学校大门外的西侧路口；又派这两名得力干将保护着"皮夹克"、押解着"牛蛙"，埋伏到东侧路口。他们知道我就算带了降落伞，一时半会也找不到飞机把自己空投进学校，绕再远的路也是白费。

表哥从车上跳下来，看身高，起码比我猛出大半头，肩膀也宽，脖子往前抻着。他一把拉过"牛蛙"，指着我问："这人是你同学吗？"

"牛蛙"不敢看我，低着脑袋"小鸡啄米"。

表哥夺拉着眼角问："是你叫他来打我表弟的？"

"怎么可能！""牛蛙"一脸慌乱，"我根本就没想到……我也不知道怎么回事。"

"真不是你煽呼的？"

"真不是！""牛蛙"都快跪下了，"我发誓。"

"那你到底动没动手啊？"

"没有啊，我连指甲盖都没动一下，不信你问他们。"

表哥瞅了"皮夹克"一眼，"皮夹克"点点头说："没他什么事。"

表哥就踹了"牛蛙"屁股一脚："那你可以滚蛋了！"

"牛蛙"踟蹰着走远后，我才发现表哥手里凭空多出来一条皮带。他上前一把揪住我脖领子，往旁边二单元的楼门洞里拽我。我吓得往后缩了一下，但是没用，脚像踩在逆行的传送带上，直接就被拖到一层和二层楼梯的拐角处。表哥让我靠着墙角站好，两只眼像冰窟窿似的看着我："听说你会练武术啊！来，给我表演个猴拳。"

其他人也都跟着上来了，站在下行楼梯的两侧，有两个还点起烟，吞云吐雾地看着我。我盯着地上的一个烟头，不说话。烟头扁扁的，变形严重，明显是踩灭之后还在上面狠狠碾了几下。我忽然飘过一个想法，自己可能马上就要变成这个烟头了。这念头刚一闪现，表哥的脚就上来了，踹在我左侧小腹和胯骨的连接处。我的后背闷闷一声，狠狠撞到墙上。有那么几秒钟，我甚至觉得自己的肺好像被谁摘掉了，吸不进气，也呼不出来，从后心到胸口似乎被抽成真空，痛苦地弯着腰蹲了下去。

表哥叫起来："你不是挺牛吗？用你的猴拳打我呀！"

他手里的皮带紧跟着抽下来。第一下抽到我的肩胛骨附近，像一根针挑破了化脓的水疱，浪花与火焰喷射而出，炸裂感伴随着解脱感——好充足的一口空气啊，带着醇厚的氮、氧、二氧化碳，以及各种杂质，如同一口闷下去的可口可乐，奔腾不休地灌进我的胸腔，又凉又辣。我劫后余生般的"啊"了一声，呛咳着死死抱紧了头。皮带闪着火星子在我的脖子上、手臂上、肋骨上、书包上，噼里啪啦地穿针引线，如同正在进行一场严酷的外科手术。

表哥一边抽一边问："服不服？服不服？"

"不服！不服！"我声嘶力竭地又哭又喊，"我就不服！"

表哥照着我肩膀又是一脚。"史泰龙"走上来拦住他说："行了行了，打两下就行了。"

"你起开，轮得着你说话吗？"表哥退了一步，片儿鞋都踩掉了。

"史泰龙"过来轻轻推了我一把，让我坐倒在地，回头对表哥说："这样可以了吧？走吧咱们……"

"可不可以那得我说了算？"表哥像吃了兴奋剂般欲罢不能。

"行行行，我还不管了，有本事你就打死他！""史泰龙"招呼"施瓦辛格"和另一个哥们儿一道下了楼，直接骑上车走了。

楼道里只剩下表哥、"皮夹克"和他的小跟班。表哥把鞋重新穿好，对着窗外骂了两句脏话，一屁股坐在上行的楼梯上，朝我吐了口痰说："我告诉你啊，今天你小子要是不服软，就别想上学去了。"

"皮夹克"的小跟班走过来，弯下腰劝我："快点快点，给小豆子道个歉，这事就算完了。"

我在墙角抖成一团，喉咙噎了块砖，脑子里全是"刺刺啦啦"的杂音，像一台搜不出频道的收音机，一点信号和反馈都没有。

这时，二层靠外侧的那扇防盗门被推开了，一个白发苍苍的老奶奶探头探脑地往下面看，问道："你们哪个学校的？聚在这儿干吗呢？"

表哥站起来转过身，仰着头说："跟您有关系吗？管什么闲事啊！"

"嚯，这是谁家孩子呀，怎么跟老人说话呢？"老奶奶穿着拖鞋颤巍巍地下了半层楼梯，拉住表哥胳膊说，"你这叫滥用私刑，是犯法的行为，懂不懂？"

表哥又尴尬又不耐烦道："您别拉我，您拉我干什么？"

老奶奶忽然捂住自己胸口，喘起粗气来："我跟你说啊，我心脏可不太好，你要把我气出个好歹来你可得偿命！"

表哥和小跟班都吓傻了，反过来搀着老奶奶，让她缓缓坐到台阶上。老奶奶矮下身的一瞬间，飞快地朝我使了个眼色。楼道里的破窗户灌进一股凉风，吹得我脑袋瓜一下子清凉了不少，马上心领神会，猛地从地上爬起来，朝楼梯外侧挡路的"皮夹克"撞了过去。欧阳锋的蛤蟆功外加"人间大炮一级准备"[1]，绝对是"耗油跟"[2]的威力。"皮夹克"傻呆呆地叼个烟屁，还是没想到我敢对他出手，于是重蹈覆辙，再度撞墙，比上回还惨，后脑勺"咚"的一响，疼得他嗷嗷乱叫，差点从楼梯滚下去。我连跑带跳地逃出楼门，往学校的方向加速而去。过了好几秒，才听见他在我身后老远处嚷了一句："你给我等着，跟你没完！"

进了学校大门，马上就要打预备铃了，我赶紧跑到锅炉房把中午带饭的饭盒交出去，然后犹豫了一下，还是决定先去趟厕所。厕

---

① 人间大炮一级准备，出自日本儿童电视剧《恐龙特急克塞号》中的一句经典台词。

② 耗油跟，电子游戏《街头霸王》里，隆和肯的绝招。

所没人。我对着镜子洗了把脸，凉水浸过左手手背，一阵沙沙的疼，刚才被皮带抽过的地方挖开一道血淋淋的"地下管线"。不过还好，没破相。我又小心翼翼地拉开秋衣领口，看到脖子中下段也隆起了两条长长的红檩子，就像一对浸过血的小麻绳，一跳一跳地往外拱着疼。幸亏身上的校服比较厚，其他部位没受太重的伤。

"大班长！"镜子里忽然多出一个人。

"哟，吓我一跳。"是我们班的体育委员吴志强，提着裤子从最里面的坑位走出来。我赶紧把衣服遮上了。

"你怎么哭了？"

"我没哭啊，洗脸呢！"

"这是怎么了？"他看了看我手背，又伸手拉我衣领，"让我看看，谁打的？"

"不认识。"

"真不认识？"

"嗯……好像叫什么小豆子，之前劫过'牛蛙'好几次。"

吴志强眼睛一亮："小矮个儿？是不是老穿一件棕色的皮夹克，挺脏的一孩子……"

"对对对，你认识？"

"我大概知道是谁，他们几个以前不在这边混。"

"千万别跟马老师说啊！"

"不会的，放心吧！"吴志强把眉毛往上一挑，"大班长，等我给你找个人来，咱们把这身伤统统还给他们。"

"不不不，不用了。"

"怕什么，包在我身上！"

课间休息，兰天第一个跑过来看我，把我上下左右细细打量一遍，还没开口说话，"牛蛙"就搯着裤腰过来了，试探着问："师父，你……你没事吧？"

我把左手缩在校服袖口里，硬挤出云淡风轻的微笑，说："没事没事，他们还没把我怎么样，我就从二楼的小窗户跳下来跑了。"

浩子将信将疑道："这么厉害？"

"那可不，我练过轻功啊！"

"牛蛙"这下放心了："我可就惨了，裤腰带不知道丢哪儿去了，待会儿怎么上体育课啊？"

浩子不屑地说："你这算什么！我早上逃跑的时候，把裤子都撕了。"

浩子叉开腿给我们一看，旁边几个男生哈哈大笑。兰天嫌恶地皱皱眉，回到自己座位去了，可还是不放心地一直回头看我。原来浩子跑到班里才发现，自己裤裆开了线，跟条鳄鱼似的张着大嘴，急中生智从书包里翻出个订书器，对着开线部位"咔咔"一通猛订，还真把那两片布料给订上了，银闪闪一溜，极具喜剧效果。我也跟着笑了两下，脖子上的伤口立刻像泼了一勺滚油，仿佛那一排订书钉全都钉在上面，嘴角由上转下，笑靥如哭。

晚上放学，浩子悄没声地一个人先溜了。"牛蛙"到校门口转了一圈，跑回来给我报信，说看到对面楼群里有一伙中学生蹲在路边打扑克，不知道是不是"皮夹克"的同伙，让我最好别从大门走，万一这伙人再来寻仇就死定了。我说："那怎么办，总不能翻墙出去吧？"我们学校墙头上到处种满了玻璃碴子。吴志强摇摇手指说，"山人自有妙计，随我来。"随后把我带到学校后院西北角的一排二层小楼下面。那是我们学校租给某家电脑公司的校产，旁边有个进出货物的小侧门，平时忙忙碌碌，学生们极少往这边来。今天这个时间倒是挺清静，周围已经没有员工出入了。吴志强上前一拉，小门竟然没锁。他指指黑洞洞的楼道，压低声音说，"你从这儿一直往里走，走到头有个玻璃门，还有个小铁门，你把小铁门的门闩拉开，就可以出去了，一般人不知道这个出口，保你万无一失。"看我眉毛中间挤出个问号，他嘿嘿一笑说，"我舅妈在这家公司里上班，我没说过吗？"

我感激涕零地拍拍他肩膀，心中生出一股荆轲辞别太子丹的悲壮情绪，一头扎进这条黑洞般的"密道"，顺利溜出了学校。不过，我还是不敢按日常路线回家，闷着头穿过一片楼群和胡同，跟早上的策略相同，又一次绕上了白颐路。除了绕，我还真想不出其他更好的办法了。黄昏的飞絮依然纷纷扬扬，只是看上去有些人困马乏，被晚高峰的车流、卖羊肉串的油烟冲击得七零八落：有些像喝醉酒的流浪汉，在空中漫无目的地打着旋；有些像离家出走的孩子，东一榔头西一棒子地乱窜；有些刚刚在灌木丛间找到栖息之所，又被一阵小风吹丢了被褥行囊，只得继续漂泊之旅……我一边往海淀剧院的方向走，一边警惕地四下观望，心里像横着一把球拍，球拍上放个乒乓球，怎么都停不安稳。想我堂堂一个中队长，居然为了躲几个小痞子抱头鼠窜这般狼狈，还好没被兰天她们这些女生瞧见。可又一转念，历史课不是学过张骞出使西域吗？人家张骞那么了不起的大英雄从大月氏返回长安时，为了避开匈奴，不是也绕了很远的路，用了三年时间才成功归汉吗？我这点委屈算什么呢？

心里平衡多了。路过小卖部，我进去买了盒创可贴，找了个避风的胡同儿口把手背上的血道子遮一遮。比画了半天，伤口实在太长，竖着贴遮不住，只能像架桥一样一条一条横着贴，最后用了四条创可贴才算彻底盖住。回到家时已经六点多了，比平时足足晚了半个小时，好在我妈最近回来得比我更晚。自从她搬过来以后，我小姑就让姑父托朋友给我妈介绍了一份新工作，在一家装饰公司做杂工，早中晚负责工人们的三顿饭。听起来轻松简单，可昨天听她跟我爷爷说，最近公司里人手严重短缺，她经常要顶半个壮劳力，帮人家扛个灯箱、装个广告牌，甚至还得爬梯子上房顶，糊弄两下焊工的活儿，每天基本上都是八点以后才能到家，随便吃两口东西，洗洗就睡了。

今晚睡前她从阳台收了衣服，正往衣柜里塞，忽然瞥见我手背上的一排"赵州桥"，就问怎么弄的。我说："体育课跳木马，没站稳，搓破了。"我妈说："胡扯，搓破了能搓到手背？你那是跳马还是拧麻花啊？"我狡辩说，"可能是寸劲儿①吧！"我妈也懒得深究，叮嘱一句，"下次悠着点，别老撒欢儿。"

她又从收拾的衣物里找出一套干净的秋衣秋裤让我换，说我身

---

① 寸劲儿，北方方言，凑巧、碰巧的意思。

上的已经一股馊味了。我说我知道了，一会儿就换。趁她去卫生间刷牙，我赶紧脱了脏衣服，换上新的，身上的伤口让衣服一蹭，这个火辣辣的疼。

我妈刷完牙回到屋里，准备关灯睡觉。灯绳拉下去，又重新拉开，她眼珠子瞪得比灯管还亮，使劲盯着我问："你脖子上怎么回事？"

我低头看了一眼，看不到自己脖子，但能看到秋衣领口。坏了，我原本穿的是一件高领秋衣，这怎么换成低领的了？

我妈走到我床边，拉开我领口看了看，又让我把衣服撩上去："这怎么弄的？"

"摔的。"

"不可能，"我妈连一个标点符号都不信，"除非你摔钉耙上了。说，到底怎么弄的？"

"跟人打架来着。"

"跟谁呀？"

"同学。闹着玩，我踢了他几脚，然后他拿树枝抽了我两下，没事。"

"胡说八道，树枝能抽成这样？你这肩膀都紫了，你再给我接着编！"

我一想也对，不能说是同学打的，一说同学，我妈肯定会上学校找马老师求证，马老师必然会凶着她那张布满铁锈的大脸再来盘问我一遍，岂不是要了我的命？

"哎呀，您就别管了。"

"我怎么就不能管了？我是你妈！说，到底是谁打的？"

"一个小流氓，早上上学要劫我和'牛蛙'。"我嘴里像塞着六个热馄饨啼哩吐噜的，"我一生气，就把他给揍了一顿，然后他追上来用皮带抽了我两下，行了吧？"

"嘿，你还不耐烦了，哪儿来的小流氓？多大？是学生还是什么人？"我妈不依不饶。

这下我真的烦了，心里一锅热油烧起来，油烟四溢。明明我是受害者，怎么变得跟罪人似的，还要接受严刑拷问？

"不知道，不知道，他们都没穿校服。"

"还他们？到底几个人？"

这时，我爷爷正好去厨房倒开水，听见我妈质问我，循声过来，站在门外问："怎么了？"

我妈撩开门帘，张罗着："爸，您进来看看。"

我爷爷看完我的伤，化身为一只出水的河马，一时说不上话来，只是呲呲冒气。我奶奶正好要去厕所，看我爷爷进了我们屋，不知道出了什么事，也凑热闹似的跟着进来，小卧室一下变成了晚高峰的小公共①，拥挤不堪。三个人的大黑影子戳在床头笼罩着我，整个儿就是一出"三堂会审"。

"这是怎么逗着嗳？"我奶奶那大嗓门比钢种锅的锅盖掉在地上还吓人，"哪个王八蛋打的呀？"

我爷爷一扒拉她："当着孩子好好说话，别老骂骂咧咧的！"

---

① 小公共，20 世纪八九十年代北京市区运营的一种招手即停的小型公交车。

　　　　　　　凯风自南　我的"三亲"家庭协奏曲

我奶奶翻个白眼："是不是遇上抢劫犯了？还是遇上什么精神病了？啊？你倒是说话呀，这孩子，你想急死人啊！"

我爷爷又提醒她："你别嚷嚷行不行，楼上都听见了。"

我奶奶急了，回他一嘴："你怎么那么烦人呀！"

我爷爷不敢说话了，继续在一旁学河马喘气。

我奶奶暂时把火量压制在文火水平，开始自行设定未知数："是不是遇上850楼那个疯子了？那疯子疯了十好几年了，家里也没人管他，最近老跑出来惹事……要不就是大泥湾那个劳改犯吧？那小子浑不懔的，也没个正经工作，整天到处瞎晃悠……"

"……"这都哪儿跟哪儿啊，我一脸哭相，冲她使劲摆手。

我奶奶看看我妈，又看看我，终于把蒸锅里的水熬开了："你可急死我了，你倒是跟奶奶说呀，到底让谁打的，奶奶明天就去撕了他的皮！"

"我不知道，我真不认识，他们都不住在这一片儿。"我一生气，抱着被子趴到床上，鲤鱼打挺似的叫唤起来，"你们别管我行不行？我自己的事我自己解决，烦死了！"

三个人拿我没辙，僵持了一会儿，只好去"客厅"开起碰头会。我妈急得直掉眼泪，等着我爷爷最后拿主意。我爷爷沉默了老半天，又把河马的大脑袋缩回了水里："要不今天先算了吧，你越逼他，他越不说。"

我奶奶急得直拍桌子："你怎么老是算了算了的，三脚踹不出个屁来。"

"不算了还能怎么办？你说能怎么办！"真的是百年难遇，我爷爷忽然就冲我奶奶吼了起来，"你自己的孙子你不了解？你越问他，他越不说！跟你一个德行，死拧！"

我奶奶吓得声音都快钻到桌子底下去了："你……你看你那个臭脾气吧，你冲我发什么火啊……"

我爷爷像个刚从冰箱里拿出来的冻馒头，好不容易硬气一回，索性硬到底："你就别跟着添乱了，这事你能处理吗？回屋睡你的觉去吧！"

我奶奶只好把一腔怒火都施展在拖鞋和卧室门上，踢踢踏踏——砰！

我爷爷缓了口气，冻馒头逐渐解冻，声音又柔和下来，宽慰我妈说："你也别太着急上火，我看呀，很可能就是学生之间打打闹闹，也没那么严重，你先去给他上点药吧，好不好，伤口可别感染了。"

我妈还能说什么，回屋后找来疗伤的药膏药水，帮我把伤口都涂了一遍，然后坐在床头，盯着一杆丢了笔帽的圆珠笔，一边掉眼泪一边往嘴里塞果丹皮吃，也不知道是对我生气，还是对我爷爷心存不满。

第二天早上，我妈非要亲自送我上学。我不乐意，又不是一年级的小豆包了，丢不丢人？出了楼门，我就一路急行军，想找个机会把她甩掉。其实我心里也没底，可我更受不了贴身保镖这一套，要是让其他同学看到，我在学校的高大形象岂不是全毁了？好歹也

凯风自南　我的"三亲"家庭协奏曲

是参选过全校大队长的人物。况且，在我们那个年代，屁大点儿事就告老师、找家长的孩子，是最被人瞧不起的。你想啊，郭靖挨打的时候，哭着鼻子找他妈妈了吗？段誉受虐那会儿，鼻青脸肿地给他老爸拍电报了吗？而且，在我心底的小本本儿里还藏着几行更深的忧虑。我妈本来脾气就不好，又有心脏病，万一真被她找到小豆子和他表哥，请来对方家长理论，家长如果和孩子一样不是个东西呢？素质低下，满嘴污言秽语，再把我妈气出个好歹来怎么办？

可惜，我妈根本体谅不到我这些繁密的小心思，也不管什么江湖规矩不规矩，一大早就"铁掌水上漂"附体，始终在一个适当的距离内若即若离地尾随着我，比那些四处飞粘的杨柳絮还烦人。我快马加鞭，她就流星赶月；我安步当车，她也信步优游；我走路北的人行道，她走路南的大树下；我从花坛的左边绕过去，她就从花坛的右侧转过来。人家古代的老中医讲究"悬丝诊脉"，我妈这招大概属于"悬丝跟踪"，无论相隔多少米，眼神里的红外线永远精准地瞄向我。一直走到我们学校西边那个路口，她才紧赶两步追上来说："下午放学，你奶奶从居委会顺路过来接你，你别乱跑啊！"

我脑袋一下膨胀了三四圈："别别别，放学以后我们合唱队还有排练呢，不知道几点完事。"

"你奶奶昨天说了，甭管几点完事，她都在门口等着你。就这样。"我妈看了眼手表，急匆匆地上班去了。

下午放学后，我先去音乐教室集合，为全区六一文艺汇演做准备。合唱队的刘老师宣布了参加汇演的两首曲目，指定我和六班的周岚每人负责指挥一首。两小时的排练结束，我站在教学楼门口的台阶上，用大约五秒钟的时间做了一道选择题：A. 继续从昨天的"密道"暗度陈仓；B. 大摇大摆和我奶奶一道回家。结果 A 选项呈现出来的画面反而是一幅夕阳西下、风平浪静的安然；B 选项可就有点惊悚了——

只见我奶奶扭着她大号蒸锅般的腰身，气势汹汹地穿越满天飞絮朝我们学校走来，身边还跟着一位古道热肠的居委会老姐妹。俩老太太一脸狰狞赛张飞，头顶上烧着两团三昧真火，嘴里"哇呀呀呀"叫个不停，每人再戴一个"治安巡逻"的红袖章，把我这个一米六出头缩头缩脑的大小伙子夹在中间，一路横眉立目地护送回家……我的天呐，知道的，这是保护孙子免受欺凌；不知道的，还以为释放少年犯呢！饶了我吧！

于是，我还按照昨天的"逃亡"路线，从学校后院的小侧门溜出去，继续绕行白颐路回家。走过颐宾楼北面的加油站，正踢着脚边一个空易拉罐，忽听侧后方有人叫我："炀炀。"扭脸一看，是我爷爷立在修车铺前修他那辆二八自行车。车胎又扎了。

"你怎么跑这边来了？"我爷爷问我。

我不知道怎么回答，只好以彼之道还施彼身问道："您怎么跑这边来了？"

"我上农贸市场买菜去了……"他晃了晃手里的几个塑料袋，里面还夹带着一份炸排叉 [①]，"你奶奶接你去了，你没碰上？"

"没有啊，"我装傻，"可能走岔了吧！"

---

① 排叉，老北京传统小吃，用面粉炸制而成。

"补完了，齐活！"修车的老爷爷把自行车翻正过来，提醒我爷爷，"您这车胎够年头儿了，补来补去过几天弄不好还得漏气，真不如换个新的。"

"算了算了，不换了！"我爷爷笑呵呵地把钱递过去，"这破车再凑合骑一阵儿，就该淘汰了。"

说完，他踢开车支子，把塑料袋往车把上一挂，拍拍车座，冲我比画一下："上来？"那意思是让我坐到大梁上，他要骑车带我回家。

我使劲摇着手逃开："我都多大的人了。"

我爷爷骑上车跟着我："你多大呀，不是才十一岁吗？"

"那您这大梁也禁不住我了。"

"谁说的，带你还是绰绰有余的。你奶奶要是坐上来车胎就够呛了。"

我差点忍不住笑出声。我爷爷也笑了，不再说话，和我保持平行，慢腾腾地踩着两只残旧不堪的脚镫子，骑出了一股与世无争的太极韵味。松松垮垮的后挡泥板"哐啷哐啷"地响着，响一声、空一拍，空一拍、再响一声，配以西山庸庸懒懒的沉醉斜阳，舒缓的节奏竟让我联想到那曲《沧海一声笑》，赶忙在心里给金庸老先生抱歉地拱了拱手。

我爷爷这辆二八车的大梁是我小时候爬上爬下最频繁的地方。他经常骑车带着我到处玩，办公室、澡堂子、战友家、同事家，好像我是古埃及法老的黄金拖鞋，不拿出来炫耀炫耀就埋没了金灿灿的光辉。冬天风雪交加，我爷爷腾出一只手拉一拉我的帽檐儿；夏日骄阳似火,他又展开宽大的掌心盖在我额头充当微型遮阳伞。二年级开学后,说不清哪一天,我就开始和同学们一道上学了,再也没坐上过这辆车,它也就像译制片里那个叫卡西莫多的怪人,在夕阳余晖下沉郁的钟声里接受着骨质疏松、苍颜驼背的命运安排。破烂的车筐如同奇特的四面体鼻子,裂开的缺口就是一张马蹄形的嘴,车身上的划痕和污泥像横七竖八的牙齿缺一块掉一块,真的就快和相声段子里说的差不多了——除了铃不响哪儿都响,除了轮子不转哪儿都转。

路边的公交车甩着膀子进了站,售票员从车窗里探出头大喊:"看车!看车!"我爷爷尴尬地往前蹬出几步,我就在人行道上冲他喊:"您先走吧,不用等我了。"我爷爷索性往前骑出五六百米,在路边买了份晚报,随手翻看几页,等我差不多走近了,再骑上车往前走,又是几百米,等我差不多走近了,再继续向前。反复几次,终于到家。

没两分钟,我奶奶也横冲直撞地杀回来了,进门就质问我跑哪儿去了,怎么没等她。我爷爷不紧不慢地说,"你以后别去接他了,你根本闹不清他从哪个门走,他们那学校以前就四面漏风,好几个后门呢!"我暗暗吐了下舌头,还是我爷爷了解行情。

我奶奶气哼哼地不理他,昨天结下的梁子可还没解呢,唠叨了我几句就进厨房做饭去了。我爷爷提着那一袋炸排叉,像个番邦进贡的使臣般恭恭敬敬跟进了厨房,小声讨好说:"刚出锅的炸排叉,趁热吃吧……"

我奶奶却连眼皮都不抬,老和尚敲木鱼似的专心切菜。我爷爷请罪未果，恨自己没提前背上个仙人掌，只得先回到"客厅"里待命。过会儿饭菜做得，我奶奶叫我洗手吃饭，我爷爷又跟逗小孩似的贴到我奶奶眼前，冲她晃了晃手里的塑料袋："尝尝吧，上面还有黑芝麻呢，你不是最爱吃排叉吗？"

我奶奶还是一点反应都没有，彻底退化成一个盲人，眼珠跟甬道上的鹅卵石似的死死定住，动作机械地放下菜盘，又回厨房里给我盛饭。我爷爷尴尬地把袋子往桌上一扔，整个人像是被踩瘪的"摩奇"饮料盒①，臊眉耷眼地转过来问我："你吃不吃？"

我苦着脸说："我最不爱吃排叉了。"

饭菜上桌，我奶奶就回卧室待着去了，根本不屑于和我爷爷共进晚餐。我们老爷儿俩相对无话，只管闷头吃饭。吃到一半，我老舅稀客登门。我爷爷赶紧起身，要去给他拿碗筷。我老舅按住他说："大叔，您别忙活，我都吃完了。我就是过来看看炀炀，听我姐电话里说炀炀让地痞流氓欺负了。"

我爷爷软绵绵地摇了摇手里的筷子，姿态如同一个蒸散了的白面花卷，说："哪有那么邪乎，一帮孩子打架而已。"

我也点点头说："就是几个不认识的中学生，没事，真没事，您别管了。"

正说着呢，我妈也下班回来了。我老舅叫了声姐，又道："我听你在电话里一说，还以为黑帮打劫呢，吓我这一跳。"

---

① 摩奇，20世纪90年代风靡北京的一种软包装饮料。当时流行一种玩法，喝光后要用脚踩爆其纸质包装盒。

我妈疲惫一笑："你香港录像看多了吧？"

我老舅也呵呵乐起来，往楼下一指，那里有一辆军绿色吉普车："你看，我把街坊老乔那几个哥们儿都给叫过来了，万一有个闪失呢！"又扭头对我说，"炀炀，要不吃完饭老舅带你逮他们去吧！几个小虾米崽子直接拉到车上，卸胳膊还是卸大腿，你说了算……"

我爷爷一听，差点把嘴里的饭粒呛到耳朵眼儿里，赶紧说："算了算了，柱子，打打杀杀对孩子影响可不好，你们这些年轻人下手又没轻没重的，本来不是什么大事，真要是这么一搞，性质可就变了。"

"大叔，我这不是说着玩吗？咱可是正经文化人。"又聊了几句，抽了根烟，我老舅看我没他想得那么严重，就先撤了。

吃完饭，我正写作业，我姑父又回来了，喝得迷迷瞪瞪的，像个滚着进来的木头酒桶，一摇三晃。他下午刚跑完长途回到北京，和几个同事聚完餐，顺便给我爷爷、奶奶拿点大西北的土特产过来，一听我奶奶说我昨天被人打了，眼里的红血丝滚动成岩浆："谁……谁打的？"

我妈接过话茬儿说："这孩子死鸭子嘴硬，就是不说谁打的。"

我姑父崩出个仓啷啷的酒嗝，仿佛倚天剑出鞘："这还不简单，找那个叫'牛蛙'的孩子去，给他二十块钱，让他把那几个小痞子引出来，看我不抽死他们。"

我爷爷压住他说："咱们家的事就不要给别人添麻烦了，出了其他问题，咱们可负不起责任。"

我妈追上一句："那就这么算了？"

"不算了又能怎么办？"

"……"我妈脸上的咬合肌跳了一下，脸色沉入绝情谷底，回小屋找零食去了。

我姑父明显还在酒精的围城里寻找出口，这几句话根本没听进去，闭着眼拍了两下自己脑门儿，忽然拉起我就往衣柜里钻："走走走，姑父现在就带你报仇去。"

我爷爷无奈之极道："算了算了，你快回家睡觉去吧，门都找不着了，还想给谁报仇啊？"

我姑父走后，家里又安静下来。我奶奶照旧早早上了床，可又睡不着，只好拿自己当烙饼翻着玩，翻到左边皱一下眉头，气我这个孙子脾气像头倔驴，翻到右边吐一口恶气，恨我爷爷这个老伴只会耗子扛枪。我妈回到小屋，也没心思再吃零食，气哼哼地问我明天几点去学校。我说几点也不用您送我了，这事我自己能摆平。气得我妈到处找丹参滴丸，说，"以后你再有什么事都别找我，你看我还管你吗？"说完，倒出几粒含在舌下，拉过被子一躺，就不说话了。我写完作业，收拾好书包，溜去"客厅"看电视。没几分钟，我爷爷嗽着嗓子从卧室走过来，慢悠悠地冒出一句："最近天气暖和了，你是不是应该找机会练练车了？"

"练什么车？"我盯着屏幕没在意。

"自行车啊，去年学完车就没再骑过吧？这不等于白学了吗……"

我一下从沙发上坐直身子，像一条稚嫩的小蛇朝我爷爷投去试探的引信。这世界上最难抑制的心情大概就要算新手的表现之欲了，新司机、新厨师、新演员……我也一样，自从学会骑车以来，一直手脚发痒，迫不及待地想自己骑车上路，可事情显然没那么简单。我一嘟嘴，语气幽怨得像个小公主："可我还没到十二岁呢，自己骑车上街要是被值周生发现了，就要扣我们班的小红花了。"

我爷爷微微一笑："有家长监督就不算违规了，对吧？这样，明天早上，爷爷陪你骑到学校去，好不好？"

"嗯……"我还有点犹豫，蛋清般的自尊心和蛋黄般的跃跃欲试搅在一起。

"你也该上路练习练习了，不然等明年满十二岁，其他同学都高高兴兴地骑车上学，你跟不上人家怎么办？"我爷爷趁机撒上一把葱花，直接就把这道"摊黄菜"给拿下了。

"那……那好吧！"

第二天早上，我走出楼门，发现那辆暗红色的小车已经跳上了舞台中心。我爷爷一大早下楼，用搓澡师傅般的手艺给它梳洗了一番，车把、车身、车条看上去全都容光焕发。尽管它个头不高，但身段苗条、亭亭玉立，肤色微暗，不过在晨光的烘托下，依然发散出耀眼的闪闪金光。这辆车是去年我爸买回来的，当时我妈和我一样，也是刚刚学会骑车，我爸就想在我奶奶家这边也准备一辆车，方便他们回来时买菜或是去开家长会。可中关村周边路况复杂，我妈骑出去两回总是险象环生，也就再也不敢尝试了。最近，除了去过一次跳蚤市场，它一直被金屋藏娇在存车处里，现在看上去就像那位年轻而热情的艾丝美拉达①，一对车轮如同两只黑色大眼向你投射着灼灼的目光。

我也是好久不骑了，车技有点生疏，围着楼前花坛兜了两圈，手脚渐渐合拍，小车的轴承也此呼彼应，流淌出舞步畅快的机械声。骑出院门，上了大路，心情挂在朝阳下变成一只吊篮，越过凌乱芜杂的杨柳飞絮，飘向豁然、清爽的高空，心里的一点点烦、一点点愁都胀大成五颜六色的肥皂泡，飞的飞，破的破。我爷爷跟在身后，像平时在家中一样沉默少言，只有那辆又驼、又跛、又半瞎的破二八车，会用"哐啷哐啷"的打钟声提醒我注意安全，当汽车从我们身后驶来，它会一瘸一拐地奋力追上，贴到我的小红车旁并辔而行。

到了校门西侧路口，我把车子交还给我爷爷。我爷爷一手推一辆，不紧不慢地步行两站地回家。最近的偷车贼很猖狂，很多新车即便挂两道锁也是转眼就丢，锁在外面实在不放心。下午放学，他会再推着两辆车走上两站地回来，陪我一道骑车回家。这一周的后半段，低油少盐，日子像开水白菜，我爷爷借练车另辟蹊径，取代了我妈和我奶奶两位"女镖师"，提心吊胆的"逃亡之旅"就此戛然而止。

有一天放学比较早，我爷爷还陪我骑车去海淀图书城逛了一圈，买了一本《巴黎圣母院》和一盘郑智化的《水手》，轧着黄昏的轻快琴键，用口哨做和弦，一前一后追着天上的小燕子一起归巢。那

---

① 雨果小说《巴黎圣母院》中的女主角。

几天就连为所欲为的杨柳飞絮，也尽显清风侠影，只在街角转弯处、微风婉转时，匆匆留下惊鸿一瞥。只有吴志强，还执着在快意恩仇的节奏里。周五吃完午饭，我正趴在课桌上赶作业，他忽然叫我跟他到校外走一趟，神神秘秘地说请来了一位"道"上的大哥，要帮我一雪前耻。我磨不过他的死说活说只好跟着去了后院的"密道"。走出小铁门，一个梳中分、酷似郭富城的高中生等在那里。

"我堂哥，中关村一霸！"吴志强离着老远就介绍上了，"跟你说的那个小豆子是一个学校的。"

堂哥叼个棒棒糖，跨在一辆粉色女车上，一只脚点着马路牙子，奶声奶气地抱怨："怎么这么半天啊！"

"这不是来了吗？喏，我们班长李炀，平时老借我作业抄……"吴志强边说边让我拉开校服上衣的拉锁，把脖子上糊着药膏的血痕露出来，"你看，前两天让小豆子他们打的，够狠的吧？"

堂哥像体检时晕血的小女生，看完往后缩了缩，打量着我说："看你挺壮实的，怎么连小豆子都打不过啊？"

吴志强抢着说："小豆子算什么，那是我们班长的手下败将，关键是他那个表哥，你得帮我们好好修理修理。"

堂哥一咧嘴："修理谁？小豆子的表哥？你跟我逗咳嗽 ① 呢？"

"你不是说帮我们这个忙吗？"

"我是说我可以去劝劝小豆子，让他以后别再劫你同学了，可没说要修理他表哥啊！"堂哥说完，蹬上车就要开溜。

---

① 逗咳嗽，北京方言，没事找事、耍贫嘴、说话不靠谱的意思。

"这就完啦？"吴志强一把拉住他的车后架子，"你不是号称中关村一霸吗？"

堂哥回头嘿嘿一笑："那是没错，可中关村又不止我一霸。三十六个大霸王，七十二个小霸王，我呀，五百罗汉还得往后站呢……拜拜了您呐！"

吴志强气得直挠头："什么玩意儿啊！"

"算了算了，反正我爷爷现在每天陪我骑车上学，我也不想报仇了。"

"就这么算了？"

"不算了又能怎么办？"

新的一周健步而来。如海的春意漫过整座城市，隐逸数日的飞絮大军不甘沉沦，再度现身，仿佛唐老鸭家族聚会，成千上万兄弟姐妹挤在对流层上集体理发。

星期一下午放学，合唱队继续紧张地排练。刘老师给我开起小灶，反复纠正我"八三拍"的指挥动作。说实话，之前练"四四拍"的时候，我已经怀疑自己是不是得过小儿麻痹症了，"八三拍"就更无从掌握，一双手俨然成了风干的鸡爪，全队节奏被我带得上天入地，就是不在该有的轨道上。小灶吃得我脑满肠肥，手指头都快练抽筋了。熬到排练结束，我走出校门，发现头顶云幕低垂，风里透出一股浓浓的咸湿气息。看这架势，雨情已在百米外亮出了起手式。我爷爷却在路口慢条斯理整理着车筐内的各类蔬菜水果，反复跟我念叨，"春雨贵如油，懂不懂！"那意思像是说，北京的春天就不可能下大雨，不必着慌。

"走，先陪爷爷去一趟东南小区。"

"去东南小区干吗？"

"去了就知道了。"

骑上车，我俩往回家相反的方向走，路过一座大型菜市场，就到了东南小区门口。蒙蒙细雨像风筝线似的斜斜地飘落下来，还真的是很小、很贵、很如油，即便我这样薄薄一层寸头也可轻易抵挡一阵。两个戴红箍的老人站在沉郁的天色里冲我爷爷招招手。我爷爷跳下车问，"还在吗？"其中一个戴眼镜的老爷爷说，"在呢，让孩子过去认吧！"我爷爷就招呼我跟他往小区里走。小区入口不远处有个街心花园，花园东北角一棵大榕树后，戳着个木制凉亭，叽里呱啦几个中学生正躲在里面抽烟打扑克。

我两眼发直，脚下好像被几十块口香糖同时粘住。是的，我看到了小豆子，还有他表哥、他的小跟班、"施瓦辛格"、"史泰龙"……几个人都在，动作浮夸地甩着手中的扑克牌，就像那天皮带落下时一样张牙舞爪。风里湿漉漉的气息混合着冷汗和眼泪的味道，闻起来让人有些心跳过速。肩膀上传来一股温热的力量，是我爷爷轻轻搂住了我，让我往旁边的布告栏后面闪了闪，指着小豆子问我："那个孩子手上的护腕是不是我在塘沽给你买的？"

"……"

"别怕，跟爷爷说实话，是不是被他抢走的？"

"嗯！"终于，我点了点头。

　　　　　　　　　凯风自南　我的"三亲"家庭协奏曲

"用皮带抽你的是哪个？"

"穿黑色运动服那个。"我指了指表哥。

旁边戴眼镜的老爷爷就跑开了。很快，她叫过来一个片儿警叔叔，后面还跟着两个穿保安制服的小伙子。片儿警貌似和我爷爷早就见过面，过来握了握手，叫了声李书记，又说，"没想到还真让您找到了。"我爷爷随即让我把袖口撸上去，把衣领也拉开，给警察叔叔看了看，几个人就一起进了花园。

两个保安小跑几步过去，一眨眼工夫，就把凉亭外那几辆自行车都给锁上了，钥匙拔下来直接往裤兜里一揣。小豆子举着手里的扑克牌，一脸傻呆呆的笑容在扭头看到我的一瞬间"哗啦"一下从脸上掉下来，砸到自己脚面上，蹦着就站了起来。表哥他们一转脸，也马上就明白怎么回事了。片儿警叔叔走进凉亭，叫几个人都把学生证拿出来，挨个对照一遍，又问他们是不是劫过我和"牛蛙"，还动手打过人。几个人全都点头承认，然后就被片儿警和保安一起带走了。

小豆子表哥懒懒散散地挎着书包走在最后，经过我身边时，突然野驴尥蹶子似的抬起腿就冲我踹了过来，吓得我赶紧往后撤了好几步。我爷爷再也忍不住了，冲上去像揪住一只猴子，抡起巴掌就是两个大耳帖子。啪！啪！两声炸雷，震得周围雨丝都断了线。保安赶紧拽开表哥，戴红箍的老人也拉住了我爷爷。表哥捂着脸，眼神躲躲闪闪，打量起面前这个从抗日战争、解放战争、抗美援朝一路拼杀过来的高大老人，喉咙里咕噜一声，咽下一口迟来的恐惧。

我爷爷气得嘴唇发抖，指着他鼻子说："你小子给我听好了，我孙子虽然没有爸爸了，但是他还有我这个爷爷，你再敢动他一个手指头，你试试！"

片儿警叔叔就劝："李书记，别动气，您先送孩子回家吧，等晚上我把他们几个家长叫来，咱们再跟他们好好算账。"

回家的路上，雨还是很小，下得抠抠搜搜，可即便如此，原本四处侵扰、猖狂不休的飞絮大军竟也被驱赶得一干二净。骑到楼下，贵如油的小雨鸣金收兵，天地间一片净透，微风纤尘不染，乌云拖着灰溜溜的小尾巴被愈发炽盛的霞光挤出视野。夜晚如宽厚长者，轻抚着痊愈的大地孩子，缓缓降临。

看得出来，明天会是个晴朗的好天气。

一场春雨一场暖。

周中开始，气温施展起壁虎游墙功，噌噌往上爬。我们院里的"恐龙骨骼展"也落下帷幕，盘足龙一样的老杨树，似鸟龙一样的大柳树，都像被神笔马良施了泼墨法，滋长出满头活蹦乱跳的腊八蒜，绿得人眼晕。我妈下班回家还穿着我爸那件加绒外套，鼻子尖上汗津津的。我说您不热呀，我妈说你懂什么，这叫春捂秋冻，然后拿出一本新上市的《侠探寒羽良》^①递给我："没买错吧？"

① 《侠探寒羽良》，一般指《城市猎人》，是日本漫画家北条司于《周刊少年Jump》1985 年 13 期—1991 年 50 期上连载的漫画。

"没错没错。"封面上的寒羽良正冲美女流口水，旁边的阿香扛着大锤子一脸不爽，不知道这俩活宝又要闹出什么幺蛾子①来。我赶紧扒拉完最后两口饭，坐回小屋翻起书来。我妈留在"客厅"，从尼龙包里哗啦哗啦地往外掏着什么，然后听见我爷爷好像打开了眼镜盒，问我妈："怎么样？"

我妈应该是抖落开一张化验单，交给我爷爷说："转氨酶还是有点高，其他的没变化，大三阳。"

天边传来一声隐隐的春雷，像卡在气管里没嗽清的痰。我抬头看看窗外，一大块浸满污渍的湿抹布压在了对面楼顶。不是说春雨贵如油吗？我爷爷把沉默藏在雷声里，过了半天才用粗重的鼻息表达了预料中的失望："慢慢来吧，着急也没用，大夫不是早就说了嘛，要做好打持久战的准备。"

我妈哼了一声："这些大夫都是站着说话不腰疼，持久战是多久？三年？五年？还是更长？谁也没个准确说法……我当然是不怕，只要我活着，这孩子一辈子好不了，我就管他一辈子，但是这可能吗？最后还不是要靠他自己？……现在体育课不参加长跑无所谓，上了中学怎么办？中考是要考体育的。高考那更严格了。大学毕业找工作，第一项就是体检，身体不行，哪个单位敢要你？……这些事说起来好像挺遥远的，其实都是一眨眼的工夫，想想十多年前占丰刚查出这个病的时候，就没一个人把它当回事，都觉得根本不算个病，结果一直拖到最后……唉，我现在真是后悔死了，绝对

---

① 幺蛾子，北方方言，无中生有、无事生非的意思。

　　　　　　　凯风自南　我的"三亲"家庭协奏曲

不能再把炀炀给耽误了。"

我爷爷一声不响，任由我妈半发泄半回顾地一路说下去，想不出具体办法的时候，他习惯保持沉默，用嘴角或鼻孔的各种气息呈现内心的起伏。我们老李家的人好像都这样，不光我爷爷，包括我爸，还有我，一个个笨嘴拙舌的，什么事都喜欢闷在心里，自己跟自己拔河，左右摇摆，直到筋疲力尽。

我妈接着说："老是在这些中医医院兜圈子也不是个办法，治疗手段太保守了。过两天我想带他去试试干扰素。"

"干扰素？"我爷爷把眼镜放回桌上，"西药会不会副作用太大了？"

"是药三分毒，中药吃多了一样有副作用。"

"……就是不知道这个东西对孩子安全不安全。"我爷爷依然有些犹豫，"倒也不是说不能看西医，只要是正规医院就还好，千万别跟你妈似的成天老想那些邪门歪道的。"

我奶奶吃完晚饭原本已经回卧室歇着了，我爷爷这一念叨她，她就跟遥控小坦克似的碾压着第二波滚滚雷声撞进了"客厅"，问我妈："化验结果还是不好啊？"

我妈"嗯"了一声。我奶奶一脚踢翻雷公，开始用自己的大嗓门制造炸雷："你们呀就是不愿意听我的，收废品的那个小曾跟我念叨好几次了，他有个远房舅舅就能治这个病，祖传的医术，县里的人都管他叫'侯一刀'……"

我妈赶紧打断她："妈，您孙子还没到那个程度呢，用不着开刀。"

我奶奶貌似没听见，也可能是假装没听见，只顾自己往下说："不管是肿瘤还是细菌，人家就凭手里这一把刀，找到你得病的那个……那个……那个叫什么来着，哦对，命门！据说有的人长在手掌上，有的人长在脚脖子上，好像是连着什么经什么脉，咱也搞不懂。反正心脏病就找对应心脏的位置，肺结核就找对应肺的位置，找准了，咔嚓一刀下去，拉个口子，把里面的毒素全放出来，也不用住院，过个五六天，伤口长好了，你就再也不会得这方面的病了，给你斩草除根了……哟，我差点给忘了，今天早上小曾还给我写了个纸条呢，我给放哪儿去了？"我奶奶小跑着回了卧室。

我爷爷哭笑不得地对我妈说："别听你妈胡诌。这老太太别人说什么她就信什么，愚昧至极。"

我妈苦笑一声："其实妈也是好心。"

我奶奶很快又从卧室返回来，咋咋呼呼地冲我妈说："这儿呢，这儿呢，你拿着，上面有电话、有地址，好像是在保定下面的一个县城里。要我说啊，找个礼拜天，让大朗开着车，带你们跑一趟……"

我爷爷实在听不下去了，冲我奶奶适当提高了一些分贝："你就别瞎掺和了好不好，开刀是那么随随便便的事吗，还能跑到农村开刀去？"

我隔着两堵墙都能感觉到我奶奶仿佛坐在一辆装甲车里，四周雨势滂沱、寒气森严，我爷爷所说的每一个字都像冷兵器时代射出的雕翎箭一样筋断骨折，无功而返。不用亲眼看都知道我奶奶肯定是目光如电筒，直勾勾盯着我妈，眼神绝不向我爷爷那一侧漂移半分，口中自说自话，就像在放一盘录音带，丝毫不受外界干扰："就这么喝中药，喝到哪天是个头啊？等天气再一热起来，光熬药就够愁人的。还不如来个痛快的，让小曾他舅舅给你们露一手，找到那个'命门'直接来上一刀，能切的都给它切干净了，这多省心多干脆啊！"

话音一落，老天爷似乎都被我奶奶攻破了"命门"，痛苦地把嘴咧成一道闪电，呕出无数惊恐的雨点落在玻璃窗上，像透明蚂蚁组成的散兵游勇，瞬间溃不成军。我妈吓得不敢再说话，敛了敛桌子上的化验单钻回小屋，把那张纸条往我写字台上一撇，吐了吐舌头说："听见你奶奶说什么了吗？这哪儿是看病啊，简直就是杀猪呢！"说完，顺手掩上门悄悄问我，"他俩的冷战还没结束呢，这都多少天了？"

"关我什么事？"我正津津有味地沉浸在寒羽良和阿香的拌嘴吃醋中，哪有工夫管他们的"夕阳战争"。

我妈"啧"了一声说："这孩子，怎么一点都不上心呢？你爷爷奶奶为什么吵架？还不是为了你，你得想办法给他们调解调解。"

我连头都懒得抬，专注地翻着漫画书说："清官难断家务事啊！"

说句心里话，我是巴不得他俩没事多吵吵架呢，吵完了，通常就是漫长的冷战，家里的气氛从闹哄哄的菜市场升级为静谧安详的阅览室，我和我妈正好趁机给疲劳的耳膜放个假。要不然我奶奶实在是话太多，一天到晚张家长李家短，三只蛤蟆六只眼，嘴皮子比电视机还能说，《新闻联播》都盖不住她。不过话又说回来，老两口最近几次吵架基本上全是为了我看病吃药的事。自从我爸一年前吐血发病，大夫立刻建议家里人尽快给我也做个全面检查，我体内隐居多年的那朵小小恶之花，便很快从一管血液检测中华丽绽放。我爸属于那个病程的晚期形态，我这个则是初始形态。当然，如果不积极治疗，任其脱缰而去，早晚也会大步流星地冲向悬崖。那段时间，我妈忙着照顾我爸一心难以二用，带我求医问诊拖住病魔脚步的艰巨任务便落到了我爷爷奶奶身上。

一开始，我爷爷思路很清晰，先在家长会上找马老师说明了情况，然后带我去了一家老牌中医医院，让我姑父托了朋友加了个塞儿，挂了个副院长的专家号。可是喝了一个月黑乎乎的药汤子，抽血复查却不太理想，化验单就像复印出来似的各项异常数据马步扎得稳牢。我奶奶这暴脾气就坐不住了，总是恨不得像治感冒一样吃上几片药，睡上一大觉，第二天就让林黛玉进化成拳王泰森。于是，我奶奶开始不停地唠叨我爷爷，说当初我大姑出意外，也是在这家破医院里抢救的，结果生生耽误了病情，现在要是再把我给耽误了，看他怎么向我爸妈交代。我爷爷一想起那段惨痛往事，内心也不免有所动摇，但依然坚持认为中药见效比较慢，这才一个月，不妨再等等。

过了几天，我们楼里有个老爷爷摔倒骨折，也去了这家中医院，拍完 X 光片却被粗心的医生搞混了，差点误诊为轻度扭伤。我奶奶立马借题发挥，说前楼的李姐向她透露，这家医院的医生水平还不如赤脚大夫，东城区有家中医院才是治我这个病最权威的地方，李姐那个侄子的老丈人的后老伴，当初就是在那里治好的，然后催促我爷爷赶紧带我弃暗投明。我爷爷让我奶奶这么一搅和，彻底乱了营，只得按图索骥，步武前贤，领着我坐了二十多站公共汽车去了那家城里的大医院。那边的结论和这边没什么区别，慢性病，只能审时度势慢慢来。然后那位说话缓慢的男大夫就一边开药，一边给身旁的女实习生讲解，这个药和这个药应该怎么搭配，那个药和什么药不能一起混用，最后大概因为诲人不倦分了心，开出的药方有点不对路，接近于毛血旺的功效，我回家吃了一个星期嘴里像燃烧的烽火台，串联起一路大燎泡。第二周又去调药，结果又调整得过了头，一泻千里，滔滔不绝。那几天上学，我书包里永远塞着两大卷手纸，一下课就朝厕所方向冲刺跑，拉得我两条腿跟面条似的，俗话说"好汉禁不住三泡稀"，更别说我还不算什么好汉。第三周再去的时候，大夫用手指敲着桌上的玻璃板，给两个实习生布置临时测验："看来这个小病号对药物比较敏感，你们也来思考一下，下一步应该怎么调整呢？"两个大学生便轮番上阵给我号脉，七嘴八舌地现场辩论起来。我爷爷那天特别不高兴，最后药也没取就带着我回家了。一进门，凄风苦雨都朝我奶奶泼过去，"你看看，你看看，你推荐的好地方，拿炀炀当小白鼠做实验了。"我奶奶也傻眼了，可嘴上绝不服软，跟我爷爷唇枪舌剑大吵一架，连着三天谁也没理谁。

　　我小姑周末回家，驾轻就熟地做起和事佬，给他们居中调停一番，最后建议说，"还是带炀炀在海淀附近就医吧，我爸都这个年纪了，跑那么老远实在太辛苦。"这时候，我奶奶又冒出来了，说是昨天听后楼的熊姐说，五道口附近有家中医诊所，有个范主任专攻这个病，承诺半年内治愈，绝无反弹，去年还上过报纸呢。让我奶奶这么一通人云亦云，我爷爷又没主心骨了，"行吧，那就再去试试运气吧！"到了那家门可罗雀的民办小医院，病情还没介绍完，范主任的药方便飞流直下来在眼前。拿去窗口一划价——嚯！香港美食城的龙虾宴也自愧不如，吓得我爷爷钱包都没掏出来，拉起我就溜了。

就这样，兜了一个大圈子，又绕回了最初的那家医院，踏踏实实喝起了人家副院长的药方。这方子虽说见效比较慢，"大三阳"一时半会儿也难以逆转，但经过一段耐心的调整和巩固，转氨酶终于还是回落到了临界点，肝火胃火也缓缓退散平息，总算没白忙活一场。我爷爷就跟我小姑说，"先这样维持着吧，我也有点力不从心了，等你大哥的情况好一些，再让他们两口子慢慢想办法。"

时间就在药锅里咕噜咕噜地熬到了年关。

一个周末，我爷爷参加老干部聚会，出去了一整天，我奶奶不知道哪根筋搭错了，从外面买了只甲鱼回来，又弄了点西洋参还是花旗参的，我也不太懂，反正是小火慢炖地煮了一大锅。吃午饭的时候，她非让我来个"三碗不过冈"，灌了我一水饱。下午，我就觉得有人在我肚子里钻木取火，没一会儿自己就变成陈佩斯小品里的那个王老五，浑身发热，满头大汗。等我爷爷晚上回家，我又开始一阵阵发冷，不停打激灵。我爷爷拿体温表给我一试，三十八度二，再一看锅里的甲鱼和参片，气得肺管子都快

　　　　　　凯风自南　我的"三亲"家庭协奏曲

炸了，冲我奶奶嚷嚷起来了，"人家大夫说了，这孩子肝郁气滞，不能大补，越补越坏事。"我奶奶理直气壮地说，"我听东楼的赵姐说的，人家田径运动员就吃这个，吃得身体倍儿棒，全世界拿冠军。"我爷爷把锅盖重重一扣，吼道："前楼的，后楼的，东楼的，西楼的，别人说什么你信什么，大夫说的你反而不信，你就是愚昧！你就是文盲！"得，砰砰两枪又把我奶奶搞成了超级赛亚人①，扔下水池里刷到一半的锅和碗，七窍生烟地回屋躺着去了。之后整整一礼拜，我爷爷都跟池子里的洗涤灵泡泡似的，成了家里的透明人。

　　这就是一年来我的求医回忆录。我妈搬过来以后，从我爷爷手中全面接管了我的病历本和化验单，她显然对之前的办事效率不太满意，但还是本着萧规曹随的原则先陪我去了两趟中医院，旁观了一段时间，同时也把那句"千万次地问"反复送进副院长耳朵里："您觉得这孩子到底有没有希望转阴？"

　　副院长的回答像极了鲁迅先生吐出来的一缕烟雾："希望本无所谓有，也无所谓无，所以呢，不要过于悲观，当然了，也不要过于乐观。"

　　说了等于没说。将将吃完这一疗程的药，家里熬药的砂锅先

---

① 超级赛亚人，动漫作品《七龙珠》中赛亚人专属变身形态，最大特点是头发根根倒竖。

泄了气，每次熬完药都在灶台上漏出一大片药液。倒不是药锅质量不好，主要还是我奶奶长年累月瞎操作，不是直接把滚烫的砂锅放在大理石台面上，就是还没等彻底冷却便忙忙叨叨地拿自来水去冲洗。我爷爷无奈到无言以对，我妈却把它看作岔路口上的转弯指示牌，就算这是一场比拼耐力的马拉松，也没有一条直道跑到黑的，对吧？

周末回我姥姥家，她就找我三舅商量，水路不通走旱路，条条大路通罗马，罗马人自然是看西医，我妈也想带我转战西医。我三舅当时在一所中学当班主任，他有个学生的妈妈正好是一家相关医院的药剂师，帮忙挂专家号可谓近水楼台。而且那家医院有个姓徐的知名专家正在招募病患，参加一种新型干扰素的试用疗程，这种干扰素疗效出众，只是价格比较昂贵，如果能够加入这次免费试药活动，三个月内所有的药费、检验费用全部由院方承担，唯一的条件，必须是母婴传播的"大三阳"患者。

"我觉得机会不错，可以去试试。"我三舅推了推眼镜说。

"那就尽快帮我们联系一下吧！"我妈下定了决心，"最好下周一就能过去。阿弥陀佛，阿弥陀佛，希望这次我们炀炀能转运。"

我姥爷搅拌着碗里的打卤面，抬头看了我妈一眼，插话说："有时间你自己也去医院检查检查吧，我瞅你最近脸色发黄。"

"先紧着炀炀吧，我好说，少吃油腻少吃辣，问题不太大。"

晚上回家，我和我妈刚一走出小院，我姥姥就踮着小脚追出来，把一个信封往我妈兜里塞，我妈像见了手榴弹似的赶紧推回去："妈，我有钱。"

我姥姥一瞪眼："拿着！你爸让我给你的，烄烄看病用得着。"

那段时间，我妈手头确实挺紧的，下班带回来的橘子、西红柿全都软塌塌的，眼看就快烂了，面包啊、蛋糕啊，也都是晚上八点以后处理的半价品，甚至能从里面吃出鸡蛋壳来。可有些说不通的是，她最近忽然迷上了收集毛线，而且出手阔绰，买回来的全是高档货，连我小姑看了都赞不绝口，今天一大包，明天一大捆，花花绿绿堆得到处都是，把小屋里弄得跟国庆节花坛似的。

"这才几月份啊，您就要织毛衣了？"

"谁告诉你我要织毛衣了？"

"那您买这么多毛线干吗呀？"我巡视了一下码在床头和窗台上的一堆堆毛线卷，忽然茅塞顿开，"哦，我明白了，您是要缠七颗毛线龙珠，召唤神龙给我治病。"

"贫吧你就！"我妈白了我一眼，忽然又加上一句，"不过倒是猜对了一半，确实是给你治病用的。"

"啊？！"

半开玩笑的这么一句话意外生长成一只章鱼，在午夜的幻境里张牙舞爪。那晚，我就梦见我奶奶在厨房给我熬中药，拿着根筷子又翻又挑的，我心里挺纳闷，这是熬中药还是煮面条呢？凑近了一看，哇，药锅里煮的全是五颜六色的毛线，密密麻麻地还往外冒泡呢，如同一群垂死挣扎的毛毛虫，可把我恶心坏了。清晨时分，闹钟响起，我从束手束脚的一团乱麻里挣脱而出，看到我妈坐在床头撑开一个大号手提袋，正把梦中的"毛毛虫"一窝一窝地往里赶，以为自己又掉进了梦中梦，使劲揉了揉眼睛才清醒过来，膈应[①]得连早饭都没吃好。

老天爷一早就心事重重，脸上挂满乌云。上了公共汽车，笔直细密的雨丝便在前方摆起迷魂阵。那年春天也是邪门儿，一场雨接着一场雨，都快赶上冬天批发大白菜了。好不容易开到医院门口，坑坑洼洼的站台上污水漫漶，仿佛到了瑛姑隐居的黑龙潭，司机还在背后不停催促"到站了，到站了"，我和我妈只得硬着头皮跳下去，可惜没有九尾灵狐的身手，跳也跳不了多远，两双鞋湿了四只，裤腿上溅得全是泥。一直到见了药房的冯阿姨，我妈嘴角才有了一丝上旋的弧度，把人家拉到大厅的角落里递上一袋子羊绒毛线做见面礼。冯阿姨挺不好意思，稍事推辞："您太客气了，我这都是举手之劳。"

我妈把袋子使劲往冯阿姨怀里塞："一点儿小心意，以后少不了要麻烦您呢！"

冯阿姨这人挺实在的，而且心还特别软，托挂号室的同事给我们留了个九号，说是没好意思霸占太靠前的号，觉得那些半夜里就跑来排队挂号的患者挺不容易，抢了他们的号于心不忍。九号就九号吧，三甲医院，权威专家，能挂上号就不错了。我妈依旧是千恩万谢。只是候诊时间略显漫长，平均一个患者十五分钟，我就靠在楼道里的长椅上捧着语文书背诵古诗。我妈反倒像个坐不住的孩子，在我面前晃悠来晃悠去，跟旁边的患者交流几句，再往徐主任的诊

---

① 膈应，北方方言，讨厌、不舒服、令人恶心的意思。

凯风自南 我的"三亲"家庭协奏曲

室里踅摸两眼，她是想让我看完病早点回学校去上课。我一副稳坐钓鱼台的样子摇头晃脑地对她说："少安毋躁，小心火烛。"

我妈乐了："那叫天干物燥，小心火烛。"

"我知道，我这不是逗逗您吗！"

等轮到我们进诊室的时候，徐主任只用了一句话还真就达到了天干物燥的效果——这次干扰素的试用名额已经报满了。这位操一口吴侬软语的中年主任医师看完我的化验结果和B超单子，认为我现在的状态确实很适合接受干扰素治疗，而且也只有干扰素才对我的病症有效果，但是呢，很不凑巧，只能自掏腰包了，免费的午餐不是没有，不过很遗憾，我们来晚了一步。我妈掰着手指头算了算，三个月疗程自费需要好几千块钱，小半年的工资呢！可徐主任的态度也很坚决："真的不能再加了，前两天就已经超额了。"

我妈扭头看一眼窗外，雨基本停了，只剩下渐行渐远的雷声，像个怎么也挽留不住的希望。"您再帮忙想想办法吧，"我妈开启了软磨硬泡模式，"我们大老远淋着雨从海淀区跑过来的，五点半就起床了，中间倒了两趟公共汽车……"

徐主任微微一笑道："这么跟您说吧，来我这里看病的有从内蒙古赶过来的，还有从河南、黑龙江过来的，都比您远多了。"

好吧，山高水长、路途艰险比不过人家，那就再比比别的。我妈一点不放弃："您看这孩子吧，他爸就是得这个病去世的，他爷爷带着他看了一年的中医了，跑了好几家医院也没什么太大效果，喝中药都快喝吐了，我现在真是有点走投无路，经济上、精神上压力都特别大，把所有希望都放在您身上了，求您行行好，再给开个口子吧！真要是能把我们炀炀治好，我请您吃全聚德。"

徐主任依然保持着微笑："您的困难我能理解，来这里看病的患者家里情况其实都差不多，大家都挺不容易的，可我要是给您破例加上了，那后面的病人我加不加呢？都加进来的话，我们医院也负担不起啊！您暂时先克服一下，自费一段时间，等下次再有相关试药活动，我一定想着您，好不好？"

说完，徐主任朝身边的年轻助手示意了一下，意思是让她带我们出去划价取药，别耽误下一位病人看病。助手过来劝了我妈两句，把我们送出诊室，又去叫下一位病人。我妈还是不死心，也没去交费，带着我跑到楼下药房找那个冯阿姨再帮着想想办法。冯阿姨一听，脸上都快结出苦瓜了："大姐，这个我就无能为力了，人家徐主任的研究课题，我们药房的人可插不上话。"

看起来，毛线终究还是变不成龙珠。我妈没辙，只好又带我上楼，回到徐主任的诊室门口。她拿出手绢擦了擦脖子上的汗，对着门上的"请勿打扰"吁了两口粗气，上下楼梯跑了这么一大圈感觉手都有点发抖了。一鼓作气，再而衰，三而竭。衰竭之前，我妈还想再努力一把。她让我在门外坐着等她，自己又见缝插针地钻了进去。大约过了五六分钟，徐主任的助手忽然打开门叫我："小同学，你进来搀扶一下你妈妈，她好像心脏有点不舒服。"

我心里"啪嚓"一声碰翻了一个玻璃杯。跑进屋一看，我妈半伏在徐主任的办公桌上，右手捂着胸口，脑袋歪歪地挂在一边，脸色跟沙子地似的，两条眉毛眼看就要绞到一起了。

徐主任招呼我说："看看你妈妈包里有没有速效救心丸，快给她吃上几粒。"

我翻遍了尼龙包也没找到。

我妈虚弱地说："你再……摸摸我右边裤兜。"

这回对了。我手忙脚乱地掏出药瓶，一下子倒出来一大把，也闹不清是多少粒了，索性全都给她含进嘴里。然后听我妈口齿不清地说了一句："打扰您了……徐主任。"抓住我的手勉强站起来，哆哆嗦嗦就要往外走。

徐主任忙说："别着急，别着急，再休息一会儿吧！"

话音未落，我妈两腿一打软牵拽着我，好像两个倒下的保龄球瓶斜斜歪倒在旁边的诊疗床上。

这下徐主任也慌了，赶紧走到床边让我妈平躺好，抓起她手腕摸了下脉搏，扭头对助手说："小崔，快去把护士长叫过来。"

护士长五十岁左右，又高又胖，感觉能在水泥地上踩出一串脚印来，进了门先问我："妈妈以前有心脏病吗？"

我结巴着说："有……有早搏。"

我妈半眯着双眼，从牙缝里又挤出五个字："还有……室上速。"

护士长点点头，叫进来一个护士耳语了两句，转回来安抚我妈："您尽量不要说话了，深呼吸，我给您想想办法。"

这时，诊室外有几个患者，也都探着脑袋往里看，其中一个冲我说："没事，别害怕，咱们护士长以前就是急诊科的。"

护士拿了个压舌板进来，递给护士长。护士长稳稳地往床边一坐，扶着我妈微微欠起身，叫她尽量把嘴张大一些，就像感冒时检查喉咙的样子，拿压舌板在她舌根儿上用力压了几下。我妈忍了忍还是没忍住，扭身朝床下干呕起来，难受得眼泪都出来了。护士长扔掉压舌板，等我妈不再干呕，又让她做了几组深呼吸，然后告诉她用力憋住一口气，再重新平躺下去。接着，伸出两个大拇指，在我妈紧闭的眼皮上轻轻按摩了一阵。

过了几分钟，大概速效救心丸也发挥出一丢丢效力，我妈眉间那团黑疙瘩有了松动迹象，但脸上依然罩着一层土黄色的硬壳子。护士长又替她把了把脉，冲徐主任摇摇头说，"不行，早搏还是挺明显的。"徐主任往下压压手，说道，"没关系，就在这儿多躺一会儿吧，要不我换个诊室也行。"护士长说，"那倒不用，您就在这屋看吧，我带他们去急诊。"说完，她从楼道推了个轮椅进来，小心翼翼地把我妈搀扶上去，又对我说，"拿好你妈妈的东西，跟我走。"

到了一层急诊科，急诊大夫给我妈做了个心电图，建议输液治疗。护士长拍拍我肩膀，让我别太紧张，先去划价交费，把药取出来。我也没想起应该对这个好心的胖阿姨说声谢谢，就提着我妈的尼龙包跑去了收费处，捧着静脉滴注液回来时，护士长已经走了。我妈躺在拉帘后面紧闭着双眼，胸口起伏不定，一个年轻护士正在给她佩戴心电监护设备。观察室里病人不少，病床四周都挂满布帘子，层层乌云似的遮住光线，白天也阴沉沉的。制氧机"噗噜噗噜"鼓动着浅浅的雷声，各种医疗仪器滴一声、滴一声地抖落着小雨点。看起来，早上那场雨并没真的走远。

我站在床头看着我妈，脑子有点发木，眼里全是焦煳的小斑点，看什么都像在雨帘之中。护士过来取了我手上的药，给我妈扎上针，调整好点滴速度，端着托盘匆匆离去。我在床边坐下来，用手碰一碰我妈胳膊。我妈半睁开眼，深深吸了一口气，从被子里抽出手来，握住我的手。她的手比冰还凉，我的手和冰差不多，两只手握在一起就像夏天的大冰砖上躺着一溜冰镇汽水，谁也暖不过来谁。

我就这么像个床头柜似的坐在那儿，眼巴巴望着头顶的输液器，仿佛全世界忧伤的雨滴都困在那个小小的塑料容器中，左右不得施展，前后进退维谷，只能小心翼翼地摸索试探，在逼仄的细流中困兽一搏。时间，于细小的出口处膨胀成一颗颗汗珠，无声而迟缓地坠下，显得又黏滞又拖沓。其实也就过了半个多小时，我妈便从心跳失速的险境中缓了过来。她朝我这边转了个身，眨眨眼睛说好像没刚才那么难受了。主治医生也进来看了看监视器上的各种线条和数据，表示基本上稳定下来了，但还是叮嘱我们，"别急着走，踏踏实实把这三瓶液都输完，再观察一段时间。"此时，我妈的脸色已明显红润起来，呼吸也平稳多了："儿子，刚才吓坏了吧？"

不知怎的，我鼻子里像灌进了白醋，赶紧抬头去看输液瓶，故作轻松地说："那倒没有，我都习惯了。"

"哟哟哟，你还习惯了，长本事了。"

"那可不。"

"刚才幸亏有人家护士长帮忙，要不然真不知道我现在在哪儿躺着呢！"我妈眼角也泛起一丝波光，"儿子，对咱们好的人一定要记在心里，以后要找机会报答人家。"

"不好的呢？"

"不好的忘了他就是了。"

"嗯。"我吸溜了一下鼻子，情绪搅动着胃酸荡漾起来，肚子里咕噜咕噜地叫了几声。

"饿了？"她抬手一看表，也难怪，已经快十二点了，就叫我拿上钱包赶紧去医院食堂买饭。

人一旦从高度紧张中松弛下来，最先撂挑子的就是胃，再加上早饭也没好好吃，一进食堂，陷落在温暖的饭香菜香里，我这两个眼珠子就进化成探照灯了，看什么都是发光体。米饭、烙饼、豆包、各种小炒、汤汤水水，全都勾着一层金闪闪的边儿，就连铁盘子都想拿过来啃两口。我用现金换了几张饭票，挤在一群不爱排队的大爷大妈中间，上蹿下跳地抢了一份烧二冬、一份肉末豆腐，给我妈买了个花卷，自己打包了一盒米饭，提在手里感觉分量太轻，有点不解气，又跑去换了一次票，添了两块大懒龙、一份烂蒜肥肠。

回到观察室，发现徐主任的助手站在床边，正俯身跟我妈嘀咕着什么，我妈双手合十冲她直作揖。助手交代完毕，转过身冲我笑笑，抱着文件夹走了出去。窗边的两位病人也输完液回家了，布帘子纷纷拉开，屋里一下透出雨过天晴的亮堂感。我妈"噌"一下从床上坐起来，腰上跟装了弹簧似的一边撸胳膊挽袖子，一边调整着床头的活动餐桌满面放光，完全不像个正在输液的心脏病患者。

"我就说我儿子这回能转运吧！徐主任给咱们增加了一个试药名额，待会儿等我输完液就可以上去签字了。来来来，先吃饭。"

这顿午饭吃得格外香。我也是真饿了，甩开腮帮子一通猛撮，懒龙里的油星全滋到裤子上了。旁边病床上来了个瘦瘦的老爷爷，自己挂着拐杖到医院输液，挂上吊瓶后就一直乐呵呵地看着我。等我吃饱喝足，收拾了两个人的饭盒去扔垃圾时，他忽然朝我妈竖了个大拇指："您这儿子，真棒！上初几了？"

"哪有，才小学五年级。"

"哟，那这身体可够结实的，跟小运动员似的。"

我妈也笑了："他呀，也就饭量像运动员。"

干扰素不是药片，也不是冲剂，只能靠注射，隔一天就要打一针。去哪里打是个问题。每次都从中关村跑过来一趟根本不可能，还上不上课了？我妈就跟徐主任商量，能不能把药拿回去打。徐主任勉强同意，但是强调注射液务必冷藏，而且每个月一定要按时回来化验一次。第二天，我妈又搜集了一袋高档毛线，约上我小姑，去了我家附近的一所卫生院。卫生院有个副主任是我小姑中学闺密，她接过毛线往柜子里一塞，笑吟吟地说，"不就是早上过来打个针吗？好说好说，一句话的事。"说完立马带我去了注射室，手续办妥，一针推下去，充满希望的三个月疗程就这么开始了。

我一般七点就啃着煎饼等在注射室门口了。护士阿姨来了，匆匆忙忙洗一把手，就先帮我第一个把针打上。头两个星期风平浪静，每周一、三、五轮动，左屁股一针，右屁股一针，土地肥沃，轮流插秧，没什么特殊感觉。半个月后，原来的护士阿姨调动工作，注射室换了个年轻的大姐姐，竟和香港明星周慧敏颇有几分相似。不过人家周慧敏温润如玉、仪静体闲，完全是仙女下凡，这位护士姐姐却总裹在一身暴躁的起床气里，更像一只母刺猬，每次看见我都要炸刺儿："你怎么又来这么早？""哎哟喂，一大早又来催命了！"有时，大概是前一晚刚和男友吵了架，护士姐姐眼珠通红通红的，扎针那一下快赶上拼刺刀了，疼得我想叫都没力气叫，牙花子底下麻酥酥的，受完刑还要假惺惺地说句谢谢。

一个月转眼而过，化验结果有点吓人，转氨酶反弹到了三位数。徐主任却说这是正常现象，说明自身免疫力有了反应，只要数值不超过二百，反而有助于激发出抗体，是好事。可惜内在的好并不能反映到外表，日常走路都成了大问题，我就像半道上爆胎的小轿车，总朝一边歪着，打完左屁股往左歪，打完右屁股往右歪。兰天不明所以，上学路上问我哪里不舒服。我如实相告，她脸上飘过一缕疼惜小猫小狗般的善良神情，轻轻地说："真可怜。"这反而让我心里不痛快了，我不要别人可怜我。

有一天下午，全校活动唱国歌，我上主席台指挥，往台阶上一迈腿，就觉得屁股蛋子又酸又胀吃不上劲，一条腿往上蹬，一条腿跟着拖，上了台再往前走，不知怎么搞的，就走成了一瘸一拐的外八字，跟小品里动作不协调的赵本山似的。台下立刻有人嘻嘻嘻地笑起来，国歌也就唱得乱七八糟。唱完之后，整个操场都起哄架秧子地笑成一团。接下来再唱《少年先锋队之歌》，完全就是掉进了蛤蟆坑，彻底失控了。我一脸尴尬地走下台，大队部里两个六年级的学长模仿着我歪歪扭扭走路的样子，坏笑着迎接我道："欢迎残疾人艺术家下台。"

大队辅导员赵老师在后面呵斥他俩："胡扯什么！"转而又向

我表达不满，"今天这是怎么了？"

我就把打针的事向赵老师简略说了一遍。关键是这才第一个月，后面还有两个月呢！

"要不下礼拜让周岚来指挥吧！"旁边有个老师提议说，"周岚现在练得不错，不比李炀差。"

这句话可捅了我心尖上的马蜂窝。不比我差？那意思就是比我强呗？要说其他方面，我也认了，但是指挥这方面我可是超大号的不服气。我从三年级加入合唱队，就一直被刘老师当成指挥培养，大大小小的演出参加了十几场，也算"资深人士"了。周岚呢？去年才转学过来的一个胖胖女生，不就是会弹两下电子琴嘛，指挥才练了一个学期，怎么就会不比我差了呢？

我不服。回家打开录音机，我对着大衣柜镜子开始苦练，一板一眼抠动作，坐马桶时都挥舞着两只胳膊。当然，这不只是为了赌气，也是为了近在眼前的六一文艺汇演。我们学校合唱队准备了两个节目，我和周岚各指挥一首歌，她那个比较简单，整首歌下来都是四二拍，有个脑袋就能干。我这个可复杂多了，四四拍转八三拍，稍微一走神动作就变形，不下功夫可不行。那时候想买一本指挥技法的教学书简直比西天取经还难，书摊儿上没有，新华书店里也找不到，只能靠电影、电视剧里惊鸿一瞥的指挥家镜头自行脑补找感觉。那几天，我几乎每晚都练到十点以后，第二天起床胳膊酸疼，仿佛扔了二十个铅球似的。

有努力自然就会有进步，起码动作流畅有激情了。排练的时候，刘老师也一直鼓励我，别怕出错，放开自己去表现。但走路的问题还是绕不开，我心里想得端端正正，抬头，挺胸，迈大步，可一走向指挥台，哎哟哎哟，从屁股到大腿，整条筋拧着麻花疼，还是那个屌样。刘老师又无奈又心疼，问我，"这么严重啊？是不是淤血了？"我点点头说，"晚上热敷一下还好，白天坐时间长了特别疼。"刘老师说，"从后台走出来也就那么十几米，咬咬牙克服一下吧，不然多影响咱们学校的形象啊，一个合唱队的指挥应该是器宇不凡、很有风度的。"我嘟了嘟嘴，心里那叫一个委屈，我不想器宇不凡、不想很有风度吗？要不干脆您给我准备个轮椅吧！

儿童节的前三天，举办演出的那家剧场突然爆出安全事故，有家公司在里面开大会时，天花板出其不意地掉落两块，造成一人重伤、四人轻伤的惨剧。记者们闻风而动，当晚就上了电视新闻，我妈看完直拍胸口，说是前两天还去那个剧场里装过灯箱，又登梯子又爬高，想想可真够悬的。转过天来，合唱队排练时，刘老师当众宣布，因为演出场地出了事故，现在区里要求全面整改，为了保证学生们的人身安全，本次文艺汇演转移到附近小剧场，时间也要减半，每个学校只能保留一个节目。没办法，拿谁不拿谁刘老师也举棋不定。两首歌排练得都很出色，两位指挥也都很努力，为了公平起见，只好找来一个茶缸子，写两张纸条，揉成小团，让我和周岚抓阄，谁抓到谁上。周岚轻快利落地起身走过去，我一跛三晃，畏畏缩缩地跟在后面，引得旁边几个队员偷笑不已。刘老师把茶缸子摇了摇，摆在我俩面前："我说开始，你们就伸手……"

我忽然打断刘老师说："还是让周岚上吧，我退出。"

刘老师愣了一下，眼中满是惊喜："太棒了，太棒了！李炀同

凯风自南　我的"三亲"家庭协奏曲

学这种主动让贤的精神非常值得大家好好学习，来，让我们为他鼓掌！"

音乐教室里掌声四起。刘老师面带欣慰地冲我点点头，我却有点想哭。

晚上我妈回家，进门就拍着我后背说，"我儿子真够绅士的。"我没明白什么意思，没吭声。她接着说，她在菜市场碰见了班主任马老师，马老师肯定也是听刘老师说的，说我今天发扬了高风亮节，把参加文艺汇演的机会主动让给了女同学。我"哦"了一声，继续低头写作业。写着写着，作业本上的钢笔字就洇了，珠圆玉润的大"金豆子"从眼眶里吧嗒吧嗒地往下砸，嘴上是一言不发，心中却压满集装箱，特别是想到指挥国歌时那两个学长，还有当时全校同学肆无忌惮的嘲笑，简直委屈到姥姥家去了。

这下，我妈可让我搞糊涂了，问我这是怎么了。我抹一把眼泪说没怎么。我妈就坐在床沿儿上盯着我看，看我越哭越收不住，大有黛玉葬花之势，也不禁烦躁起来："行了行了，闹什么脾气啊，有事说事，到底又怎么了？"

我抽着鼻子小声嘟囔了一句："我不想打针了，太疼了。"

我妈一听就火了："瞧你那点出息，又没让你扛着枪上战场，打个针你都坚持不下来？你说你以后还能干点什么？甭说别的，你就想想你爸，你爸打针吃药什么时候皱过眉头？"

我妈这么一说，我就把眼泪狠狠咽回去了。这个世界上唯一能让我心服口服，心甘情愿去学习、去模仿的榜样，就只有我爸了。

我爸住院那会儿，每次去探视，见到他打针或输液，脸上永远保持着刮骨疗毒般的言笑自若。吃药也一样，再苦的药都跟喝五粮液似的，谈笑间，药汤灰飞烟灭，然后还得咂咂嘴，冲我做个鬼脸说"味道好极了"。我爸可以算是工人阶级里的知识分子，手不释卷，博文达理，能写一手漂亮的毛笔字，还会刻印章、刻板画，经常会在组装沙发或修理洗衣机的时候，蹦出一两句浪漫隽永的唐诗宋词，但是骨子里又保留着很多产业工人特有的血气与坚毅，不像所谓的白面书生那么弱不禁风。受他影响，耳濡目染，我自小到大去医院看病也从没出现过撒泼打滚、腿肚子发软的情况，对所有疾患都能保持战略上的藐视与乐观，甚至去年刚查出这个病的时候，内心深处还隐隐生发出一股悲情的浪漫主义，想想张无忌、令狐冲，哪个纵横江湖的英雄少年不是满身绝症又身残志坚呢？当然了，时间一长，这浪漫娇贵的幼小肉体终究还是不免被现实的狼牙棒捶得满地找牙，尤其这一针一针又一针的，真是快赶上纳鞋底子了，除非是个稻草人，不然搁谁身上都挺难熬的，语文课本里有句话说得好——非人的虐待啊！

不过哭完也就轻松了。苦不苦，想想红军两万五。不就是往屁股上打针吗？总比革命先烈所受的严刑拷打轻松多了吧？就这样一时畏缩，一时回勇，打满了两个月，新问题跟着又来了。

先是屁股上的肉不够用了，左右两个臀部全成了蜂窝煤，而且还是世所罕见的白花花的蜂窝煤。"周慧敏姐姐"那段时间可能是恋爱谈得比较顺利，忽然变得温柔起来，下针之前总会因地制宜地帮我寻找一块"新大陆"。可惜效果不大，覆巢之下无完卵。那阵儿我最深刻的体会就是，班里的椅子变得越来越硬，怎么变换姿势都如坐针毡，恨不得学欧阳锋去逆练九阴真经。晚上睡觉更痛苦，朝左朝右都不行，平躺着两边全疼，趴着睡又噩梦连连，只能坚持每天做热敷。大夏天的，灌一个热腾腾的暖水袋，睡觉的时候歪着身子，左边敷一敷，右边烤一烤，把我热得跟烤鸭似的，浑身出油。有一天半夜，那个老式暖水袋忽然寿终正寝，汩汩滔滔，魂灵飞散，我迷迷糊糊中一摸床单，吓了一跳，以为自己尿床了，两点多又爬起来更换床上用品，简直都快折腾傻了。晚上睡不好，白天就显得疲惫不堪，爬个楼梯呼哧带喘，做完一套课间操手脚发沉，干什么都打不起精神。六十天一到，赶紧去医院复查，转氨酶妥妥地迈过了二百大关，"大三阳"却裹在石膏里纹丝不动，徐主任这回也不强调"正常现象"了，只是说让我再坚持坚持。

不坚持也没办法了，毕竟除了宝贝屁股之外，还有更重要的事——马上就快期末考试了。语文还好说，数学最近真是有点跟不上。数学老师平时就总说我"瘸腿"，意思是语文成绩在班里数一数二，数学却只是个"八强"水准。学数学实在也没什么捷径，无非就是题海战术。可我那段时间实在疲乏得不行，吃完饭往台灯下一坐就开始犯困，卷子写到一半，哈欠已经打了几十个，眼皮上挂了杠铃似的。不出所料，期末考试拿了个历史最差成绩，全班第十。我妈捧着成绩册，眼中飘满什刹海的晨雾，中间好几次张嘴想说什么，最后又硬生生地吞了回去。吃晚饭的时候，我奶奶不识趣地问我期末考试考了第几名。我爷爷用筷子敲敲盘子边，"算了算了，吃饭吃饭。"

时间来到七月底，频密的雷阵雨每日不请自来，大院外修埋管线的施工工地污泥成坨。最后那几针我基本都是撑伞而去，收伞而回，却没有一丝雨中漫步的轻快，反倒像走在一个煮沸的药锅里，脚下热泥四溅，满天开水淋漓，回到家里，脚上总缠着类似半枝莲、金钱草似的树枝和草叶。终于把挂历牌撕到了最后的"审判日"，去看化验结果那天也是个雷公电母吵架的日子，转氨酶像闪电过后酝酿了好久的一声雷，高出了正常值快十倍，"大三阳"则是连绵不休的阴雨，漫无涯际不见半分晴好，期待中的抗体也就成了镜花水月。徐主任摇着头，让助手记录下所有数据，然后表情阴沉地宣布这次试药活动并没有达到预期的效果，目前只能先停药了，接下来的首要任务就是降酶保肝。也就是说，轰轰烈烈治疗了三个月，屁股都快打成两瓣了，哦不，是四瓣，情况反而比之前更糟了。我妈咬着嘴唇带我从诊室出来，看了眼手里的药方发现少开了一种维生素，又扭头跑进去补开。我坐在诊室外靠窗的长椅上等她，嘴里嚼着泡泡糖，说不上是什么心情。一个有点驼背的阿姨坐在我对面，打量着我问："小伙子也是'大三阳'？"

我笑着点点头："对。"

"这孩子看着多结实啊，真可惜！"

我又冲她笑了笑，不知该怎么接话。那个阿姨忽然坐到我身边，像我奶奶似的絮叨起来："孩子，听我的，该吃吃，该喝喝，每天都高高兴兴的，什么都别往心里去。读书学习差不多就行了，六十分及格，及格了就万岁，别太玩命，真的，不值。咱们这个病啊，没治，能治这个病的人还没生出来呢！所以啊，认命吧，不过呢，也别怨恨父母，毕竟父母把你生出来了，让你来这花花世界上走一

　　　　　　　　凯风自南　我的"三亲"家庭协奏曲

遭，看看这美好的人间，还是要对他们心存感激……"

旁边有个大爷，抬头见我妈从诊室里走出来，赶紧对那个阿姨说："你没事跟人家孩子扯这些干吗？徐主任叫你呢，赶紧进去吧！"

我妈眼神里藏着一排刀斧手，瞪着那个阿姨进了诊室，这才把手里的病历本狠狠地摔在长椅上——啪！窗外无声地撕开一道惨白，两行眼泪就轰隆隆地滚了出来。

整个暑假，愁云惨淡。黄家驹意外去世，我去音像店抢购了一盘纪念磁带，每天抱着录音机一咏一叹地跟着瞎哼唧。中药汤又重新喝起来了。我妈买回个粗粗壮壮的新药锅，底座稳牢，内壁也更厚，回家先用食醋浸泡煮沸，去除掉有害物质，又用小火耐心熬制一锅黏稠的米粥，据说这样可以堵塞砂锅上的细微缝隙，从而延长使用寿命。我奶奶看了直撇嘴，"真不嫌麻烦。"我妈就说，"又不是一天两天的事，以后熬药的工作您就别管了，我来！"药锅保养已毕，直接押赴刑场，文火改大火漫漫煎熬，向我开炮。

与此同时，家里的亲戚朋友也都给我妈出谋划策，既然中医西医都不理想，那就剑走偏锋，再试试民间智慧吧！我二舅从青海寄来了两盒蜂胶，还给我妈写了封信，长篇累牍地介绍了几种古方，据说都是提升免疫力的，包括蜂蜜泡蚂蚁、童子尿做的轮回酒，看得我妈直起鸡皮疙瘩，一样也没敢让我尝试。我小姨就比较中规中矩，说山西那边正流行一种叫作××生命源的口服液，能提升人体免疫力，然后托同事来北京出差的时候给捎了几瓶，类似于盛香油的大玻璃瓶子，一次喝一个瓶盖的量，口感酸不溜丢的，有点像过了期的喜乐①。我小姑则给我妈推荐了一款磁疗床垫，号称是用日本富士山下某种神秘磁石制成的，再听推销员现场一吹，简直玄乎得没边没沿，什么天人合一、延年益寿，甚至还能预防艾滋病，不过一看价格我妈就放弃了——六千多块！实在是没那个闲钱。

要说最上心的还得算是我老舅。一听说我这个大外甥病情迁延不愈，他立刻在四九城内广撒英雄帖，召集他那帮三教九流的哥们儿帮我物色名医。时间不长，就有人给推荐了一位人称"冯三绝"的当代神医。都是哪"三绝"呢？针灸、气功，外加特异功能。那会儿正是气功大师层出不穷的年代，这位冯大师在我老舅嘴里也是个活神仙般的人物，但凡是药物和手术治不了的病，在他那里基本上都是小菜一碟。我妈听完也不像原来那样反驳了，只是对我老舅淡淡一笑："以前你要是这么说，我肯定不信。"

我一听到针灸的"针"字，立马就觉得头皮发麻，更准确地说，应该是屁股发麻，兜兜转转上天入地，怎么又是打针啊？

"不是打针，是针灸。看了那么多武侠小说你不懂？"

那天我老舅走后，我妈不知道想起了什么，在我的写字台上一通乱翻，又像发掘古墓似的把三个抽屉都倒腾了一遍，里面的磁带、印泥、稿纸、订书器全给翻出来了，摊得一桌子都是。

"那也是往肉里扎针啊……您找什么呢？"

---

① 喜乐，20 世纪 90 年代流行一时的乳酸菌饮料。

"人家给你扎的是穴位，通过穴位治病，扎准了一点都不疼。"

"那要是扎不准呢？万一扎到我的笑穴、死穴怎么办？"

"得得得，不爱去就拉倒，你呀，越来越不像个男子汉了。"

那些日子我妈动不动就跟我发火，我尽量做到打不还手、骂不还口。我心里明白，她不是故意针对我，主要还是身体不舒服——胆结石频繁发作，一天三顿都离不开颠茄药片，吃饭只能是开水焯白菜，就着半个白馒头充饥。几顿下来，眼珠都快跟兔子一样了，换作是我，保不齐脾气更大。为了分散注意力、放松神经，她开始用剩下的毛线织毛衣。我妈织毛衣的水平其实很一般，照着专业杂志织还经常织错，再加上身体不舒服，难免心浮气躁，越织越乱。织了三分之一发现不对路，又一股脑拆掉，重新缠、重新织，最后把一团毛线弄得跟燕子窝似的，气得连针带线带杂志全给扔一边去了。

到了开学前的最后一个周日，天才蒙蒙亮，我就听见我妈早早起床出门了。我在半梦半醒之间寻思着，她可能是去我姥姥家了吧……可是不对啊，这也太早了，现在有五点钟吗？不过这疑惑连一秒钟都没坚持到，我又睡过去了。

一整天我都懒得出门，抓紧暑假中的最后时光，泡在家里看《侠客行》。看到众英雄去赴腊八粥之约，我爷爷忽然一挑门帘，探进来一个圆滚滚的大脑袋，问我，"这都十点了，你妈怎么还没回来？"我一愣，跳出江湖看看现实的窗外，只见夜色浸在黑黢黢的药锅里，飘满金银花似的雨丝，路灯全都蔫头耷脑一副饥寒交迫，这才反应过来已经这么晚了。

"可能去我姥姥家了。"我放下书道。

"那也不会待到这么晚吧？"

我爷爷有点不放心，让我下楼去呼一下我三舅，问问我妈在不在那边。我赶紧找了把伞，趿拉着拖鞋跑到楼下小卖部，打我三舅的 BP 机。三分钟不到，电话回过来了。我妈今天根本没去我姥姥家。我三舅让我别慌，最好再给我妈公司打个电话，万一周末加班去了呢，然后他再帮我问问我老舅，看看是不是跟我老舅出去了。我翻着手里小小的折叠电话簿，又往我妈公司打，打了两遍都没人接。一个私人小公司大周末的怎么可能有人值班？

上楼后发现我奶奶也爬起来了。她平时看完《新闻联播》就早早睡觉，几十年如一日。刚才一翻身，黑灯瞎火中，她看到我爷爷正坐在椅子上穿雨鞋，吓了一激灵，以为家里出什么事了，戴上助听器，拉开大灯，东问西问了一通，接着就开始满屋团团转："你说她到底是上哪儿去了？大半夜的，别是又在外面犯了心脏病吧，身边再没个人。"我爷爷让她少叨叨两句，"你就不能盼点儿好？"说着翻出雨衣穿上，准备亲自下楼去找一圈，又给我安排任务，让我再去呼一下我小姑……

正说着，门开了，我妈湿淋淋地回来了，鞋底上的泥巴一直爬到脚面，就像两只剥掉了一半石灰的松花蛋，裤腿前后也全是泥点子。她略微佝偻着背，像一个正在缓缓漏气的气球，只有刚刚收拢的白色雨伞如一朵硕大而晶莹的荷花叶子，被雨水冲刷得异常清亮洁净。转身关门时，她左手上的纱布赫然显露出来，白花花包扎着好几层，跟一块白萝卜似的，纱布外面还套着一层防雨的塑料袋，

凯风自南　我的"三亲"家庭协奏曲

最下端系着猴皮筋儿，乍一看怪吓人的。

"您的手怎么了？"我问。

"没事，摔一大马趴……这都几点了，你怎么还不睡觉？"

我一撇嘴："您也不看看您自己，一出门就没时没晌的。"

"嘿，有这么跟你妈说话的吗？赶紧睡觉去！"

我看我妈没出什么事，心里也就踏实了，回屋躺下就睡，听她在"客厅"对我爷爷说："我以为那个县城离保定没多远呢，结果正赶上那边修路，中巴车只能绕村里的小道走，从下火车一直到县城，整整走了两个小时。回来就更费劲了，又下着雨，火车站里人山人海的，差点就没买上票。"

我爷爷吸溜着凉气说："你这胆子可真够大的，也不怕碰上骗子。"

我妈倒显得挺轻松，"那家诊所看着还挺像那么回事，手术也不复杂，就是麻药不太行，可能有点过敏，做完了没五分钟，就开始上吐下泻的，在人家观察室里躺了一下午才缓过来。"

"这不是胡来吗，你要是真出点事可怎么办？"

我妈似乎笑了一下，"病急乱投医，到处瞎撞呗！我先替炀炀去试试，要是真能把我治好，炀炀也就有希望了。"

希望！听到这两个字时，我就朦朦胧胧枕着雨声睡着了。夜里，转晴的疏朗夜空中映出一个怪梦。我梦见我妈带着我请徐主任在全聚德吃烤鸭。整洁的餐桌桌布上，绣满雪白、干爽、昂头挺立的荷花，笑脸盈盈绽成一片。不过，坐在桌边等了半天，烤鸭却不见踪影，服务员端上来的全都是汤：酸辣汤、胡辣汤、芥末老鸭汤……

更奇怪的是，姗姗来迟的徐主任竟然变成我爸的样子，而且我和我妈还一点都不惊讶。我妈端起酸辣汤一饮而尽，放下碗对我爸说："你穿得太少了，等天冷了，我再给你织件新毛衣吧！"

凯风自南　我的"三亲"家庭协奏曲

开学没几天，我妈住院了，听说是黄疸有点高。黄疸干吗用的？那我就不太清楚了。反正就住在我试用干扰素的那家医院，冯阿姨帮忙给安排的病房。

星期天下午，我老舅来中关村接我，带我坐公交车过去探视。我妈刚输完液，手上还贴着胶布，穿着面口袋一样的病号服，站在病房门口抻着脖子等我，旁边那床的阿姨一见我走进来就说，"这大儿子可算是来了。"我听我妈说话底气挺足，削苹果的动作也依旧魔幻如风，原本悬着的心踏实多了，从裤兜里掏出个掌上游戏机，坐在床边自顾自玩了起来。

我妈和我老舅聊了几句，用水果刀插着苹果片往我嘴里递："这孩子，也不和我说说话。游戏机哪儿来的？"

我张嘴叼住苹果，口齿不清地说："跟浩子借的。"

"别老跟人家借东西。"我妈提醒我，"最近我不在家，你可别放松啊，这都六年级了，尤其是数学，该加把劲了。"

"我知道，我知道。"

我妈冲我老舅叹了口气："本来还说等开学给他请个数学家教呢，结果我倒先撂挑子①了。"

我老舅安抚她："姐，甭着急，先把身体养好了再说，不差这几天的。"

我妈又转过来问我："爷爷奶奶这几天怎么样啊？"

"还那样呗。"我突然想起个事儿，暂停了游戏，"哦对了，我爷爷要去上班了。"

"上班？上什么班啊？"

"好像是去我姑父他们公司里值夜班。"

我妈眯着眼睛说："肯定又是你奶奶的主意……"

一说到我姑父，我老舅也不禁在旁边插了句话："大朗这人太靠谱了，路子野，还特仗义！"

我老舅和我姑父同岁，当初我爸病重的时候，他俩轮流替我妈陪床，早上交接班碰上了就一起去医院门口的小吃店吃早餐。两人本就是自来熟的性格，又都在皇城根儿下的胡同里长大，共同语言自然少不了。后来，我老舅做买卖遇到点沟沟坎坎，听说我姑父还

---

① 撂挑子，北京方言，比喻丢下应担负的工作，甩手不干。

在后面帮了他一把，用我老舅的原话说，相当于给他续了半条命。我姑父这人确实急公好义，家里人拜托的事绝对有求必应，甚至我奶奶的侄子从河北老家来北京，他都托老战友给安排了一个不错的工作。这不，最近几天我奶奶又看我爷爷不顺眼了，第一时间就想起了我姑父，"大朗，赶紧的，给你爸找个事干，省得他一天到晚胡吃闷睡，净惹我心烦。"

讲道理地说，这回我爷爷纯粹是被我奶奶"贬谪"到夜班岗位上去的。那几天本来说好要封阳台的，我爷爷也是快把大门牙都磨掉了，终于劝动了我奶奶。冬天保暖效果好，暖气不容易发散出去，夏天就更不用说了，彻底解决了潲雨问题，一举两得，多美的事。"行吧！行吧！"我奶奶金石为开，随即大令一挥，让我爷爷去物色工人。我爷爷喜出望外，没一会儿就从楼下叫上来一位河南师傅，跟我奶奶一报价——嚯，比我奶奶的心理价位翻了一番还多。我奶奶鼓着腮帮子没言声。我爷爷就说，"再给便宜点吧！"师傅随即强调了半天，自己小本买卖多不容易，又忽悠了几句跟我们家多么有缘，和我爷爷奶奶河南河北的也算半个老乡，"好吧，那就大出血一回，再给您老两口便宜五十。"我爷爷笑呵呵地拿出个牛皮纸信封，准备交钱，我奶奶突然大吼一声，"不行，我不封了！"不由分说就把师傅往外赶。吓得师傅着了慌，恨不得就地割腕放血，"再给您便宜一百，一百五，要不二百……"咣当一声，防盗门落了锁，二百五也没用了。我爷爷试探着问，"怎么又不封了？说得好好的。"我奶奶一把抢过装钱的信封，塞进大衣柜说，"你是不是在家呆傻了，人家说多少钱你就给多少钱，坑的就是你这种人，还老乡呢，河南河北算哪门子老乡？人家东南楼鲁大姐家封阳台才花了几个钱啊！"说着，伸手比画了一个数。我爷爷哭笑不得，那都是两三年前的行市了，现在的物价窜天猴似的往上涨。我奶奶冷笑一声，"那也不应该这么贵啊！"然后一下就拐到了以前买家具、买电器被坑的经历上，细细算来，几乎全是我爷爷的"锅"，越说越呛火，随时又要跟我爷爷干一架。我爷爷愁得脑浆子都快流出来了，赶紧求饶，"听你的听你的，不封就不封。"

周六，我小姑一家过来吃饭，我奶奶揪着前一天的事不放，接茬儿跟他们抱怨："封个阳台，人家说多少钱你爸就给多少钱，你们说说，他是不是在家里呆傻了？赶紧给他找个活儿干，让他出去抻抻懒筋。"

我小姑扒拉着盘子里半生不熟的大白肉片，有点绝望地说："瞧您说的，我爸天天去颐和园锻炼身体，哪儿来的懒筋啊？"

"去颐和园有个屁用！"我奶奶瞄了我姑父一眼，"大朗前一阵不是说公司里想招个人看大门吗？让你爸去，在家闲着也是闲着。"

"妈，那可是值夜班，我爸这身体受得了吗？"我姑父有点犯嘀咕。

"不就是看着公司里的东西吗？该睡觉的时候也能睡觉，又不用干什么体力活。"

"那倒是，最多也就是早上起来打扫打扫卫生。我们公司里有电视，还能洗澡，晚上好几道锁呢，挺安全的。"

"这不结了，正好让他上那边看电视去，省得他在家里看到老晚，多费电啊！睡觉还老打呼噜。"

　　　　　　　凯风自南　我的"三亲"家庭协奏曲

我小姑就乐："打呼噜您也听不见啊！"

"我看得见啊，他张着个大嘴岔子，呼噜呼噜的，就跟马路边那青蛙造型的垃圾桶似的，要多寒碜有多寒碜。"你瞧，我奶奶还学会运用修辞手法了，"赶紧让他上班去，也让我清静清静。"

我爷爷坐在沙发上一声不吭，心平气和地用筷子夹着菜，脸上似笑非笑，无惊无怨，就跟被安排参加补习班的小学生似的怎么着都行，怎么样都无所谓，"你妈说什么就是什么，我，绝对服从安排。"我姑父看了看我奶奶，又瞅瞅我小姑，我小姑冲他点点头，于是我姑父当场拍板，"那就这么说定了，下周一上岗。"

我妈听完不无担忧地说："值夜班就算能睡觉也睡不踏实，那行军床又窄又软。唉，让你奶奶多给你爷爷做点好吃的吧！"

"好吃的？"这下可说到我的痛处了，连忙接嘴，"每天晚上都是'三板斧'，我都快吃吐了。"

我老舅好奇地问："'三板斧'是什么？"

"焖扁豆、炒茄子丝、鸡蛋西红柿。茄子和西红柿还不去皮，大白肉片又肥又腻……我奶奶呀，也就包饺子还凑合能吃。"

我老舅又问："海鲜什么的平时也很少做吧？"

"八辈子也吃不上一次啊！我奶奶一看见鱼虾就说腥了吧唧的，有什么可吃的。"

"下次上老舅家去，老舅给你包皮皮虾韭菜馅儿的饺子，保准让你吃个肚儿歪^①。"

---

① 肚儿歪，北京方言，吃得太饱太撑的意思。

"哇，我最爱吃皮皮虾了。"我扔了游戏机，一下把自己挂到老舅脖子上。

"悠着点儿，悠着点儿，小祖宗。"我老舅直求饶。

我坐回床边说："我奶奶要是能拜您为师就好了，多学学怎么做海鲜，也算是世界第八大奇迹了。"

我妈听不下去了，冲我一瞪眼："行了行了，你奶奶那么大岁数了，天天管你吃管你喝，你就知足吧！"顿了一下，才小声对我老舅说，"不过炀炀他奶奶啊，做饭确实不在行，其他活儿都干得挺利索，唯独不喜欢油烟味，年轻的时候就全都指着他爷爷。后来炀炀到这边上学，为了这唯一的大孙子，硬着头皮，慢慢才学着做饭炒菜，你姐夫也怕麻烦她，从一开始就说每天给做一顿晚饭就行，多做出来一部分第二天中午让炀炀带饭去学校吃。"

我老舅呵呵直笑："这老太太其实挺热情的，上次见了我，还说要给我介绍对象呢！"

"哟，那你怎么不去见见啊？"

"可别介了，就她们小脚侦缉队的审美水平还不如慈禧太后呢！一说到漂亮姑娘，不是大脸盘子，就是大眼珠子，我估计要是给兵马俑套上个连衣裙随便捯饬捯饬，她们也觉得挺水灵的。我呀，还想多活两年呢！"

回去的路上，下了一阵小雨很快就停了，我老舅的 BP 机却一直响个不停，有个生意上的朋友急着找他。在白石桥倒车的时候，我就说，"您别送我了，反正也没几站地了，我一个人回去丢不了。"我老舅点点头，"那你注意安全啊！"然后目送我上了332路公交车。

别看是周末，车上人还挺多，净是从动物园、天文馆旅游回来的，一个个都像郑板桥的怪字一样形态扭曲地挤在铁皮框框里。我抓着扶手猫在门口，一开门，下车的、上车的都跟擀面杖似的往我身上碾，快把我碾成饺子皮了。到站下了车，浑身都是汗，我索性脱掉夹克衫，拿在手里一甩一甩地往家一溜小跑。

路上憋了泡尿，进门先往厕所里冲。解裤腰带时，我忽然想起兜里的游戏机，千万别给掉出来，摔坏了可赔不起人家。用手一摸——咦？怎么是空的？赶紧又去摸另一侧裤兜，也是瘪瘪的——坏了，游戏机呢？转念又想，好像是放在上衣口袋里了，别慌别慌！排尿进度也就完成了百分之九十三，沥沥啦啦地就提上裤子跑出来了。进门的时候，我随手把夹克衫挂在书架侧面的挂钩上了，拿下来一通乱翻。左边的兜——没有；右边的兜——没有；还有内兜……对不起，这衣服根本没有内兜！哎哎哎，那我的游戏机呢？难不成……场景一下切换到重阳宫，我成了那个被杨过点了穴的孙不二，一口巨钟从天而降震得我满脑子全是嗡嗡的回声。

我拉开门就往楼下跑，像个扫雷的工兵，低着脑袋一路找下去。楼道、楼梯、楼门口、大院门口，一直探测到公交车站——没有！哪里都没有！站台的座椅下我都找了一遍，只有几颗烟头和一个空易拉罐。我敲着太阳穴使劲往前倒带，落在医院了，还是放我老舅手包里了？不可能！不可能！刚才等公共汽车的时候我还掏出来玩了几分钟呢！用脚后跟都能想明白，肯定是在车上被哪位"妙手空空"给顺走了……完了，彻底完了！我一屁股坐到车站长椅上，万念俱灰，用手拄着下巴，冒充了几分钟"思想者"雕塑，其实什么办法也没想出来，脑子里"千山鸟飞绝，万径人踪灭"，正当中是一条心电图上的直线。

此时，天色将帷幕缓缓放下，一股浓雾从黄昏的哈欠中涌出来，并游走于大街小巷的每一条神经里，商店、餐厅、写字楼都纷纷亮起雾蒙蒙的霓虹灯，路上的小轿车和公交车也朝我闪着似是而非的质疑目光。我两腿打软地走回楼上，看到我爷爷站在门口正往楼道里张望："怎么刚回来又出去了，也不关门？"

"嗯……"我也不知道怎么解释，垂头丧气地进了小屋。

我爷爷追着我问："你妈妈怎么样？好点了吗？"

"好多了，好多了。"我应付了一句，顺手把门关上。

我爷爷站在门外停了一会儿，嗽了两下嗓子，又轻轻推开房门说："明天晚上我就去上夜班了，你在家里多注意着点儿你奶奶，好吧？万一有事就往你姑父公司打电话，知道电话号码吧？"

"知道，知道，"我心里烦得要爆炸了，"您快出去吧，我要写作业了。"

"饭都不吃了？"

"不饿，待会儿再说。"赶走了我爷爷，我扭脸往床上一趴，像一摊晒化的冰激凌。

整晚我都像是固液混合状态，鼻涕虫似的提不起一点精神，早早睡下，早早起床，赶去学校做值日，一边墩地一边盘算，待会儿怎么向浩子交代"罪行"。

浩子叼着半拉糖油饼一进班，果然就先冲我来了："哎，我的游……"

我赶紧使出一招四两拨千斤后发先至，指着他左肩头大叫了一声："哇！"

浩子吓得一哆嗦："怎么了？"

"你肩膀上有只'臭大姐'。"

浩子拢眼神一看，果然好大一只，触角还一颤一颤的，恶心死了。他小心翼翼地施展起弹指神通，把后面进来的兰天和蒋丽丽吓得拼命躲闪，我也提着墩布溜去了厕所。

涮完墩布回到班里，浩子正在抄蒋丽丽的数学作业，手底下蜘蛛乱吐丝，小眼珠还不忘贼着我，一见我走进来就招呼："哎，我的游……"恰好这时马老师跟我前后脚进了班，机关枪似的眼神一通扫射，吓得浩子赶紧把作业本塞进桌斗里，抄起音乐书背起古文来。

过会儿下楼出早操，刚走到二层拐角，他又锲而不舍地从后面追上我："哎，我的游……"

一扇黑影从斜刺里杀出，是我们班的铅球大力士王巍，上去就是一个铁肘锁脖，把矮他半头的浩子死死扣住："你小子耍我是不是？！"

"我……我怎么了？"

"你跟我说把'魂斗罗'游戏卡放水里泡一泡，就能玩出'水下八关'，结果我们家游戏机短路了。"

浩子翻着白眼，露出了一副"你是不是傻"的表情，随即惨叫起来："大哥大哥，我错了我错了……"

旁边几个同学笑得下巴颏儿都快脱落了。

升旗仪式结束后，马老师从队列前方走开了一会儿，浩子一看机会来了，立马回头隔着一个人冲我说："哎，我的游戏机呢？你不是说星期一还我吗？"

轰隆隆！哗啦啦！马奇诺防线土崩瓦解，"分散注意力"作战计划宣告失败。没办法，只好紧急实行 B 计划——无限拖延战术。我当即脆生生一拍脑门儿，眉头正中皱出一个巨大的惊叹号，一竖一点之间还夹带着歉意的苦笑，以及友善而无奈的自责："哎哟，我给忘了。"

浩子一耷拉眼角，明显不想饶过我："那我放学跟你回家取一趟吧！"

"别别别……"我看了一眼远处的马老师，小声说，"没在我家，我给忘在医院了。"

"啊？"

"我妈不是住院了嘛，我昨天去探视，把游戏机忘在医院里了。"

"那我跟你去医院。"

"特远，不在海淀，公共汽车要坐二……四十多站。"

"真的假的，那怎么办？"

音乐响起，广播体操开始了。我伸胳膊蹬大腿，做起伸展运动，双臂高高举起，仿佛指天发誓："这样吧，等下礼拜天，我再去探视的时候一定给你拿回来。"

"那也太久了吧……"

"这星期好几科都要摸底测验，你还有时间玩游戏？"

浩子让我说得幡然悔悟："也对也对，我还是好好复习吧！那你下礼拜一定还我啊！"

"放心放心。"我从脚底板长出了一口气。

你以为浩子就这么被我稳住了？想得美！浩子在我们班还有个外号，叫"碎嘴天王"，出了名的无理搅三分，如果恰好还让他占了理，那你就等着被磨穿耳膜吧！这不，溜溜一整天，浩子彻底变异为一只巨大的移动蜂窝悬浮在半空中，自带导航信号，一逮着空闲，就派出几只工蜂，扛着铁叉，举着标枪，扩音器开到炸裂，在我耳边嗡嗡嗡地发动袭击。

我躲进厕所，浩子追到旁边的坑位对我说："我那个游戏机可是进口的，两百多块钱呢，让你妈妈一定要帮我收好，千万别给摔了碰了……"

我逃到操场，浩子从攀登架上大鹏展翅而下："我爸去年给我买的变形金刚被我带到夏令营弄丢了，他气得一星期都没让我吃肉，这回要是再给弄丢了，这辈子我都别想再见到肉星了……"

我飞奔在回家的路上，浩子如影随形膏药缠身似的，贴着我耳根说："我爸刚给我买了三天的游戏机，我就借给你了，我自己都还没怎么玩过呢，还不是看在平时你老借我抄作业的分上，可其实吧，你数学作业错得也挺多的，搞得我没少挨我爸骂，我还不如抄'牛蛙'的呢……"

啊啊啊啊啊啊啊啊啊！

踩着风火轮逃进家门，我耳边的嗡嗡声依旧余音绕梁，没想到浩子的御蜂术已经超过老顽童，直逼小龙女，真是惹不起。我爷爷这时候已经去上夜班了，我妈又不在家，吃完晚饭，写完作业，我就从书架上拿了本《鹿鼎记》，打算暂时放松一下心情。抖着腿读了十来页，越读越泄气，要说也奇怪，每个字我都认识，怎么组合在一起就搞不清讲的是什么？又是黄宗羲，又是顾炎武，一会儿讲《明史》，一会儿又谈《左传》，这跟武林争霸、绝世神功有什么关系呢？无聊，太无聊了，看着看着我就走神了，一支小蜜蜂巡逻队乘虚而入，又跑来骚扰我：

嗡嗡嗡，还有闲心看小说呢？

嗡嗡嗡，浩子的游戏机到底怎么办？

嗡嗡嗡，你这无限拖延战术打算一直用到下礼拜？

半空中飞来个木鱼棰，对着我的大脑门连敲三下，咚！咚！！咚！！！立马把我从"笑书神侠"的悠然中，拽回到"飞雪连天"的现实里，快快不乐地放下小说，拿出个小狗造型的存钱罐，开始清算自己那点微薄的"资产"。每年春节攒下的压岁钱就不用指望了，都被我妈化零为整存成了定期，根本取不出来。其余的现金资产，主要就是裤兜和抽屉里不到五块钱的零花钱，再加上存钱罐里这堆钢镚儿。钢镚儿以一角和五角的为主，一元都属于稀缺品种，还有不少五分、二分和一些中看不中用的纪念币。另外，我还有个卡通造型的破钱包，吃螃蟹腿似的用手指头抠嗤了半天，抠出几张外汇券和一打快发霉的粮票。再去衣柜里翻了一遍自己的皮夹克、羽绒服，期待能出现"洗衣机神话"，却只搜罗出一把洗到发毛的手纸来。最后，我计算出全部身家总和——二十一块四毛九！

对着垂首无语的台灯，我咬了半天嘴唇上的皮，灵光一闪，想起了跳蚤市场。可是卖什么呢？漫画？磁带？不行不行，那可都是我辛辛苦苦攒下来的无价之宝。心里一烦，便拿手边的抽屉当起了发泄对象，拉开，关上；再拉开，再关上；反复拉开，反复关上，就跟街边爆米花的老大爷拉风箱似的。拉着拉着，三屉桌上方"嘭嘭"两声巨响，崩出两股浓浓的烟雾来，一股黑烟，一股白雾。黑烟里升腾起一个老者，高鼻深目，手持一把鬼头灵蛇杖，竟是西毒欧阳锋；白雾里也走出一个老头，衣衫褴褛，腰间别着一支绿莹莹的打狗棒，正是北丐洪七公。

只听欧阳锋说道："小家伙，想弄钱就要胆子大一点，看看家里有什么值钱的电器，扛出去卖掉。"洪七公摇晃着脑袋说："你这老毒物怎么能教唆小朋友干这种事？用一个错误掩饰另一个错误，只会使人越陷越深。"欧阳锋冷笑一声："不然怎么办？妈妈手头本来就紧，现在又生病住院，你好意思找她要钱吗？你不怕再把她气出心脏病？奶奶就更别提了，比老葛朗台还抠门儿，比祥林嫂还能唠叨，让她知道了，死无葬身之地。"洪七公笑了笑说："小朋友可以找爷爷商量一下嘛！"欧阳锋撇嘴道："爷爷有钱吗？爷爷的工资都在奶奶手里死死攥着，每个月的零花钱恐怕还不如'牛蛙'多呢，最后还不是要向老伴伸手？"洪七公叹口气说："男子汉大丈夫敢作敢当，怕挨骂就不承认错误了吗？"欧阳锋不屑道："男子汉大丈夫，为达目的就要不择手段，思前想后、畏首畏尾能干成什么大事？"

两位老前辈大概把我这儿当成华山之巅了，就这么吵吵闹闹搅动着黑烟白雾，一路争竟①到我的梦里。洪七公语重心长地说："孩子，勇敢承认错误，给人家赔个礼、道个歉，没什么大不了的。"欧阳锋说："那多没面子啊！要我说，不如直接去劫钱，找那些低年级、家境优越的同学，这个劫二十，那个劫三十，两百块钱唾手可得。"洪七公怒道："老毒物真是越说越不像话，今天我老叫花非要教训教训你不可！"欧阳锋哼一声："来呀来呀，只管放马过来。"话音未落，便已先下手为强，双腿一蹬，腾空而起，高举灵蛇杖劈头就砍。洪七公微微一笑，也是出手如电，抽出打狗棒，使一招举火燎天，只听金石相击，"当唧唧"一声巨响，两股内力山崩海啸，飞沙走石，顿时把我从梦中给震出来了。

我躺在黑漆漆的小屋里醒了半天盹儿②，耳边的金属撞击声迟迟不停，慢慢回过味来：不对啊，这动静不像是梦里的，倒像是从厨房那边传过来的，什么东西掉在地上了，就是那种圆形物体落地后特有的尾音，用体操术语来形容应该叫"托马斯全旋"，持续时间足有好几秒。紧接着，又是一阵"丁零当唧"的乱响，貌似厨房里的簸箕也给碰翻了。不会吧，我爷爷不在家的第一晚，江洋大盗就盯上我们家了？我起身抄起扫床的笤帚疙瘩作防身武器，拉开房门一探究竟。

"别开门！"我奶奶站在厨房里举着个长扫把，冲我来了个"当

---

① 争竟，北方方言，争辩、计较的意思。

② 醒盹儿，北京方言，从睡梦中缓缓清醒过来。

阳桥前一声吼"。

我还没反应过来怎么回事，一团黑毛线球"吱哇"乱叫着落在了我的脚面上，湿乎乎、麻酥酥的，类似于下雨天穿拖鞋出门不小心踢到树杈的感觉。然后这四根颇具活力的"小树杈"毫不停顿地踩着我的脚面借力而起，蹬踏出一套虚无奇幻的上天梯神功，自厨房斜穿进了我的小屋。

"什……什么玩意儿啊？！"我瞬间觉得两个腿肚子里压满了俄罗斯方块。

我奶奶咬牙切齿地冲上来，推开我进了小屋，拉开灯，撅起屁股，用大扫把在两张单人床下来回扫荡："跟你说别开门别开门，这回不好抓了吧！肯定是昨天垃圾站投鼠药，跑进来这么大一只耗子。"

"耗……耗子？"我吓得快晕过去了。这还是我人生中第一次和真实老鼠亲密接触，"它在厨房干吗呀？"

"偷粮食呗！"我奶奶扭过头命令我，"快把厨房门关上！"

"哦。"我飞快地巡视一圈，只见"客厅"和厕所的门都关得严丝合缝，只有家里的防盗门黑洞洞地大敞大开，一股夜雾飘荡在外面楼道里，像个深不可测的陷阱。明白了，我奶奶是想用大扫把将这位不速之客从厨房直接赶出家门，没想到我半路杀出，让它趁乱溜进了小屋。

"老师太"扫荡完床底下，又开始山呼海啸地挪椅子、搬桌子，用扫把头一个接一个地捅暖气片夹缝，像个图穷匕见的刺客，动作标准狠辣，就差把大衣柜拎起来翻个底朝天了。我站在门外看得心惊胆战，忽然有点同情那只小耗子，也许人家上有老下有小，也许是被鼠族大王排挤教唆，也许是不小心弄丢了哪位鼠友的黄豆零食，这才跑到我家想办法，要不然也不至于沦落至此，被我奶奶这样的顶级女杀手围追堵截。

我奶奶施展了一通峨眉神剑，耗子没找着，楼下敲暖气的抗议声倒传了上来。她捏了捏助听器，回头问我："是不是有人敲暖气管子？"

我点点头："嗯嗯嗯。"

我奶奶看了眼墙上的石英钟，自语道："也难怪，这都十二点多了，别折腾了，严重影响邻里团结。"她直起身，扶着老腰喘了两口粗气，"这小东西还挺贼，也不知道躲到哪个旮旯里去了，等明天天亮了我再找吧！你，赶紧睡觉，把屋门关严了，别让耗子跑出来啊！"

什么什么？让我跟耗子共处一室？还把屋门关严了？您是不是拿我当汤姆猫了？我心里刚刚泛滥而出的同情心比海市蜃楼散得还快。等我睡着了，耗子要是跑出来咬我耳朵怎么办？啃我鼻子怎么办？不管不管，今天说什么也不能在小屋里睡了，这不是活要我的命吗？等我奶奶走出去关防盗门，我就像卷烤鸭似的麻利地卷起被子和枕头往腋下一夹，顺手关上房门，屁颠儿屁颠儿地跟着她去了大屋。今天我爷爷不在家，双人床空出一大半，正好给我当临时避难所。

我把铺盖卷往床上一扔，一边铺床一边耍赖："您就这么把我往火坑里推啊，您还是我亲奶奶吗？"

　　　　　　　凯风自南　我的"三亲"家庭协奏曲

我奶奶怒其不争："白长那么大个子，一个破耗子你怕它干吗？"

　　"我不是怕，我是嫌它恶心。"本来就是嘛，原以为世上的老鼠都像小杰瑞一样可爱善良，没想到却是这样一副猥琐、阴险的嘴脸。

　　等我上床钻进了被窝，才发觉今天有点异常，我奶奶的被子根本没打开，大红被面就像两块玫瑰腐乳整齐地码在床头。她平常都是听着天气预报准时铺床睡觉，八点不到，我家过道里的鼾声、磨牙声便已声声入耳。今天这是怎么了？十二点去厨房抓耗子不说，抓完了还不着急睡觉，唠叨了我几句，又从抽屉里翻出一盒"大前门"，顺手把灯一关，跑到阳台上吞云吐雾去了。

　　此时窗外飘着黏稠的雾霭，比昨晚更像一杯煮沸的麦乳精①。我奶奶背对着我点上火，吐出一口奶粉状的白烟，在头部周围分化出丝丝缕缕若干支流，缓缓汇入奔腾的雾海。这动作使她看上去有了点悲壮色彩，仿佛那烈焰中逐渐消融的雪孩子，脱散尽全身上下最后的水分和精力。据说我奶奶以前当工人的时候，有个外号叫"大烟囱"，工作之余几乎手不离烟。我爷爷对她这个称谓反感至极，你说你一个女同志，叫这种外号不嫌寒碜吗，苦口婆心没少劝她戒烟。我奶奶当然是一如既往地装聋作哑，直到我来这边上小学她才忽然洗心革面，摒弃了恶习，一晃几年过去，真的是好长时间没见她动过火柴了。

　　不到两分钟，她又叼着烟进来了，重新开灯，打开大衣柜，找

---

① 麦乳精，20世纪八九十年代风靡一时的冲调饮料，由可可粉、麦精、奶粉、炼乳制成。

了件灯芯绒的长袖褂子披在身上。我下意识地撑开半张眼皮，一眼瞄到了衣柜里的牛皮纸信封，从下面的被子垛中间伸出个自然弯曲的小尖角，就像一根微微勾动的食指，一下把我的睡意勾走了大半。

我奶奶这大衣柜左右两扇门，左边那扇从来不锁，里面放的都是我爷爷的被褥衣裤。右边可就不一样了，一年到头锁得严严实实。这回也不例外，她拿出衣服后，照旧把门锁好，拔出银白色的小钥匙，又用手指钩住衣柜拉手，扣扳机似的向外拉了两下，纹丝不动，这才安心地把钥匙扔进床头柜里，关了灯，拉上窗帘，又回到阳台上。

我对着那个枣红色的大衣柜出了会儿神，翻身时，一个可怕的想法像巨蟒的蛇皮比被面更贴合、更险恶地裹住了我，还在我眼前拼命吐信子，把我惊出一身白毛汗。不行不行，这怎么行呢？可心里越觉得不行，它就越像"乾坤一气袋"①一样把我勒得更紧。欧阳锋驾着一团黑烟又飘了过来，阴险地笑着："嘿嘿，看来小家伙上道了，准备什么时候动手啊？"洪七公也踩着一团白雾赶过来，使出一招"见龙在田"拦住欧阳锋道："小朋友明天还要上学，你不要打扰他了。"说罢，点了我的睡穴，把欧阳锋拉走了。

这一宿仿佛睡在桃花岛偷来的怪船上，海风你轻轻地吹，海浪你轻轻地摇，忽忽悠悠，飘飘荡荡。我奶奶也不知道犯什么癔症，

---

① 乾坤一气袋，《倚天屠龙记》中布袋和尚说不得的擒敌宝物。

抽完烟还不睡觉，回到屋里穿着个拖鞋在卧室、过道和"客厅"之间，"啪叽啪叽"地来回瞎溜达。后来好像又去厕所里倒腾水桶和抹布，"哗啦啦"地放水玩，"嚓嚓嚓"地又刷又洗。折腾完了回到床边，可能是累了，实心球似的"咕咚"一下把自己往床上一扔，整张床都跟着波涛起伏，一下就把我晃悠醒了。然后她就开始表演一万米混合泳，外加鲤鱼跳龙门等高难度动作，反正就像个肉墩子掉在了蹦床上还不停地长吁短叹。等我好不容易快要重入梦境，她一个鲤鱼打挺又从床上跳起来，跑到阳台上继续抽烟去了。就这样，两点钟把我晃醒一回，三点钟呛醒一回，五点钟碰醒一回，六点多再一睁眼，离早自习就差半个小时了。

我洗漱一把赶紧下楼，推开楼门，被眼前的大雾吓一跳，以为自己穿越到了蓬莱仙境。昨夜的"麦乳精"不但没被老天爷消化，反而在病恹恹的晨曦中愈显白腻黏稠，目光所及之处，仿佛一夜之间冒出无数个温泉泉眼，营造出《聊斋志异》般空灵迷幻的神话世界。我深一脚浅一脚地赶到学校门口，正碰上浩子他爸骑车送他来上学。浩子手里捏着个芝麻烧饼，跳下车朝我跑过来说："我爸让我告诉你，明天必须把游戏机拿回来，哪有这么当班长的，太没信用了！"

我让浩子说得满脸都是烂西红柿，偷偷往马路对面瞟了一眼，只见浩子他爸扶着自行车，立在烟笼雾绕的杀气中，酷似圣斗士里的神秘双子座。这时，兰天和蒋丽丽也从浓雾中闪现而出，我更觉得下不来台了，脖颈子都快酿出番茄酱了，一咬牙一跺脚，赌气似的说："今天放学我就去拿，行了吧？"

浩子有点不信："坐四十站公共汽车？"

"那你就甭管了，"我斩钉截铁道，"反正我就给你撂下四个字：明天——一定——还你！"

浩子让烧饼噎了一下，牙疼似的捂着腮帮子说："你……你这是五个字吧？"

蒋丽丽在一旁数手指头："我觉得好像是六个字。"

回到班里我就后悔了，吹出去的大话犹如洪水决堤。明天拿什么抢险救灾？浩子伸手来要，我总不能把家里的肥皂盒还给人家吧？心头一上火，黑烟白雾又咆哮着从胸口涌上印堂，好似一幅急速旋转的太极图谱。经过一整天的纠缠与争斗，这回黑烟终于占了上风，倒立而行的欧阳锋大喝一声，将洪七公一脚踢下云端，扭曲倒转的狰狞面目扩展成一张黑网，将我彻底罩住，动弹不得。

下午放学后，老毒物驱动黑烟、拖着黑网迅速将我送回到家门口。站在过道里，就听见一阵雄浑的"交响乐"从大屋那边传了过来，呼——哈，呼——哈，走过去一看，我奶奶四仰八叉躺在床上，睡得那叫一个香，呼噜声一点都不逊于我爷爷的狮子吼。什么情况？夜里不睡觉，这时候倒睡上了，倒时差吗？难道说居委会跑到布鲁塞尔办公去了？欧阳锋拍拍我肩膀，朝床头柜方向努了努嘴，那意思是，这么好的机会，别浪费了。好吧，该出手时就出手！我深吸一口气，像个准备扑鸟的大坏猫，踮起脚尖轻轻凑过去，用拇指和食指捏住抽屉拉环正准备往外拉，"交响曲"戛然而止，我奶奶眼珠子瞪得溜圆，吓得我一阵尿急。

"干吗？"她扭头看了看我，眼神略显呆滞。

“我……我找您签字啊！”我来了个硬生生的急转弯，把手往下降了十几厘米，顺势拉开第二层小抽屉，拿出一支圆珠笔递给我奶奶。

我奶奶挤咕挤咕眼睛让自己清醒一下，带着起床气坐起来问："签什么字啊？"

"已读三遍。"我赶紧把书包放下，找出语文课本，翻到明天要讲的课文《我的战友邱少云》，"喏，就是这篇。"

我奶奶打个哈欠，并不伸手接书："我又没听见你读，怎么给你签？你先吃饭去吧，吃完了过来给我仔仔细细读三遍，弄虚作假可不行。"

嘿，我奶奶还跟我端起居委会主任的派头了，我这不是自找麻烦吗？没辙，先吃饭吧，吃完了老老实实坐到我奶奶面前，读起了课文。我奶奶敲敲助听器，一边听我读，一边趴桌上练字。虽说只上过两年扫盲班，但毕竟也是居委会里的大拿①，肚子里好歹装着百十来个字打底，签个名字、写两句口号，还是没问题的。就是笔画别太多，不然就容易写成苍蝇疙瘩了，所以每回正式写字之前，总要反反复复磨一磨笔头。等我开始读第三遍的时候，我奶奶终于将"遍"字练得差不多了，把笔一放，向我提出了抗议："你这叫读课文吗？嘴里跟含了热茄子似的，认真点儿。"

我放下书说："您又听不懂。"

"胡说，我怎么听不懂？抗美援朝，当时我陪你爷爷一块儿去

----

① 拿，手握大权的人，或是某个领域的权威。

的朝鲜，知道吗？邱少云、黄继光、杨根思、杨连弟，那都是永垂不朽的大英雄，我还能听不懂？你们这一代人啊，就应该多学习学习这些革命英烈，现在一个个都弱不禁风的，成天就知道听那些扭屁股的流行歌曲，什么狗屁玩意儿。还有啊，不是我说你，一天到晚说话老细声细气的，嗓子眼儿里卡鸡毛了？就不能大点声？一点男子汉气概都没有。前些天我还跟你爷爷念叨呢，实在不行，长大了就让你当兵去，好好锻炼锻炼，这么下去哪行啊！"

好嘛，我就说了五个字，惹出我奶奶这么多句话，你说我这还没犯什么错误呢，就挨一通狂批，要是真把我丢游戏机的事一五一十供出来，那我奶奶还不得变成喷水的老龙王，直接把我卷到太平洋里去？

签完字我就回小屋了。写完作业，撑着脑袋，与悬在半空没着没落的窗帘作楚囚相对。明天浩子这一关到底要怎么过啊？上上下下、左右左右、ABABA，我要是能像玩魂斗罗一样给自己调出三十条命就好了。一束聚光灯凭空射过来，把浩子那副尖嘴猴腮投映到窗帘上，扫帚眉、小豆眼、鹰钩鼻子、扇风耳，居高临下地朝我挤眉弄眼。浩子啊浩子，你就不能放我一马吗？好歹我也待你不薄，绝世神功倾囊相授，作业考卷敞开了让你抄，你就这么报答我？

"呜——"一阵诡异的夜风携着沉沉雾霭涌进小屋，窗帘跟着伸了个妖娆的懒腰，浩子的表情也变得迷离古怪起来，耳朵迅速膨胀，嘴唇尖尖翘起，嘴角边还长出两撮小胡子……

嗯？浩子？耗子！！！我过电似的从椅子上跳了起来，一下想起昨夜神秘来客未解之谜，难道我奶奶今天早上忘了抓耗子？低头

　　　　　　　凯风自南　我的"三亲"家庭协奏曲

扫了一眼窗帘下的暖气片，果然觉得那后面有个黑影急速闪过，赶紧抱起铺盖卷，又逃到我奶奶那屋去了。

我奶奶跟昨晚一样，快十点了还没睡觉，搬了把椅子坐在阳台黏糊糊的雾流中抽烟，周身上下烟雾缭绕，又成了那个蒸发着水汽的雪孩子，烟头在指尖明明灭灭，如同一颗溺进愁绪中艰难蛙泳的头。屋里没开灯，户外的月光和路灯像一对呼吸科病友，从吸氧面罩里送出一段惨惨斜斜的余光。我悄没声地把铺盖卷放下，正要铺床，我奶奶回头发现了我，腻歪地咧开嘴说："你怎么又跑过来了？多大的人了，还不敢自己睡觉啦？"

我把枕头往床头一扔，没好气地说："您今天是不是忘了抓耗子了，它怎么还在我屋里呀？"

我奶奶反过来说我："谁让你早上拿完书包开着屋门就走了，我找了好几遍也没找到，不定跑哪屋去了呢！"

"那我不管，等您什么时候抓到耗子，我再回小屋里睡。"

"真是个屄包蛋！"

我奶奶气得不搭理我了。抬手把阳台门关上，继续对着铺天盖地的雾霭探讨"人生几盒"——人的一生到底应该抽几盒烟呢？过会儿等我躺下了，不知哪一口烟给了她灵感，她又开门走回屋里，翻捣出一瓶强力杀虫剂，冲我晃了晃说："干脆，我用这个试试，把几个屋子都喷一遍，耗子呛得难受，兴许就能跑出来了。"

我奶奶就是这点好，多不靠谱的事她都敢想敢练，而且雷厉风行，也不说先找个口罩戴上，直接就去了我的小屋，拉开日光灯，天女散花一般把杀虫剂喷洒到"希望的田野"上。

119

噗噗噗！呲呲呲！听那动静，比火焰喷射器还激烈。床底下、暖气片、三屉桌、大衣柜……雨露均沾，不留死角，宁可错杀一千，绝不放过一个。这可怜的小耗子也是个敢做不敢当的家伙，现在肯定躲在角落里瑟瑟发抖呢，盘算着怎么熬过这次危机，可是你躲来躲去，最后的最后，还不是要面对狂风暴雨的洗礼？干脆跳出来拼了，宁可站着死，也不跪着生。

"对啊，拼了，现在就是最好的机会。"欧阳锋又在黑暗中现身了，"你看，衣柜钥匙现在就在床头柜里，马上动手，神不知鬼不觉，打开大衣柜，从信封里抽出两百块钱，所有的烦恼困扰就都随风而去了。"

言罢，一股浓墨似的黑雾从阳台外面弥漫进来，进而旋转、膨胀，化作一辆突破天花板的老吊车，吊臂稳准狠地找到我脖领子位置，直接把我从床上提溜起来，扔到了床头柜前。我身上只穿了小背心和小裤衩，不知是夜太凉还是心太虚，浑身上下抖个不停。

喷洒杀虫剂的声音忽然消失了。我不敢轻举妄动，站在原地侧耳倾听，想象着我奶奶的下一步动作。此刻，她大概正站在日光灯下，像个终结者机器人似的密切注视着每一个角落的动向，眼睛瞪得像铜铃，射出闪电般的机灵。小耗子肯定也屏住了呼吸，紧张得都快大小便失禁了，心中默默祷告：再忍忍，再坚持一下，绝对不能被发现，只要熬过今夜，明天就是一片光明大道。过了足足两分钟，我奶奶才终于移动了脚步，关上小屋房门，又拉开卫生间的门，转换战场，继续展开地毯式搜索。我暂时松了口气，欧阳锋拼命催促我："快呀，快把钥匙拿出来！"

　　　　　　　凯风自南　我的"三亲"家庭协奏曲

我哆哆嗦嗦拉开床头柜上的小抽屉，手伸到一半就僵住了。抽屉里有个长方形的塑料盒，盒子里足足装着二十几把小钥匙，更神奇的是，除了两把金黄色的，其余全是银白色，而且大小、长短、形状，竟然都相差无几，比葫芦兄弟还难分辨。服了，我奶奶不愧是小脚侦缉队里的风云人物，深谙迷惑敌人之道，家里就算真来个小偷，保准也被弄得蒙头转向，到底哪一把才是小金库的通行证啊？

"一把一把地试，你奶奶那边还要弄一阵子呢！"欧阳锋刚说完，就见一团白雾缓缓飘了过来。洪七公伤势痊愈，吃着鸡腿、抱着酒葫芦坐在上面，叹道："老毒物啊老毒物，你要是再不悬崖勒马，我可就真对你不客气了。"欧阳锋森然道："臭乞丐没完没了，看我不拧下你的狗头。"当即鼓动内息，要用平生绝学与洪七公拼命。洪七公把吃剩的鸡腿一扔，跳起来拉开架势："来来来，求之不得，你我今天就在内力上决个雌雄。"说罢，一招"亢龙有悔"缓缓拍出。欧阳锋深知厉害，不敢怠慢，撇下我专心应战，双掌齐出，与洪七公掌心相抵，对决起了内功。

欧阳锋略占上风时，我便从塑料盒里拿出一把钥匙，插进大衣柜的锁眼儿，刚想转动，洪七公口中发出"嗯啊"之声，催动惊涛骇浪反制住欧阳锋，我的手便又停了下来，心想，要不还是算了吧，万一被发现可就惨了。眼看就要把钥匙拔出来，欧阳锋哪甘心就此退却，逼出自己数十年深厚功力，一股热浪源源不绝涌出，再次占了上风。我一咬牙，破罐破摔，反正已经这样了，还犹豫什么呢，明天浩子可不会心疼你。当即转动了一下钥匙，卡住了，看来不是这把。赶紧拔出来，又去塑料盒中换了一把，试了试，还是拧不动。这时我奶奶已经从卫生间又转战到厨房，"乒乒乓乓"，先把锅碗瓢盆全都盖严，然后横扫八荒地倒泻银河。欧阳锋额头冒汗，吃力地挤出几个字："继续试啊，愣着干吗？"洪七公却不多言，头顶上飘出一缕缕白气，如同置身蒸笼，拼死抵御着欧阳锋海浪般的攻势。

我把心一横，索性从抽屉里直接端出那个塑料盒，准备一口气把里面的钥匙都试一遍。转身的时候，一眼瞥到旁边五斗柜上的大相框。那相框和我家的18寸电视机差不多大，我很小的时候它就已经摆在我奶奶卧室里了，黄木边早已破损斑驳，玻璃面板后歪歪扭扭地陈列着几排黑白老照片。有我爷爷去安徽出差时的留影，有我大姑和原来男朋友逛公园时的合照，有我爸我妈带着我在颐和园拍的三口全家福，还有我小姑和姑父的订婚照。正中间，则是一张我爸的全身像，在天安门广场上拍的，白衬衫，黑布鞋，戴一副很古旧的黑框眼镜，眼神刚好正直直地对准我，在雾气昭昭的夜色里放射着坦荡的光芒，让我想起以前无数个调皮犯错的时刻，他也是用这样一种温和却充满指向的眼神看我，仿佛在说，"儿子，把钥匙放回去吧，这样不好。"我爸是那种从来不说脏字的人，也极少发脾气，永远都是心平气和地讲道理，即便我现在一副鬼鬼祟祟的丑态，记忆中的那个他依然对我相规以善。我忽然一下就伤心起来，并不是为自己的所作所为伤心，而是感觉到我爸会因为我的所作所为而伤心所以伤心。我把手里的塑料盒又放了回去，关好抽屉，往自己的小背心上蹭了蹭手上的冷汗，钻进被窝里一动不动地发起呆来。欧阳锋声嘶力竭地朝我喊着什么，我却一丁点声音都听不到了。

后来，他和洪七公斗法的画面被推得越来越远，越来越模糊，两个人最终都拼得精力垂尽，双双委顿在地，黑烟白雾混合在一处，卷起个小旋风，消散无踪了。

我奶奶也完成了"客厅"里最后的搜捕，一无所获，回到大屋，把杀虫剂往墙根儿一戳，气呼呼地说："哼，有本事你就躲着别出来，我看你还能跑到哪儿去。不如早点坦白交代，还能落个宽大处理。"

我听完眨眨眼，望着天花板上冰冷的日光灯管，黑暗中依旧精光四射，就像一把高高举起的锋利铡刀，朝我脖子上狠狠劈了下来。

一直到第二天晚上，这把铡刀也没落到我脖子上。

浩子今天根本没来上学，他爸打电话帮他请了病假，听说是得了急性腮腺炎。马老师下午布置作业时，问谁能帮浩子把今天的试卷送到家里去，好几个同学都回头看我。我四年级时已经得过腮腺炎了，对这个病有免疫力，可我却闷着头不敢举手，最后多亏"牛蛙"帮我解了围。我扭头看了眼玻璃窗里的自己，感觉这个慈眉善目的小胖墩儿没以前可爱了，因为弄丢了一台掌上游戏机，整天绞尽脑汁地编瞎话，拖拖拉拉，处处耍心机，甚至还想偷家里的钱，就连助人为乐这种事都不敢光明正大去做了——这还是以前的我吗？想想当初，我爸那么热情地推荐我看武侠小说，难道就是为了叫我向欧阳锋这种人学习吗？难道不应该是学郭靖的坚持原则，学令狐冲的光明磊落，学石破天的忠厚温和，学胡斐，学乔峰，学袁承志，学谁不好呢，怎么偏偏学起大反派来了？

午后的校园，游荡三日的雾气正一点点退潮，磨砂般的阳光和微风从重重的硬壳里露出头，轻快的呼吸声缓缓涌入教室。我奶奶说得没错，早点坦白交代还能落个宽大处理，如果再有我爷爷保驾护航，缓期执行或当场释放也不是不可能。可惜放学回家后，我又没碰上我的大救星。

这是我爷爷去上夜班后的第三个晚上。我照旧死皮赖脸地跑去大屋避鼠难。抱着枕头经过五斗柜时，偷眼看了看我爸，黑白两色的褊狭方格中，我爸一副欲言又止、无能为力的样子。我现在真想听听他的意见：老爸，如果您遇到这种事会怎么处理呢？特别是像我奶奶这么凶悍的老师太，您当初又是怎么应付的呢？我爸并不回应我，看来，他也对我奶奶的臭脾气很头疼。

我奶奶今天已经彻底懒得理我了，爱睡哪儿就睡哪儿吧！她下班回来做好了"三板斧"，往桌上一放，又回床上眯着去了。八点来钟，她再爬起来，继续举行奥林匹克深夜家务运动会。今晚的项目是冰箱化霜和清理壁橱。第一项最简单不过，拔了电源，您就踏踏实实等着吧！不介①，我奶奶嫌慢，以前也是这样，非得拿个炒菜的铲子像我姥爷冬天在小平房里铲炉灰似的直眉瞪眼杵进电冰箱的冷冻室，对着那些坚硬无比的冰块"咔嚓咔嚓"一通猛铲，然后盛满一个大脸盆，全部倒进马桶里。虐待完冰箱，她又开始摧残壁橱，有用的、没用的全给鼓捣一遍，移形换位，暴土扬长。我有好几次都想趁机跟她说说游戏机的事，可一看到她那副擎天柱大哥般冷酷僵硬的表情，又夙成了一团棉花，退堂鼓擂得山响。要不，或者，

---

① 不介，北京方言，不愿意，不乐意。

那个那个，是不是，再等等？

反正浩子的腮腺炎也不是三两天就能痊愈的。唉，这该死的拖延症！

星期四放学时，小雨下得密如银针，我和同样没带伞的兰天、"牛蛙"都聚在一楼大厅里，等着雨势小一点再走。慢慢悠悠回到家里，进门一看，我爷爷那双千层底布鞋竟然还摆在门口——咦？怎么没去上夜班？而且，"客厅"里也静悄悄的，餐桌上一个菜都没有，电视机也没开，按理说，这时候我爷爷起码应该坐在沙发上提前吃晚饭才对。再看我奶奶，正闷着头在厨房里打磨她的"三板斧"呢，慢吞吞地切着西红柿，一点不着急，真是奇了怪了。我放下书包，拿毛巾抹了一把头和脸，跑到大屋一瞧，我爷爷躺在床上，盖着被子，举一本杂志悠闲地看着。

"爷爷，您不去上班啦？"

我爷爷放下书，摘下眼镜，自嘲地笑了笑："去不了啦，这老腰疼得直不起来了。"

"哦。"这回轮到我嗽嗓子了——咳、咳、咔、咔，喉咙里的小舌头都快嗽出来了，投案自首的机会终于来了，"爷爷，那个，我……"

大门一响，我小姑回来了，一边收雨伞一边往屋里走："爸，您没事吧？"

我爷爷在床上轻轻扭动一下身子，龇着牙说："比早上好点了，就是起床还有点费劲。"

"别动别动，您就躺着吧！"我小姑稍稍安心，坐下来从钱包里拿出一百块钱放在床头柜上，"这是大朗他们经理给您的，不敢说是工资，让您自己买点保健品。"

我爷爷连连推辞："不要不要，这才干了三天老腰就疼得不行了，什么忙都没帮上，哪有脸要人家的钱。"

"嘻，给您您就拿着吧！"我小姑切入正题，"这回您必须听我的，趁这次机会，赶紧把家里的床垫也换了。早就睡塌了，您再这么睡下去，以后肯定越来越严重。"

我奶奶这时从厨房走进来，扯着嗓门说："这么好的床垫换什么换？你爸现在就是个老废物，以前他也没少睡行军床，怎么没事啊？"

"瞧您这话说的，我爸现在多大岁数了？能跟以前比吗？"我小姑说我奶奶，"您别不当回事，换个好点的床垫有助于恢复，您不舍得出钱，我给您出钱。"

我奶奶急赤白脸的："不要不要，瞎花钱！"

我小姑忽然眯起眼睛盯着我奶奶："妈，您别动，让我看看……哟，您这眼睛怎么了？怎么这么红啊？不会是眼底出血了吧？"

我奶奶扒拉开我小姑的手："什么呀，刚才让油烟熏的，没事。"说完，又回厨房继续看锅去了。

我爷爷轻轻叹了口气："你妈呀，好几天没怎么睡觉了。"

"为什么呀？"我小姑一脸迷惑。

我站在过道里的书架子前假装找书，探过头说："我奶奶这两天夜里吃了兴奋剂了，大半夜的，不是打扫厨房卫生间，就是给冰箱化霜、清理壁橱，可能着急过春节吧！"

我小姑一挥手："胡扯，国庆节还没到呢！"

我爷爷看了我一眼，低声对我小姑说："我不在她身边，她就不敢自己睡觉，吃安眠药都没用。"

"我妈这毛病还没好？我就记得我没结婚之前，您不在家，我陪我妈睡觉，她整宿整宿地翻大饼，怎么都睡不着，也就天亮之前能眯上一小会儿，我以为这些年早就好了呢！"

我爷爷摇摇头："好什么呀，年纪越大越严重，神经衰弱得特别厉害。尤其我要是不在家，她就开始胡思乱想，出虚汗，心慌，我都想带她去安定医院①看看，她死活不去，嫌丢人，说怎么跟大夫说呀，这么大的人了，还不敢自己睡觉啦？"

"我妈这毛病到底怎么落下的？"

"我不跟你说过一回吗！那年在老家，半夜村子里来了几个日本鬼子抓地下党，把对门家那个四小子用刺刀给挑了，正好让你妈看见了，从此就受了刺激，这失眠的毛病就算落下了，时好时坏。和我成家以后，有了你们，一忙起来，稍稍好了一些，可后来你大姐又出了车祸，我晚上在抢救室陪床，你妈一个人在家过夜，又开始担惊受怕，胡琢磨，这毛病就又回来了。再后来，你大哥也是半夜吐血，把我们都叫到医院去……你忘了，前两年我们单位组织去青岛疗养，她死活不让我去。"

"想起来了，原来是这么回事。"

"你妈呀，现在离了我就不行，天一黑，一个人待着就心慌。

---

① 安定医院，北京著名的精神专科医院。

所以这两年呢，我们单位再有什么疗养活动我都不去了。"

说着，我奶奶忽然又从厨房跑过来，从钱包里拿零钱："没酱油了，我下去买瓶酱油。小荣，你就在这儿吃吧，吃完了再回去。"

我小姑冲我奶奶大声说："您一个人不敢睡觉，还让我爸去值夜班？"

我奶奶用眼白飞了我爷爷一刀，冲我小姑一梗脖子："你嫂子本来说开学要给炀炀请个家教，家教多贵知道吗？西北楼的胡大姐，人家小孙女请个北大的家教花了多少钱呢……"说着，比画了一个数，"你嫂子这又住院了，手头更紧了，我就跟你爸商量，出去找个活儿干，咱们把这个钱给炀炀出了。都怪你爸，废物一个，这才几天啊，就坚持不住了。"

说完，我奶奶挤开我往门口走，从书架子旁边拿雨靴。我小姑起身指指我，冲我奶奶喊："妈，外面下雨呢，让炀炀去吧！"

"待着吧，待着吧，我顺道还得拿晚报呢！"我奶奶朝我摆摆手，伸着脚往雨靴里蹬，蹬了两下忽然大叫一声，"嘿，我可算逮着你了。"说着，伸手从靴筒里提溜出一只死耗子来，吓得我赶紧往后退了两步。

我奶奶又去拿另一只雨靴，举着个单筒望远镜似的往里看了看，好像又看到什么不得了的东西，嘀咕着说："还有一只？"翻过来往外一倒，"刷"的一下，浩子的游戏机落在了我奶奶手心里。

"这什么破玩意儿？有用没用？没用我可扔了啊……"

"别别别，那是我的！"我放下手里的书，蹿上去一把抢了过来，左瞧瞧，右看看，居然还有电，居然完好无损，居然又找回来了！哈哈哈哈哈哈哈哈，我得儿意地笑，我得儿意地笑。

"我出去一下。"我拉开门就往外跑。

我奶奶彻底蒙了："干吗去呀？不吃饭啦？你倒是带把伞呀！"

我的回答像一根竹签子，把楼道里欢腾的风雨声穿成一串带回音的糖葫芦："不用不用，马上就回来，我去帮浩子补一下作业，他他他……他今天发烧了！"

我妈出院回家，刚坐进小屋歇口气，我奶奶就塞过来一个胖胖的信封。我妈跟碰了热烙铁似的赶紧往回推："哎哟喂，您看您这是干吗呀，不用不用，我这儿有钱……"

太极推手，外加擒拿手、龙爪手，我妈使出浑身解数，不知深浅地和我奶奶比画了几招。无奈"灭绝师太"终究是一代宗师，功底深厚，脾气又犟，用一招飘雪穿云掌，一把钳住我妈手腕说："你的钱，留着给自己买点营养品吧，我和你爸也帮不上什么忙。这个，是给炀炀请家教用的。"

最后几个字连接成一杆判官笔，穴位找得又准又狠，我妈那倔强的小手腕一下就软下来了，嘴角闪过一丝自嘲的笑意，瞥了我一眼，顺水推舟就把信封收下了。

请家教这事就算这么落听了，我妈立即托朋友去名牌大学里物色人选。不过话说回来，从始至终根本没人征求过我的意见，好像跟我一点关系都没有。其实呢，我心里巨抵触这事。家庭教师，那不是差生、落后生的专利吗？笨傻呆茶的孩子满脑袋糨糊打不散，才需要请家教开小灶啊，怎么编排到我的食谱里来了？就算我学习上有点瘸腿，那也只是相对语文那种独孤求败的成绩来说，数学其实真的不算差，起码是全班前五名的水平，还需要请家教？那数学成绩垫底的同学，岂不是要天天枕着算盘睡觉才行？

我妈送我一个鄙夷的眼神："你老跟那些学习差的比，你说你能提高吗？你以为你们班的李翔、王新光回家都不用补课？你以为人家第一名、第二名的成绩都是无师自通的？李翔他爸是数学所的研究员，王新光的妈妈是计算所的副教授，那都是大知识分子，辅导他们的功课绰绰有余。我没这个能力和水平，所以只能给你找个家教来辅导你，明白了吗？"

"不可能，不可能。"我都快把脑袋摇掉了，"李翔、王新光每天早上来学校永远是哈欠连天的，说前一天回家净看电视剧了，课文也没好好读，卷子也是随手瞎写的……"

"听他们胡扯呢！"我妈一嗓子点醒梦中人，"你要是当成真的，你就是大傻子，人家发奋努力的时候才不会告诉你呢！要想人前显贵，就得背地里受罪。"

"可我也没想人前显贵啊！"我小声嘟囔了一句。

我妈抄起笤帚疙瘩冲我一挥："你再跟我废话！"

过了两天，家教到位，我这点卡了鱼刺的小情绪瞬间化为乌有。我太喜欢这个老师了—— 一个来自江南水乡的大姐姐，姓秦，生得袅娜纤巧，行事又温柔和平，笑起来嘴边两个小酒窝，盛满杏花春雨、三秋桂子；说话的声音也特别好听，就像波斯猫柔柔的小哈欠，跟我奶奶那咸菜缸似的大嗓门简直天壤之别。别看调门不高，数学题却讲得清清楚楚，有耐心，突破口也找得准，还特别善于鼓励人，我也就慢慢体会到与X、Y、Z斗智斗勇的快乐，以及攻克难关后自吹自擂的成就感。一来二去，每周只上两次的家教课甚至让我觉得有点少了，即便一周五次、六次，要不干脆把七天都上满，我也完全没问题。

　　补课的效果马上显现出来，连续两次数学阶段测验我都排名全班第二，我妈也就对我暂时松了心，把精力重新投入到工作中去了。之前那家公司不知从谁那儿传出了闲话，同事们一听说我妈有这个病，个个都像见了梅超风，老板也瞒不下去，不敢再让她留下来继续做饭，多给了一个月工资，又帮忙推荐了一家朋友开的小公司，也是做装饰装潢的，就是规模有点袖珍，街边的门脸房，算上老板一共三名员工。我妈倒也不挑，翌日便去报到。我小姑劝她不如多休息几天，那种小店又受累又挣不着钱。我妈却说，小店也有小店的好处，工资是低了些，但多劳多得，谁拉回来的活儿，谁就有提成，工作积极性反而提高了不少，挺好。

　　早出晚归的生活像一盘磁带，翻个面重新启动。我妈这一忙起来，我可就撒了鹰了，晚上写完作业，闲得五脊六兽，便去海淀斜街里的小书摊儿啃武侠小说。前些日子，好不容易把《鹿鼎记》看出些感觉来，偏偏第二天我妈出院回家，我就不敢再往下看了，偷偷摸摸把书插回书架，专心遨游于数学题海。这几天不免又有点百爪挠心，求知欲铺展成一片爬山虎，韦小宝到底有没有把方怡、沐剑屏救出去？

不敢在家看，只好去书摊儿上寻找答案。鬓角飘着两缕白色剑穗的书摊儿老板也是个武侠迷，金庸、古龙、萧逸、梁羽生，无所不有，汗牛充摊。更重要的是，附近这几个卖书的，数他脾气最好，从来不会用"你到底买不买"之类的话来呛人，由着我看多久都行。我也从不给人家添乱，每次都缩在边边角角，就着油腻昏黄的小灯泡默默看上半个来小时，然后跺跺脚、搓搓手，蹚着路边哗哗作响的落叶，溜回家去。

已经到了十月底，西伯利亚冷空气频繁南下，给这座不久前申奥失败的城市① 又增几分愁绪。小鞭子似的冷风神出鬼没，街上的行人和树木全都不堪其扰。只不过与人类恰好相反，孔武有力的大树家族纷纷褪去厚厚的衣帽，准备以少林弟子的威武姿态迎接寒冬。第一波斩断情丝的枯黄落叶早已铺满街巷，环卫工人们一时懒得去打扫，任由它们被秋雨、沙尘、脚印、车辙，轮番欺凌。只有热衷于"拔根儿"② 的学生们才会把这些叶子当个宝，无论是水沟旁，还是公厕门口，都会不管不顾地捡起来，撸去发脆的叶片，小

---

① 1993年9月底，北京首次申办奥运会以失败告终。

② 拔根儿，北方儿童在秋季时用树叶根部玩的一种民间游戏。

心翼翼揣进裤兜，或者干脆塞到鞋窠儿①里，闷出"沉香"才叫地道。当然，一旦被家长发现，难免就要挨一顿臭骂：扔了扔了，脏死了！

书摊儿老板尽管早早套上了棉坎肩，但明显不如那些赤膊上阵的乔木勇士更抗冻，一场大风降温后，听说得了挺严重的肺炎，回老家养病去了。晚上再去蹭书看时，换了个双下巴的中年女人坐镇看摊儿。这胖阿姨可没那么清静无为，一上来就主动和我搭话，问我买不买新出的漫画，或者港台明星的八卦杂志。我通通微笑婉拒，一门心思捧着我的武侠小说钻研。一天晚上，书摊儿内外只剩下我们两个人，胖阿姨忽然扔过一本新书给我，努努嘴说："老看武侠有什么意思，换换口味？"

那是一本英国作家的言情巨著，封面上横卧着衣饰单薄的冷艳少女，仿佛从爱琴海的泡沫中诞生而出，薄纱如海浪轻抚在丰饶起伏的细滑滩涂上，晃得人眼晕。我"咕噜"一声咽了口唾沫，随手就把《鹿鼎记》扔在了一边，抄起那本书，感觉头顶灯泡都跟着晃了一下，一些武侠小说中少见的澎湃缠绵扩张在眼前。这完全是个美丽的新世界。耳边传来一阵天籁般的歌声，哪位女高音正在家里练声？再往后翻，几乎每隔几页都有这种吸引人的片段。这哪是一本书啊，分明是国宴厨师手中的一把炒勺，里面盛满辣椒、芥末、大蒜、小葱、豆瓣酱，上蹿下跳，滚油四溅，又辣、又呛、又香、又诱人，熏得我都有点低血糖了，就像坐公共汽车时闻到汽油味，

---

① 鞋窠儿，北京土语，鞋的内侧。

明知对身体不好，还是忍不住想多闻几下。怎么办？干脆，买下来吧，拿回家慢慢看。

闷声交钱，闷声找零，抄起书扭头就走。从书摊儿到我家大院门口约莫五六百米，此时风卷败叶，长路漫漫，仿佛去往呼和浩特那般遥远。我把衣服上的拉锁再紧一紧，把衣领子再往上抻一抻，两只手完全拢进袖子里，一副缩头缩脑没脸见人的感觉。可那本书的封面却在黑夜中异常闪亮，正着拿，反着拿，横着拿，竖着拿，怎么拿都盖不住，这要被哪个出来遛弯的邻居看到可就完蛋了。幸好街边有个报摊还没关，溜过去买张报纸，展开到最大，把书往中间一放，对角，再对角，折叠，再折叠，包得跟宝藏地图似的，终于把那条明晃晃的"美人鱼"藏了起来。

回到家门口，心里又犯难了，就这么大摇大摆走进去？我妈那眼神可比大头针都尖，问我拿的是什么书，我怎么回答？数学教参？世界地图册？别逗了。只能学赵子龙保护阿斗那一招。先把外套和毛背心撩起来，再把秋衣从秋裤里拽出来，然后将包好的书从肚脐眼位置塞进裤腰，重新紧一紧裤带，整理好上衣，往前挪了两步。哎哟，不行，硌我小肚子，太难受了，换个方向吧！顺时针移动半圈，挪到后腰位置上，这回好多了，天然的"背背佳"①。掏钥匙，开门进屋，我妈从卫生间探出头，一把抓住我衣袖："大冷天的，你跑哪儿溜达去了？"

"我……没有啊……我真没有……"

---

① 一种身形矫姿产品。

"你没有什么？"我妈把我揪到小屋，按在椅子上，拍给我一张皱巴巴的稿纸，上面爬着百十来个疑似汉字，"快快快，帮我写个东西。"

"写什么呀？"我后腰上夹着书，说话都不敢用力碰嘴唇，生怕来个狗熊掰棒子。

听我妈一说才明白，原来那稿纸是她新老板写的一封感谢信，感谢街道办事处在上月的工作中提供了帮助。不过这位老板是个大老粗，文化水平比我奶奶强点有限，憋了半天，也就挤出这么几行气晕语文老师的病句来。最后一起急，扔给我妈，让她帮着改一改，顺便再扩充到四百字以上。我妈下班回家累得脑细胞阵亡大半，实在懒得动笔，就又扔给了我，这大概就叫作大懒支小懒吧！

我朝我妈一咧嘴："我不会写啊！"

"武侠小说你都写得那么溜，这点东西还不是小菜一碟？"

我脸都红了："我哪有……"

"别谦虚啦，前两天你不是还给青年报投稿了吗？"

"您怎么知道是青年报？"我不禁发出抗议，"您看您，又偷看我的著作。"

"就你还著作呢？你著什么了？作践稿纸倒是有一套。"

"……"你们听听，求别人帮忙，她还这个态度。

看我不高兴了，我妈又赶紧哄我："行行行，著作，行了吧？大文豪，快帮我写写吧！我这忙得四脚朝天的，真没工夫写这些东西。"

我可真无奈。不过我妈说得确实没错，著作没著出来，作践稿纸倒是真没少作践。这还得从四年级说起。当时我过于迷恋《笑傲江湖》，总希望令狐冲治好内伤后能在武林中一展身手、大杀四方，就模仿金庸先生的语气当仁不让地写起了《笑傲江湖后传》。稿纸足足买了一大包，笔名也想好了，就叫木庸。结果才写到第五页，脑子就木了，死活编不下去了，用订书器装订了五十页的所谓第一回本，也就这么全浪费了。不过"狗尾续貂"的习惯却保持下来，以后每看完一部武侠小说，我都气势汹汹翻出那一包稿纸，准备大干一番、续写传奇。什么《活死人墓后传》《张无忌后传》《长乐帮后传》……当然，每次的结局都一样，五页内草草收工。

倒也没想过一鸣惊人，没想过追随方仲永做当代神童。只是五年级上半学期，我们班忽然转来一个叫倪春华的借读生，把我这文坛白日梦又给勾起来了。这位大倪同学性格蔫蔫的，学习成绩也一般，作文却写得斐然成章，一副名家风范。这次国庆节前，我们一起参加全区作文比赛，倪春华写了一篇名为《两位母亲》的抒情散文，大意是说自己的父亲身患残疾，长期卧床，母亲又要工作挣钱又要照顾家庭，日子过得挺不容易，但母亲始终保持乐观心态，坚持每天回家都给父亲讲一个小笑话，逗父亲开心一笑；自己在五年级时被送到北京的姥姥家上学，姥姥虽体弱多病，但依然把自己照顾得无微不至，而且和母亲的性格如出一辙，总能将日常生活打点得奇趣丛生，正是这样笑对苦难的母亲和母亲的母亲，给了自己莫大的勇气与信心，在人生道路上一往无前、永不言败。结果，这篇文章顺利拿下了大赛二等奖，还被刊载到一份儿童文学期刊上。马老师激动得不得了，在班里当范文读了好几遍，还评价此文情真意

　　　　　　凯风自南　我的"三亲"家庭协奏曲

切、感人至深，是她这些年读过的最好的一篇学生范文。得，最后这句话，不免又撩拨起我那点小小的好胜心。在这个班里，语文方面我才是武林至尊，况且我都创作多少部武侠"巨著"了，怎么可能让倪春华抢了风头？不行不行，我也要投稿，也要把自己的文章发表在刊物上。恰好前一段时间，青年报有个征文活动，于是我把原来的作文誊写一遍，找我妈借了信封和邮票，信心满满地投出去。我妈当时还笑话我，要给邮政事业做贡献啦？她这人就一点不好，从来不会鼓励我，还总爱泼冷水，像这种没把握的事，我特别不愿意让她知道，可又躲不开她那灵敏的雷达系统。

心中胡思乱想，手底下不敢耽搁，打开铅笔盒，赶紧帮我妈完成任务。我妈转身又去卫生间，走了两步，回头看看，挺纳闷儿："嘿，你最近又练什么功夫呢？这坐姿倒是越来越标准了。"

我像个机械战警，腰板笔直地戳在那儿说："站如松坐如钟嘛，武侠小说也不是白看的。"

"哼，也就三天热乎气，快写吧！"

她撩门帘出了屋，我赶紧从裤腰处把书抽出来，塞进靠墙一侧的抽屉里，脊椎骨像散落的积木，瞬时松快了不少，铺好稿纸，专心致志地搞起再创作。写到一半，我妈又跑了进来，不由分说把我挤到一边，拉开三屉桌中间的抽屉找东西，"哎？我桌上的发卡是不是放这抽屉里了？"翻了几下，又要去拉旁边靠墙的抽屉。我慌忙拦住她，从一沓稿纸旁捏出一个发卡来："这不嘛！这不嘛！"

"还是你眼睛贼啊！"我妈把头发拢起来，扭头又出去了。

好家伙，我这一脑门子冷汗啊，头皮跟过电似的，这要是让我妈看到旁边抽屉里的性感封面，还不得扒了我的皮？我回头盯着屋门守了好几秒，确定安全后，转回身使一招斗转星移，拉开抽屉飞快地把书取出来，塞到我枕头底下去了。

我妈洗漱完毕，哼着小曲从卫生间出来，大概觉得时间还早，又开始给自己的小床换床单，一边换一边瞄着我的床看："瞧你这床单脏的，都能榨油了，我给你换下来一块儿洗了吧！"

"……"我真怀疑她是不是长了透视眼，这不成心跟我捣乱嘛，"哎哟喂，您这大半夜的，瞎折腾什么呀？"

"哪儿就大半夜了？这才几点？再说了，你成天睡在猪圈里不怕长虱子啊？"说着，移步过来就要动手掀我的床单。

"我自己来，我自己来。"我起身护住自己的小床，轻轻拉起床单一角，心急火燎地计算着，怎么才能不碰到枕头，又把床单顺顺当当换下来。

不过，这好像不是一道数学题。

"快点啊倒是！"我妈催我。

"呜——"厨房里的水壶喊起了救命——水开了。我妈赶紧跑过去关火、灌暖壶。我一把掀开枕头，抽出那本乱我心者的"万恶之首"，左左右右张皇了好几秒，最后一赌气，直接塞进了书包。

这下好了，只能每天背着它去上学了。

早上到了班里，我直接缩进自己位子，脑袋顶着墙，把昨天的报纸拆下来，里三层、外三层重新包了好几层书皮，又在最上面一层假模假式地写了——文言文阅读详解。将李鬼打扮成李逵，这才像偷吃零食一般地拿到桌斗下面，细嚼慢咽地咂摸起来。

　　　　　　凯风自南　我的"三亲"家庭协奏曲

课间看，午休看，自习课做完卷子也忍不住看上几行。从白天到深夜，整个心神全都沉浸在那些成年人的情情爱爱中，每每合上书就觉得口唇干裂，眼角像抹了风油精，火辣辣的。再上家教课也总是走神儿，精神恍恍惚惚。梦里常误入迷津，水响如雷，许多夜叉海鬼使劲往下拖我，吓得我汗下如雨，惊叫着从梦中逃离。我妈过来摸摸我的额头，还以为我发烧了。

再去书摊儿遛弯时，漫天落叶越下越急，一个劲地往我身上缠，附着其上的灰尘、鸟粪、细菌，叫人唯恐避之不及。胖阿姨找了些厚厚的塑料布，把小书摊儿严严实实地罩了起来。她抄手坐在里面摊位上，身边傍个电暖炉，每次见我来，都给我推荐外国作家的言情小说，封面一律都是那种衣衫单薄的西洋美女。我也表现得越来越老练镇定，把带围嘴的绒线帽往下一拉，假装铁丑游坦之，粗略地看一下简介，付款，拿书，转身就溜。回家后见机行事，趁我妈不在房间，再悄悄转移到书包里。

平均三四天就去买一本，很多还是很有影响力的世界名著，但我从来不注重情节，也不探究那些深刻的隐喻和象征，只是一门心思跳跃摘选，专拣让少年血脉偾张的段落反复咀嚼。整本书看完，什么历史背景啊，人物结构啊，作品的意义与风格啊，一概模糊不清，只剩下心跳加速的胡思乱想。如果非要说哪个方面有所提高，只能算是包书皮的速度了，一层牛皮纸，一层打印纸，再来一层作废的挂历纸，每一本书都像缠了又臭又长的裹脚布，羞于见人。

这些书看多了，大脑不免掉进保温杯，成了一颗温暾而恍惚的胖大海，书包也跟着膨胀发沉，像个塞满肉馅儿的大饺子，眼看就要开膛破肚了。课间休息，兰天走过来收作业，我从书包里使劲一掏，连带掉出一本《小学奥数试题汇编》。兰天收脚不及，来了个门前捅射，恰好把书踢到了吴志强座位下面。吴志强懒洋洋地弯下腰，捏着中间几页把书提起来，余光扫到里面密密麻麻的文字，再看一眼封面标题，觉得不对劲，这明显不是奥数题啊！扯开书皮一看，嘴唇立马凸成个"一饼"，弹球似的滚到我身边说："哇，大班长，你——"

"嘘——"我恨不得把他嘴缝上。真怕被兰天看到，还好她走到后面去了。

吴志强连连摇头："想不到啊想不到……"

"别闹别闹，快点给我。"

"不给不给，借我看看。"

我真是哭的心都有："那你快点看啊，千万别借给别人。"

其实我的意思是，让他随便翻翻，看几页就得了，结果吴志强以为我催他上课时赶紧看呢。下一节英语课，他就在后排大模大样看起来了。更可恨的是，看就看吧，搞得动静还特大，把书翻得山响，生怕别人不知道他没专心上课。我又没法提醒他，中间还隔着两个人，只好打开铅笔盒，立起盒盖，用上面的小镜子当后视镜，保持观望。

英语课上到最后几分钟，窗外刮起一阵凶猛的西北风，树枝上残存的枯黄"难民"纷纷涌向空中，像遇到大白鲨的小鱼小蟹，四散奔逃，有些慌不择路扑在教室玻璃窗上，发出一阵又轻又脆的哀号。我把目光收回，发现面前的小镜子上黑影一闪，从我背后映出

　　　凯风自南　我的"三亲"家庭协奏曲

一双史前怪兽般的大眼珠子，把我的魂儿都吓没了。

我们班教室一前一后两个门，前门上方是一块干净敞亮的玻璃窗，后门顶端则只有一条窄窄的长方形监视孔，教室外的人只要把眼睛对准这条孔缝，立刻就如同冷面杀手戴上了阴森森的墨镜，对班里每一个不专心听讲的同学都是种巨大威慑。现在，这个监视孔后就架起了这么一把双筒"猎枪"，你几乎可以将所有猛兽无情的眼神和它联系在一起：被摸了屁股的老虎、被拔了胡子的雄狮、被蜜蜂蜇到眼皮的狗熊……而且我可以拍胸脯担保，整个学校，除了我们班马老师之外，没人配得上拥有如此恐怖的杀伐利器。

吴志强大约也感受到了刀锋贴近咽喉的冰冷气息，一扭头看到那双黑洞洞的"枪管"，整个人都傻了，下意识地向我这边投来求救的目光。我想起电影里那些大义凛然的革命者，一旦暴露身份，总是毫不犹豫地将密电码、机密文件直接吞进肚子里，不过这么大一本书，让吴志强直接吞下去，我真怕噎死他。

下课铃响前这两分钟，俨然成了一盘刚出锅的麻婆豆腐，心急火燎地捧到嘴边，却实在难以下咽。待到铃声响起，英语老师开门往外走，马老师早已气势汹汹地堵在了门口，霸王龙似的挤进教室，指着最后一排说："吴志强，你把手里的课外书给我拿上来！"

吴志强僵硬地站起身，往前迈了一小步，看样子准备放弃抵抗，洗颈就戮。突然，不知他从哪儿来了一道灵感，居然无师自通，也把那书往自己衣摆下面一塞，蹭一下蹿起来，撞开旁边同学，拉开教室后门的插销就逃了出去。马老师"嘿"了一声，并不善罢甘休，转身也从前门纵身而出，快五十岁的人了，依然动如脱兔，高跟鞋在楼道里踩出一串劲爆迪曲，动次打次、动次打次，追了上去。真不愧是马老师，在我心目中，这世间能与我奶奶一较高下的女中豪杰，恐怕也就非她莫属了。

班里的同学们全都涌出去看热闹。有的哇哇叫，有的拍巴掌，也不知道支持哪一方。等我走到班门口时，吴志强和马老师一前一后冲下楼梯，早就没影了。我趴到对面窗边，朝楼下望了望，没见楼外有什么异常动静，猜想吴志强终究逃不脱马老师"毒手"，很可能在某一层的楼道里就被走马活擒了。这可坏了，他不会把我也供出来吧？

魂不守舍地转悠了两圈，终于看到马老师揪着吴志强耳朵又从楼梯口走了上来。不过有点奇怪，我们班主任另一只手上空空如也，什么都没拿；吴志强的衣摆下方也松松垮垮的，不像塞着书的样子。两只手抓着马老师拧耳朵的铁手苦苦求饶，最后呲牙咧嘴被带进了西北角的屠宰场……对不起，应该是办公室。坐回班里，我就寻思上了："这家伙真把我的书给吃了？"

下一节课上了十分钟左右，吴志强才被放回来。一进班就冲我挤眉弄眼，还小幅度地晃了晃食指，那意思大概是说，放心放心，没事没事。等放了学，他才跑过来一脸赔笑地向我道歉："大班长，真对不起啊，你的书让我给……给……"

我把他拉到角落里："你不会真给吃下去了吧？"

"我疯啦，吃书玩？"

"那你给扔哪儿去了？"

"厕所啊！你别看马老师穿着高跟鞋，她可是田径队出身，跑

　　　　　凯风自南　我的"三亲"家庭协奏曲

得比我快多了，我只好往男厕所里跑，要不然非让她逮着我不可。"

我低调地伸了个大拇哥："机智。"

"那是。"吴志强一脸得意，"我本来想把书直接扔进垃圾筐，然后给马老师来个死不认账。后来一想不成，万一她把体育老师找来，进厕所一搜，那不全露馅儿了？"

"对啊，那可怎么办？"

"嘿嘿，"吴志强眼珠里飘出一股狡猾的消毒水味道，"后来我想了个好办法，你猜怎么着？"

"你不会是……"我忽然有种反胃的预感。

吴志强压低音量："我把你那本书卷成个筒，直接塞进茅坑里了。幸亏它不太厚，刚刚合适，我又从旁边找了个墩布把儿，一边冲水一边往下捅，现在应该已经面目全非了。"

"打住打住。"我使劲把午饭重新咽回去，"那你跟马老师怎么交代的？"

"我就一口咬定，看的是郑渊洁童话，马老师也拿我没辙。"吴志强最后再次向我诚恳地表达歉意，"大班长，别生气啊，过几天我一定好好补偿你，请你去游戏厅里玩。"

"你饶了我吧！"

收拾好书包，往肩上一背，我就感觉身后传来"咔嗒咔嗒"的计时声，一条燃烧的引信顺着后脊梁呼呼往上蹿，这分明就是一包移动的定时炸弹。在家里被发现，皮鞭蘸盐水；在学校被发现，一样吃不了兜着走。不能玩悬的，我又不是沙和尚，干吗这么天天背来背去的，还是回家找个地方藏起来吧！

吃过晚饭，趁我妈还没回来，我赶紧四处考察选址。首先把小屋排除掉，那是我妈一手遮天的地方。"客厅"也不安全，我奶奶动不动就搞大扫除，这些书上的火辣封面要是让她看见，非把我生吃了不可。否决！Pass！我又到厨房、卫生间考察一番，最后，站在门口过道处，把目光锁定在了书架最顶层。那上面都是些平时很少用到的书，《辞海》《词源》《中国通史》《十万个为什么》，最外侧还摞着两个大鞋盒子。上次装书架时，我奶奶把一些零散不成套的小人书都放进了这两个鞋盒里，从此束之高阁。这书架起码一米九往上，顶峰那里只有我爷爷伸长手臂才够得到，所以书架旁总是放个小板凳，方便我踩着上去拿书。我爷爷当时就提醒我，这板凳比你妈妈岁数都大，踩上去的时候务必注意安全。我说没事，我练过轻功。我爷爷笑了笑说，你还是小心点吧，真摔一下子，够你喝一壶的。我妈和我奶奶几乎从不会踩着凳子上去拿东西，所以别看紧挨着大门口，往往最危险的地方反倒最安全。一瞬间，寒风萧萧，飞雪飘零，人迹罕至的摩天崖、光明顶、玉笔峰，都在我眼前一一闪现，这不正是藏宝的上选之地吗？

我轻轻走到大屋门口，隔着屋门听了听动静，悄无声息，我奶奶大概早早睡下了，我爷爷很可能正在台灯下看晚报。机不可失，时不再来。转身垫步拧腰，蹬上小板凳，脚下一忽悠，差点玩一倒栽葱，赶紧用个定身法稳住身形。缓缓举手过头，把那对鞋盒子慢慢捧下来，像潘多拉送去埃庇米修斯面前，溜进小屋，从书包里翻出"恶魔的果实"，统统掩埋到小人书下面，然后盖好盖子，原封不动地举回高岩绝壁。虽说搞得满身尘土，心里却像冲了个凉，一

　　　　　凯风自南　我的"三亲"家庭协奏曲

下子轻快了不少。

第二天下午放学，浩子组织了一场"拔根儿"大赛。也不知他从哪里发掘出一支"绝世老根儿"，真的是一"根儿"当关，万"根儿"莫开，杀得众人毫无还手之力，满地都是筋断骨折的残根儿。"牛蛙"招呼我给大家报仇雪恨。我踢开路边堆积的落叶，蹲下来眯起眼，甄别出几根线条粗犷的潜力选手，出马叫阵，却依然不是浩子对手，连败八个回合。

浩子把嘴撇到鼻尖上："我这可是'三闷九抿十五泡'的绝世老根儿，你们也太自不量……"

"牛蛙"在旁瞅准机会，一把将他的神兵利刃夺了过去。仔细一瞧，哈，那老根儿中间竟然插着一根细细的铁丝。

"好哇，你作弊！"

浩子嘎嘎大笑落荒而逃，"牛蛙"振臂一挥，率领众人嗷嗷叫着追了上去。我在后面跟着跑了两步，发现手上粘了块东西，黏糊糊、脏兮兮的，好像是哪个缺德鬼吐在叶子上的泡泡糖，搓半天也搓不干净，神出鬼没的洁癖又犯了，收起玩闹兴致，只想赶紧回家洗手。

进家门就撞上一股汹涌的潮气，类似于用温水化开的消炎药味，一抬头，才明白这味道来自天花板上脱落的墙皮，就跟谁倒立着睡在上面尿了床似的，泅出五大洲四大洋，一派浩瀚风光。通往大屋方向的"好望角"附近，此刻还在轻微地渗着水滴。我脑子里完全是一团芝麻酱拌茄泥，混沌又费解，什么情况？目光却已在下移过程中一泻千里地错乱起来——哟哟哟，坏了，书架！只见那苦苦寻觅的藏宝之地，此时已被清理得一干二净，最上面两层的所有书籍都不见了踪影，自然也包括那两只盛满众神礼物的大鞋盒子。一阵水淋淋的阴风从"客厅"方向甩着流星锤飞过来，吓得我连打了好几个喷嚏。

手也顾不上洗了，跑进"客厅"一看，那景象简直比二战老电影还惨。大部头、小卷册；新书、旧书；字书、画书，高原地带的受灾"群众"都像海难中九死一生的幸存者，敞胸露怀，气息奄奄，瘫倒在满地报纸上，进行着风干疗法。少数几名"重伤员"受浸泡程度极其严重的，则都被架上了"手术台"——窗台上吹风，起伏的书页看上去酷似我妈春节烫的大波浪发型。大敞大开的窗外，此时仿佛站着个透明雪怪正朝我拼命翻白眼，北风那个吹哟，心尖那个凉哟，距离正式供暖还差三四天，本来就是一年中最难熬的时刻，再来这么一出"床头屋漏无干处"，还让不让人活了？我暂时没心思慰问地上的伤号，只是紧张地四处寻觅那两个事关全体人类命运的鞋盒子跑到哪里去了？

别看"客厅"里哀鸿遍野，一副风雨飘摇，"医护人员"却难觅身影。饭菜抱团挤在餐桌上，已经吹成了透心凉。整个家里弥漫着暴风雨前的宁静。我稳了稳心里的十五个吊桶，先回小屋把书包放下，这才发现我妈早就回来了，仰面躺在自己小床上，枕头边散落着几块果丹皮，双目呆滞地望向天花板，眼角处泪光盈盈，鼻孔里还拉着不通气的手风琴。见我撩帘进来，好像也吓了一跳，呼地转过身，拿个硬邦邦的后背对着我，顺手拉过一条毛毯蒙到头上。

我小脸发绿地叫了一声："妈妈……"

我妈哑着嗓子说："吃你的饭去，别跟我说话。"

这这这……我苦哈哈地退出小屋，心中一阵失足落水般的惶恐。我都不敢去想，我妈从鞋盒里翻出那些小说时的表情和心情，我再也不是她心目中那个纯洁善良的好孩子了。呜呜呜，这可如何是好？

门锁一响，我爷爷从外面回来了。我奶奶像个潜伏了很久的狙击手，从大屋方向飞快地探出头来，瞄了我爷爷一眼，又顺带瞪了我一眼，撒火似的说："你说说你吧，哼！"

谁？我？什么意思？不会吧？难道我奶奶也发现鞋盒里的秘密了？完喽完喽，这下可真是死定了。在我妈那里，我顶多属于失足落水，大概还有被救上岸的可能；在我奶奶这儿，完全就是罪不可赦，双手反剪，外加三尺白绫！

我爷爷一边换鞋一边说："算了算了，先吃饭吧，待会儿人家秦老师就要过来上课了。"

坐到饭桌旁，我小声问我爷爷到底出了什么事。我爷爷苦笑着说："楼上那家水管子爆了，家里又没人，把咱家天花板……"

正说着，我奶奶浑身冒着火星走了过来，往桌上扔了几个咸鸭蛋，气呼呼地对我说："吃这个！"说完，又顶着一脑袋黑烟回屋了。

我爷爷赶忙收拢住乱滚的鸭蛋，盯着我奶奶仙人掌似的背影叨咕了一句："这是又跟谁炸刺儿呢？"

饭后的家教课完全不在状态，脑子里全是两只鞋盒的坐标方程式。秦老师随口问我一句，0.93乘以10等于多少？我说等于九点半。秦老师看了眼手表说："哟，这么着急下课呀？"搞了我一个大红脸。

秦老师走后，我妈很快就睡了，疲惫的小呼噜附和着我奶奶那边的天雷滚滚，混搭出一连串悬疑的伏笔。我本来都做好心理准备，要领教一番辣椒水、老虎凳的威力了，她俩怎么反倒跟我联手玩起了太极剑？半夜起来上厕所，看到洗手池上的半身镜里波光粼粼，两艘小船远远驶来，到眼前可把我乐坏了，竟是那两只跑丢的鞋盒子，优哉游哉浮在水面上。于是我傻乎乎地伸手去抓，哪知整条胳膊都被吸进了绞肉机，"哇"一声惨叫，吓醒了。早上刷牙，听到我爷爷收音机里正在放传统相声《扔靴子》，苏文茂先生最后抖出包袱："每天你扔两只还好，扔完了我可以睡觉，昨天你扔了一只，我净等那只了，我一宿没睡。"

我有预感，最先开火的人肯定是我奶奶。平时上厕所，我多撕几厘米手纸，她都能当成世界末日，遇到这种事，不可能憋得住。第二天一回家，"灭绝师太"果然大发雷霆，不过不是冲我，而是掉转枪口，朝我爷爷放了一梭子散弹枪。

"你心里没鬼你干吗支支吾吾的？我昨天在阳台上看得真真儿的[1]！"我刚推开家门，就听见她在大屋训我爷爷，巨大的音浪差点把我给顶回楼道里去。

---

[1] 真真儿的，老北京土语，真真切切、清清楚楚。

"我有什么鬼呀，"我爷爷委屈巴巴，"我不是都跟你说了嘛，那是老贺的女儿，昨天刚好在院里碰上，随便聊了两句。"

"两句？呵呵，少说得聊了八分多钟。"

"你说你累不累呀，还攥个秒表盯着我？"

"我不累。你说你跟人家又不熟，瞎搭什么茬儿啊，你认识人家吗？"

"我怎么不认识啊，她爸爸原来老带她上我们所里玩去……"

我奶奶嘴里不屑地冒出三个"七"，完全不管二十一："那老头死了快两年了，你巴结人家闺女干什么？"

"你……你怎么搞的你？"

"你当我不知道呢？"

"你又知道什么了？"

"二号楼的郑大姐都跟我说了，老贺的闺女，就是那个什么什么贺老师，前几个月刚和爱人离婚，怎么着，你也想跟着凑凑热闹啊？"

我爷爷有点急了，血压计里的水银柱突突直跳："你别血口喷人啊，这都不挨着。"

"你急什么急，不做亏心事，不怕鬼叫门。"

"我有什么鬼，你倒是给我说清楚。"

"非让我给你抖搂出来？"

"你抖啊，我看你能抖出什么？"

"哼！"我奶奶冷笑出一股羽扇纶巾的意味，"本来昨天我没当回事，睁一只眼闭一只眼，不理你就完了。今天可好，你还来劲了，

151

下午还跑到人家贺老师学校去了，你说你去没去？"

"……"我爷爷一下没词儿了，本来嘴就笨，玉皇大帝撑腰的事他都争不过我奶奶，更别说这还被抓到把柄了。

"你以为我看不见，别人就看不见啦？我看你呀，老毛病又犯了！"

"你……你……"我爷爷"哐当"一声，先把卧室门关上了。

屋里的声音变得含混不清，我奶奶依旧不依不饶，"哒哒哒哒"炮火连天。我妈听不下去了，怕我爷爷让她气出个好歹来，本来最近血压就不稳定，还是过去劝劝吧！她让我先去"客厅"吃饭，然后硬着头皮走过去，推开门说："妈，您也太神经紧张了，您也不看看我爸都什么岁数了……"

我奶奶嘴里嚼着铁丝说："死老头子，不跟我说实话。"

我妈使劲圆场："不至于，不至于，多大点事啊，先吃饭吧！"

"我不吃。"我奶奶越说气性越大，"先让他给我说清楚，下午给贺老师送什么东西去了？人家郑大姐说了，你爸拿着个塑料袋，下午在学校门口，跟那个贺老师交头接耳，嘀咕了老半天……"

我妈插进来一句："到底哪个贺老师啊？"

"就旁边中学里的一个老师，下班经常从咱们这个院儿穿到公共汽车站。说起来也是四十多岁的人了，夏天动不动就穿个超短裙，露着个大白腿。等天凉了吧，还那么不稳重，弄个什么蝙蝠衫穿，露出一大截脖子和锁骨，像什么样子啊，就这还当老师呢？看见她我就来气，你说你爸跟她瞎腻歪什么？"

我妈就冲我爷爷说："爸，我妈问您，您就给她解释一下呗，是不是原来单位里的事啊，离休老干部又有什么新政策了吧？您跟我妈交代一句不就完了吗？"

"我不跟她说，"我爷爷用午夜花开的音量发出抗议，"你瞧她那个急赤白脸的德行吧！"

"谁急赤白脸了？哦，你开小差儿你还有理了？"我奶奶那听力永远这么神奇，不该听见的总能听得一字不差，"有本事把你那塑料袋拿出来，拿出来让我看看。"

"你别添乱行不行？跟你有关系吗？"

"跟我没关系，那跟谁有关系？你是不是想当陈世美？"

"你你你，你神经病！"

我爷爷气得差点当场脱发，跟跟跄跄逃到"客厅"，一骨碌栽进沙发里，仿佛得了什么重度传染病，呼呼直喘。我妈端着茶缸子跟过来，让我爷爷赶紧喝口水，可别把哪根血管气堵住了。接着又劝，"什么事跟我妈说清楚不就行了吗，她也是关心您、在乎您。"我爷爷"咕咕咕咕"往五脏六腑里浇了浇水，降了降温，把茶缸子一放，吐出口苔藓味的闷气，摆摆手说，"算了算了，我不跟她怄气，这老太太，忒不讲理了。"我妈也不好再说什么，拍了下旁边正往嘴里塞鸡蛋西红柿的我，说"你慢着点吃，别噎着"。我说我吃得不快呀……"噗"一声从嘴角呛出来一块西红柿。我爷爷让我逗笑了，从沙发上站起来，走到"客厅"门口，摸了摸那划满身高刻度的门框，冲我招招手："炀炀，过来，我给你量量身高。"

"前几天不是刚量过吗？"我和我妈异口同声。

"再量一遍，我看你最近好像都不长个儿了。快，先把碗放下。"

我爷爷找了根铅笔，按在我脑瓜顶上，对着门框划了一道横线，等我缩着脖子离开后，发现跟前两次划的完美重合，一点提升都没有。

我妈就说："哪儿能天天长个儿啊，这都快一米六五了，可以了。"

我爷爷明显有更高的追求："我和他爸都是一米七九，他怎么说也得长到一米八以上，最近光顾着学习了，太缺乏运动。"

我拿起筷子说："我天天在学校里踢足球。"

"踢足球不管用，"我爷爷笑了，"你瞧瞧马拉多纳，再瞧瞧罗伯特·巴乔，越踢越矮，你得多做跳跃和伸展这类运动。这么着吧，待会儿吃完饭休息一会儿，我带你打羽毛球去，好不好？"

我妈先我一步"啊？"了一声："这大冷天的，外面还刮着风呢，上哪儿打羽毛球啊？"

我爷爷指指东边窗户："咱们院隔壁中学新建了一个体育馆，对外开放，办张月卡相当于一块钱打一小时，挺合算的。"

我妈眨眨眼："您还来真的？"

"那可不，就算上六年级了，也不能让他天天二十四小时都学习啊，那还不学成傻子了？"

这回，我爷爷少见的雷厉风行。吃完饭，还真就找出了羽毛球拍子，抛开我奶奶纠缠不休的灵魂拷问，拉着我去了那家体育馆。地方挺宽敞，人也真不少，飞扬的卡路里堪比暖气，一进门就热力十足。馆里可以打半场篮球，也可以打乒乓球、羽毛球。我爷爷二话不说，掏钱办了张月卡，然后跟我约定，以后只要晚上没家教课都带我过来运动一小时。

我还真不知道，我爷爷羽毛球打得这么有水平。我们家人好像都有点运动天赋，我爸擅长踢足球，我小姑打乒乓球拿过全区前三名，我爷爷这羽毛球水平也够得上准国家队了，再加上刚才那点冤枉气没处撒，各种大力扣杀外加刁钻吊球，打得我满地找牙。庆幸的是，好马配好鞍，好球技也得配上好腰腿，我爷爷偏偏缺了这副腰腿，打了十几分钟就叉着腰坐到场边休息去了，拉过一个刚打完乒乓球的中学生，非让人家陪我打，自己像一棵风中的歪脖树，呼哧呼哧，起起伏伏，坐在场地边，耐心地指导我们。

后面两天，我奶奶继续跟我爷爷较劲：买醋买错了牌子，说他离老年痴呆不远了，不知道心里净想着谁呢；关门关得太响，说他分明是心有不满，打算把她震出心脏病来。我爷爷烦得直龇牙。好在有我这个挡箭牌，那边强弓硬弩一摆开，他就来个溜之大吉，"走，炀炀，打羽毛球去。"我其实挺累的，不是特别想去，我妈就冲我使眼色，"去吧去吧。"那意思，救人一命，胜造七级浮屠。我爷爷怕腰疼再捣乱，从壁橱里翻出个护腰，紧绷绷地往中段一缠，真有点练家子的感觉。即便如此，每次也就坚持半个小时，然后继续从馆里"拉壮丁"，陪我打完下半场。个子长没长高不知道，我这睡眠质量倒是直追冬眠动物，回到家沾枕头就着，也不怎么去想鞋盒子了。是福不是祸，是祸躲不过，船到桥头……呼……呼……

中间，我小姑回来过一次，悄悄问我妈，"咱爸到底给贺老师送什么东西去了？"我妈说还真不清楚，"别看咱爸平时跟受气包似的，可要是犯起倔来，咱妈也拿他没辙，不愧是老革命老同志，这嘴啊，比保险柜都严。"一说到嘴严，我就还得再念叨念叨吴志强。这孩子若是生在革命年代，大概也会成长为一名坚贞不屈的好战士，之前面对马老师的严刑逼供，真正做到了打死我也不说，而且一诺千金，说好要补偿我扔书的损失就一定不会食言。

那天我刚走出校门，吴志强就从后面追上我，非说要带我去个好玩刺激的地方。在我当时幼小的心灵里，全宇宙最刺激的地方莫过于白颐路边的游戏厅，全游戏厅最刺激的东西莫过于最靠内侧那一排脱衣麻将机。可我实在反感那些叼着希尔顿、踩着红底片儿鞋的小痞子，连忙婉拒："我不喜欢去游戏厅。"

"走吧走吧，有我保护你，你怕什么。"

我稀里糊涂地就跟着去了。

可越走越不对劲，这不是东区服务部的澡堂子吗？哪里有游戏厅？吴志强头前带路："还得往里走，里面有个超大的游戏厅，嘻嘻！"走进院子大门，天空中飘起半雨半雪的混合物。晚上六点前后正是澡堂最忙碌的时段，人们提着网兜，端着脸盆，急匆匆赶来洗掉初冬的倦乏与寒凛。比学校教室大不出两倍的男浴室里，往往挤得转不开身，甚至经常会出现两三人共用一个喷头的拥挤景象。直到外面大厅的储物柜全被填满，工作人员才会把迟来的大爷大妈、老爷们儿小媳妇儿，统统拦在入口处，等里面穿好衣服，出来一个，再放进去一个。用不了多久，一字长蛇阵便甩到了院子正中。这样的天气状况，排队的人反而有增无减，也许大家都以为别人怕冷，不会出来洗澡吧！

吴志强把绒线帽往下一拉，蒙住口鼻，带着我绕过长长的队伍，径直往后院走去。没人搭理我们，排队的人都冷得不行，跺着小碎步，眼巴巴望着前方的光亮和热气。院门口的传达室黑着灯。后院里更黑，小山包似的煤堆，耸立成黑色汪洋的一道浪尖，荡漾在澡堂的后墙边。顶端一溜小窗，飘着孤岛般昏黄的灯火。我恍惚又听到了小书摊儿附近的女高音，天籁般的歌声从雨雾尽头袅袅传来。吴志强冲我指指那个大煤堆，说从这里翻过去就到地方了。接着他往后退了几步，吸一口气，用百米冲刺的速度往上冲，蜻蜓点水，直达顶峰。回过头招呼我，让我也学他的样子，一鼓作气冲上去。

当我站稳在煤堆顶端的时候，我就明白吴志强要干什么了，心里一下就慌了，这哪是什么游戏厅，这是不要命了。紧接着，就听有人在下面大喊："哪儿来的小流氓啊，给我下来！"

坏了，是传达室的老大妈，不知从哪儿杀出来的，手持一把扫街的大扫把，煤堆下横刀立马一站，威风凛凛，杀气腾腾，分明是母夜叉孙二娘复活了。

"风紧、扯呼！"①吴志强朝我喊了一嗓子，迈步就跳上了煤堆旁边的围墙，挓挲着双手维持平衡，迅速走过一段二三十米的平衡木，然后转身一跃而下，跳进了隔壁巷子里。

我都看傻了，那围墙也太窄了吧！

可敌人已经攻上来了，孙二娘老大妈扭动着肥墩墩的身躯，正艰难地向煤堆上挺进。我只好赶鸭子上架，晃晃悠悠地也上了围墙。

---

① 风紧、扯呼，传统评书里经常出现的土匪用语，情况不妙、赶快逃跑的意思。

原本怯怯无力的小风小雨一下子就放大成了珠峰上的雪崩，吓得我腿肚子差点转到前面来。走两步，停一步，有种快要尿裤子的感觉。孙二娘老大妈在后面冲我吼，"小心摔死你，快回来！"她这么一叫唤，我倒坚定了信心——让你抓住才是死定了呢！索性大步流星，勇闯天涯，走到隔壁小巷位置，心里一松，原来墙根处有个私搭的小砖棚，跳到砖棚后，再往地上跳，难度就小多了。当烈士的决心一散，脚下也没了根，满地都是湿乎乎的落叶，再加上雨雪、狗屎什么的，这叫一个滑，第二跳直接摔了个大仰爬脚子①，身后哗啦一声，有东西从书包里掉了出来。

　　我让脸上的包子褶儿稍稍舒缓了一下，坐起来揉揉屁股，回头一看，原来是书包没拉紧，铅笔盒飞了出来，上面沾着两片脏树叶，又是泥，又是煤渣，里面的小镜子都摔碎了，一条条裂纹放射而出，像个哭皱的眼角。不过还好，孙二娘老大妈腿脚生了锈，上不得墙头，飞不了绝壁，追捕行动也就到此为止。我和吴志强狼狈地逃出巷子，分道扬镳，各回各家。

　　进门一看，我妈还没回来，念声阿弥陀佛，放下书包赶紧溜进厕所，找了块湿抹布，把身上的泥巴摩挲干净。出来就听我奶奶唠叨，"怎么回来这么晚啊，饭都凉了。"唠叨归唠叨，还是把我那份热了一遍端进"客厅"，自己回屋躺着去了。

　　这顿饭吃到尾声，有人在外面敲门，我以为我妈忘带钥匙了，放下筷子跑去开门，一股冷风拳拳到肉，好似圣斗士冰河使出了钻

---

① 大仰爬脚子，老北京土语，仰面摔倒的意思。

　　　　　　　　凯风自南　我的"三亲"家庭协奏曲

石星辰①，把我直接冻住了。我的妈呀，不对，不是我妈，竟然是澡堂传达室的孙二娘老大妈，她怎么追到我们家来了？她怎么知道这里是我家？

"您……"

"啊？你……"老大妈手里拿着个学生证看看我，又看看证件上的照片，迟疑着说，"这上面是你吧？"

"……"我一摸裤兜，嘿，老毛病又犯了，上次是游戏机，这回是学生证，真想给自己一巴掌。

我爷爷从卧室里走出来，看到门口这位胖胖的老大妈也有点惊诧："哟，赵师傅，您怎么找到这儿来了？"

赵大妈一拍脑门，指着我说："嗐，我说这孩子这么眼熟呢，原来是李书记的孙子，想起来了想起来了。"

我爷爷赶紧往里让她："有什么事吗，进来说进来说。"

"我不进去了，李书记，要不您出来一下吧，我跟您稍微说两句。"

我爷爷带上门，去了楼道里，不到五分钟又回来了，手里捏着我的学生证，站在"客厅"门口，开始习惯性地嗽嗓子——咳咳咳，喀喀喀，比往常嗽得更用力、更深入，更像一根大力管道疏通机，好像嗓子眼儿下面连接的不是肺，而是一片塞满了废弃塑料袋还堵着两只死老鼠的排水管道。

我使劲盯着碗里的一口剩饭，像坐在滚烫的火锅前，心里恨不

---

① 钻石星辰，青铜圣斗士冰河的绝招之一，能将人瞬间冷冻。

得能变成一只米象，钻到碗底去。最后，我爷爷终于带着甩不掉的油泥味叹了口气，对我很小声却又很坚决地说了一句："这样可不行啊！"

周六下午没课。吃过午饭，我爷爷带我去隔壁中学旁听了一场讲座。就在体育馆西侧的阶梯教室，也是今年新建成的，和学校图书馆比邻而立。我们站在秩序井然的初一学生后面，安静地排队入场，并在最后一排找位置坐下。前方黑板上挂着醒目的大红色条幅"让青春更闪亮——青春期健康知识讲座"。主讲老师站在讲台边准备资料，穿一件淡紫色的蝙蝠衫，远远看到我爷爷，便热情地走上来打招呼，还拍拍我的头说："多好的孩子。快把大衣脱了，这里面暖气可热了。"

我爷爷面有难色道："您说多带他锻炼身体，分散分散注意力，我都照着做了，可这孩子……唉，我真怕他……"

"李叔叔，别着急，这不是什么洪水猛兽。您先陪着他听听我的讲座，然后我再单独跟他聊聊。"那老师温和地笑着，又看了看我，"就是嘛，里面的毛衣多漂亮啊，干吗把自己捂得那么严实？"

……………

大约两个小时后，我和我爷爷踏着脚步轻快地走出校门。校门外几个环卫工人，举着和赵大妈一样的大扫把，正在清扫路边的落叶。故乡的纷繁小径已是一片荒芜，这些搭乘深夜末班车迁徙而来的"旅客"都被就近安置到旁边的树坑里过冬，堆聚得满满当当，

凯风自南　我的"三亲"家庭协奏曲

仿佛一盘盘金灿灿的炸鸡块。据说这些叶子腐烂后就会变成肥料，化成春泥，呵护着上面的小树越长越高。

晚饭前，我奶奶下楼取晚报，我爷爷趁机跑到过道里塞塞窣窣摆弄起什么。我从小屋探头一看，原来是那两个失踪多日的鞋盒子又被他整整齐齐摞回了书架顶端，上面还盖了一层防尘的旧报纸。然后我爷爷去卫生间洗了把手，提着小板凳回了卧室。其间，他轻描淡写地对我说："等你长到爷爷这么高，那上面的书你就可以随便拿下来看了。不过这个小板凳都快散架了，我就先收起来了，真摔一下子，够你喝一壶的！"

"喝一壶"到底是喝酒还是喝茶，或者是喝豆汁儿？谁也没个标准答案。但到了新的一周，甭管喝什么，我爷爷都要瘫在床上，等着我奶奶亲手喂他了。

腰，还是腰的问题。

这回犯病，别说起床，连翻身都费劲，吃饭喝水大小便全靠我奶奶伺候。"灭绝师太"五大三粗的，平时掏耳朵恨不得用铁锹，哪儿干过这么精细的活儿啊？没把尿盆扣在床上已属难得，喂粥喂汤喂开水，灌得我爷爷一脖子都是，也就没法再去计较。我妈怕我爷爷腰疾未愈，再添个烫伤什么的，就劝他尽快去住院。我爷爷也是真扛不住了，只好叫我姑父开车过来接他。早有铁哥们儿在医院接应，顺利收入住院部，各种内服外治都给安排上。我奶奶怕老伴行动不便，自己在家反正也睡不着觉，干脆留在医院里陪床。她原本打算春节前从居委会退下来，现在索性直接挂印封金，给我爷爷当起了贴身大丫头。我妈不禁感叹，"你看你奶奶，平时对你爷爷吆五喝六的，关键时刻还是心疼自己老伴，把这大孙子都撂一边了。"

可不嘛，现在每天回家迎接我的再不是"劈手、掏心、脑后摘瓜"[①]这"三板斧"，而是固若金汤的方便面堡垒。加上我妈那阵忙得出奇，经常七八点钟才下班，我就只能先吃一包泡面，等她回来后手忙脚乱炒个菜，再跟着点补[②]两口。也就是那段时间，一系列国宴级别的泡面吃法被我天才般的大脑壳开发而出：火腿肠巧克力方便面、韭菜花曲奇方便面、槐花蜂蜜榨菜丝方便面……第二天中午带饭，依然还是方便面。营养跟不上，体力自然没保证，体育课上可就出了洋相。

一天下午，体育老师忽然宣布，十二月要举办一届全年级冬季足球联赛。八个班分成两个小组，踢单循环赛，小组前两名出线，再进行交叉半决赛，12月31日新年联欢会当天，决出冠亚军并颁奖。从今天体育课起，就要选拔主力队员了。廖老师把我们二十个男生分成两组，每组十个人，进行七人制热身赛，场下各有三名替补。一开始，我是乙队的主力前锋，负责攻城拔寨。照理说，足球是我强项，平时午休在操场边经常和吴志强比赛踢矿泉水瓶子，脚

---

① 劈手、掏心、脑后摘瓜，都是程咬金三板斧中的经典招式。
② 点补，老北京方言，吃很少的东西解除饥饿。

　　　　　　　凯风自南　我的"三亲"家庭协奏曲

法堪比保龄球手，这种比赛还不是小菜一碟？谁知上场跑了几步，脚下就没根了，停球停不住，传球传出界。电视转播里的那些矫健画面实际操作到自己身上，都跟三条腿的野猪跳踢踏舞似的，气得廖老师在场边使出一阳指，"啾啾啾"地指着我说："你你你，踢后卫去。胡浩，你来踢前锋。"

我只好跟浩子换了位置。今天，浩子穿了一双亮晶晶的黑球鞋，煞是扎眼，外侧一对大白勾，玉龙三太子似的，气势逼人跃出鹰愁涧，把冰凉的浪花全泼在我脑袋上了。这是一双平时很少见的专业足球鞋，真皮质地，塑胶钉，当时被我们戏称为"拐子"。有了这双拐子助阵，明明水平跟我相差很远的浩子一下便拥有了巴西国脚的气质，盘带、过人、远射、抢点，几乎样样精通，而且脚头又硬又狠，没两分钟就用一记凌空抽射，首开纪录。随后一发不可收拾，成功上演"大四喜"，夸张地玩起喷气机庆祝式，从我面前神气活现地滑翔而过。

最终，浩子率领乙方大获全胜。廖老师跑过去和他又是拥抱又是击掌，最后还当众宣布，下月联赛将由浩子出任我们班的主力前锋，并且把我胳膊上的队长袖标撸下来，给浩子戴上了。

下午三点半的天空沮丧出七点的脸色，破棉絮似的抖落下一阵小北风，摆出风雪欲来的便秘表情。我坐在场边揉着膝盖，浩子笑嘻嘻走过来，用他的鞋钉在我脚面上轻轻踩了一下："服吗？"

"你又不是老弱病残，我扶你干吗？"

他往我身边一坐，解开鞋带，又慢吞吞地重新系上："我这鞋怎么样？我三叔从加拿大给我带回来的，知道多少钱吗？"

"牛蛙"凑过来说:"王府井利生①就有卖的,我见过,好像五百多。"

一辆大货车从我眼前侧翻过去,柠檬、山楂、青苹果山呼海啸撒了一地,酸味冲天:"切,五十我都不买,硬邦邦跟马掌似的,一看就不舒服。"

"不舒服?"浩子都快叫起来了,"耐克还能不舒服?"

"耐克怎么了,崇洋媚外。"

"你这叫吃不到葡萄就说葡萄酸。"浩子起身扬长而去。

"牛蛙"盯着他走远的脚后跟,眼神里全是小星星:"穿上拐子就是不一样,浩子今天太牛掰了。"

"踢足球靠的是技术,又不是鞋,他就是走狗屎运了。"

"不行,我也得让我爸给我买一双。"

"……"

哦天哪!多么肤浅的孩子。

胃酸分泌过多,放学路上饿得不行。我决定,今晚自力更生,好好改善一下伙食。

进家放下书包,就去书架上找菜谱。还真不少,鲁菜的、川菜的、家常菜的,都是我爸留下来的。在做饭这件事上,我爸得亏没随了我奶奶。我奶奶是那种天生与厨艺绝缘的人,一个东西但凡能

---

① 王府井利生体育用品商店,当时北京最大最全的体育商店。

吃进肚子不中毒，她绝对不会再多花半点心思。我爸则是另一个极端。每到周末，他飘逸的身影总是在菜市场和厨房之间叱咤纵横，拿手菜好似玉米须一样不可计数：酱肘子、熘肥肠、糖醋排骨、葱爆羊肉……更让人不解的是，作为一个河北保定人的后代，我爸却对海鲜钟爱有加，螃蟹、蛏子、蛤蜊、皮皮虾（不行了，越想越饿），每一样都做得色香味俱全，家里的小厨房也因此闪耀着五星级酒店的光辉。所以我从小也喜欢往厨房里钻，黏在我爸身边给他打下手，帮忙点火、倒油、剥大蒜、切葱花，偶尔还在他的指导下拌个拍黄瓜，煎个荷包蛋，名师出高徒嘛！

好了，撸起袖子，说练就练。半场球赛的工夫，两盘菜就香喷喷地出了锅。我还真有点佩服我自己，人生中第一次掌勺简直行云流水，完全不像电影里那么夸张，锅烧煳了，盘子也摔碎了。这大概就是所谓的天赋吧！我不但把盐放得恰到好处，还运用了复杂的勾芡技法，醋香、菜香、葱蒜香完美融合，在这个冬日的夜晚飞扬出久违的温馨。待会儿我妈一进门，肯定是又惊喜又欣慰，把我从头到脚夸上一遍。几乎就在同时，大门被推开了，我妈脸上罩着一层雾霾，手中提着两个塑料饭盒进了屋，帽子和肩膀上还点缀着几片细碎的雪花。我赶紧揭开锅盖，用大白馒头热腾腾的蒸汽表示欢迎："您回来啦，吃饭吧！"

我妈把嘴角和眼角分别朝两个不同的方向拉满，流露出一个标准的"惊"，但随后那一咪咪①"喜"和半咪咪"欣慰"却连同眼前

---

① 一咪咪，北京方言，一点点、一丢丢的意思。

的蒸汽一哄而散："我的小祖宗哎，你这又折腾什么呢？"

折腾？这属于用词不当吧？

"我给您做饭呢！"我有点委屈。

"你这叫做饭啊？看看咱家厨房还能要吗？"

"怎么了？"

"装傻是吧？你瞧瞧这灶台上……"

灶台上是一出"赤壁大战"，让我弄洒的半瓶子醋已成了滚滚长江，菜刀如同倒下的大旗，东倒西歪的盐罐、淀粉盒则是败退的战船，飞散的葱花、斑驳的西红柿皮化身为逃兵与尸骸，简直满目疮痍惨不忍睹。

"你再瞅瞅这地上……"

地上是《福尔摩斯探案集》里的悬疑剧情：打鸡蛋时飞出的蛋液，被我的脏球鞋又踩又碾，晕染成一串神秘的黑脚印；擦桌子的湿抹布、扩盐的小塑料勺不知何时都甩去了墙角，显示出扑朔迷离的重重疑点。

我妈一把拉住我胳膊，把我从厨房里拽出来："你就别在这儿乱踩了，全都踩成泥了，快去把鞋换了。"

她随即放下东西，从卫生间拿出墩布，往上面滴了几滴洗涤灵，吭哧吭哧开始擦地。

我换完拖鞋走回来说："吃完饭再收拾呗！"

"那不还是我的活儿吗？"我妈眼白飞霜，"你就不能少给我找点麻烦？"

"那我也总不能天天吃方便面吧！"

"我这不是给你带盒饭了吗！再说了，你炒的都是什么牛鬼蛇神？鸡蛋西红柿里哪能放那么多水？还有这个醋熘白菜，人家炒的是白菜帮子，哪有炒叶子的？你说你回家好好做作业不好吗?！把厨房烧了你就踏实了。"

我一嘟嘴："您看您，我第一次做饭，您就不能鼓励鼓励我？"

"你干什么正经事了，就让我鼓励你？"

"这怎么不是正经事啊？我看您最近挺辛苦，就想给您做点好吃的补补身子。"

我妈紧紧盯住我说："事出反常必有妖。你是不是在学校里捅什么娄子了？"

"……您就不能盼我点儿好？"

"那就是要跟我提什么非分要求。你赶紧坦白吧，趁我现在心情还凑合，过会儿再交代，弄不好就是皮鞭蘸盐水了。"

X 光能穿透肚皮，看来我妈也能，而且还不用通电。让她这么一说，把我前路后路都给堵死了，憋在死胡同里出不来了。坐到饭桌旁，吃了两口饭，忽然来了灵感，想到如何突围。我起身打开电视，调到体育新闻，里面正好在播五大联赛的最新战报。

"哇，漂亮，这脚远射太牛啦！"

"别一惊一乍的。"我妈把盒饭里的鸡丁往我碗里拨了一多半，"这两天是不是又快数学测验了？"

"早着呢。哎哟，好球，goal（射门）！"

"你怎么回事，好好吃饭，不够你闹腾的。"

我赶紧揪住话头往下说："您知道这些球星射起门来为什么那

么大威力吗？"

"人家都是吃牛羊肉长大的，当然比咱们吃猪肉的人厉害了。"

"不对不对，主要是因为他们脚上的拐子。"

"啊？这是残疾人足球赛？"

"什么呀，我是说他们脚上的球鞋，真皮做的，俗称拐子。"

"哦。"

我飞快地扫了我妈一眼，又转回头假装看电视，嗽了嗽嗓子："浩子就买了一双，球技一下提升了好几十倍，射门都能踢出'香蕉球'了，快赶上巴乔了。"

我妈笑了："就他那小鸡子似的，还巴乔呢？"

"真的真的。哦对了，我们年级下个月也要踢联赛了，您看我那双疙瘩鞋①……"

我妈停下筷子说："大冬天的，踢什么联赛啊！"

"这您就不懂了，人家欧洲的联赛都是冬天踢。"

"你是欧洲人吗？胡搅蛮缠。"

"那没办法，又不是我安排的。而且我的疙瘩鞋也不好用了，底下的疙瘩都磨平了。"我起身走到门厅，提着球鞋回来给我妈看，"您看，外侧的小疙瘩都快没了，跑起来脚下打滑。"

"放回去放回去，臭烘烘的。你要干吗？又想买双新的？"

我扭捏着走回来说："再新也不如拐子好用啊！"

----

① 疙瘩鞋，特指京字牌帆布足球鞋，因其鞋底布满胶钉，20 世纪 90 年代时被俗称为疙瘩鞋。

　　　　　　　　凯风自南　我的"三亲"家庭协奏曲

我妈彻底把筷子放下了："我就知道，哼，那拐子多少钱啊？"

"听'牛蛙'说……"我小心翼翼地放慢语速，"好像……五百多。"

"什么什么！一双球鞋五百多！你可真敢开牙。"

"我这不是为了给班集体争光吗！"

"让他们争去吧，咱们争不起。"

我拿出一副哭腔说："那我就当不上主力队员了。"

"你爸原来在厂里踢足球就穿个破布鞋，还不是一样踢？"

"那是踢着玩，我们这是正式比赛。"

"正式个屁。有金牌吗？拿了名次能保送重点中学吗？"

"您净抬杠，不就五百块钱吗，至于吗？"

我妈眼珠子都快瞪出来了，一块黑云从她头顶蓦然升起，迅速壮大扩张，进而覆盖到我的头顶，冰冷刺骨的风雪直扑而下："不就五百块钱？你挣一个我看看！"

我不接话了，用筷子使劲戳碗里的饭菜，嘴唇像裂口的塑料袋，稀稀拉拉地往外掉零七八碎。我妈更怒了，催动狂风，把那些零碎刮得一干二净："你少跟我念秧儿①啊，你说你想买什么我没给你买？漫画、磁带、双卡录音机，还有那个天什么堂的游戏机，你妈亏待过你吗？但是这个什么破拐子，这是生活学习的必需品吗？你一共才能踢几场比赛？况且你这个身体状况，长跑都不敢让你参加，你还想搞专业足球？你搞得了吗？"

---

① 念秧儿，北京方言，嘟嘟囔囔、反反复复表达自己的意愿和请求。

我小声嘟囔一句："您怎么知道我搞不了啊，天才都是这么被埋没的。"

"你甭废话。你自己说说，之前学武术坚持了多长时间？不是说要成为武林高手吗？现在怎么又不练了？"

"……"

"还有，给报社投稿怎么也不投了？你不是要当大文豪，要当什么金庸二世吗？"

我彻底泄气："反正也发表不了。"

"为什么发表不了？自己想过没有问题出在哪儿？"

"因为我写得太深奥了，编辑都看不懂。"

"拉倒吧你！你呀，永远不知道自己几斤几两，永远自我感觉良好。"我妈越说越激动，狂风卷起雪片，剃刀般飞舞，"一天到晚好高骛远、眼高手低，干什么都靠那点小聪明，遇到困难就不了了之。你不用羡慕别人家里有钱，他们有钱也是爹妈的钱，算什么本事，有本事现在努力读书，充实自己，以后到了社会上自食其力，把他们都给比下去，那才叫真有能耐呢。现在想起一出是一出，都指着你妈给你买，哪天要是想摘星星摘月亮了，你妈是不是得化成灰，飘到天上给你摘去啊？"

最后，她气得拍了下桌子，抄起筷子，稀里呼噜把碗里的饭菜吃了个精光，然后也说不清是捂着心脏还是捂着胃，泪汪汪地往沙发上一靠，盯着电视屏幕不动弹了。

门锁一响，我小姑回来了，提着一袋子沉甸甸的新鲜鱼头。我妈用手背抹了把眼睛，赶紧起身接过去带到厨房，说："你瞧你上班挺忙的，还老惦记着我们家这臭小子。"我小姑见她眼眶通红，跟过去问出了什么事。我妈叹一口气把话题岔到另一条路上，说他们店里的老板素质太低，动不动就张嘴骂人，最近经常气得她回家掉眼泪。我小姑说，实在不行就别干了，过段时间让大朗再给物色个其他事由……

两天后的体育课，继续分组对抗，继续演练阵容。"牛蛙"果然说到做到，真去利生买了一双"大白勾"穿在脚上，整个人就像加了个底座，立马雄伟出一大块。另外我们班的守门员白靖，还有另一个踢前锋的同学李洪涛，也跟着瞎凑热闹齐刷刷地穿上了"大白勾"的运动服和运动裤，球场上一下蹿出好几条小白龙，腾云驾雾地在我头顶上乱飞。我也不知受了什么刺激，一下就失去上场比赛的动力了，没有"大白勾"我也踢不过你们，那我就不踢了，不踢了还不行！我跟廖老师说肚子不舒服，在操场边坐了一节课。

比赛结束回到班里，男生们聚在一起，讨论着今天谁的表现最出色。我不想听，跟我也没什么关系，和他们自动划清界限，变身贾宝玉一头扎进马尾辫的圈子里，叫上兰天她们几个女同学，放学一起去海淀图书城买磁带。

最后一节下课铃响起，兰天背着书包走过来，递给我十块钱："帮我带一盘郭富城的新专辑行吗？图书城我就不去了，还有点事。买了磁带，你可以先拆开听几遍，明天给我拿来就行，谢谢喽！"说完扭头跑了。

我正一脸炊烟袅袅，蒋丽丽也走过来说："大班长，给你十块，帮我也带一盘，我不要城城的新专辑，要他半年前出的那盘磁带。嗯，你也可以拆开先听几遍，劳您大驾了。"

　　"哦，好……啊？你也不去了？"

　　"嘻嘻，今天浩子过生日，邀请我们几个去吃肯德基，拜拜。"

　　我捏着二十块钱，看了看邻座的郭茵迪。郭茵迪堆起一脸白砂糖的笑容，说："大班长，我跟她们不一样……"

　　我略感欣慰，总算没有众叛亲离。

　　"我不喜欢郭富城，你帮我带一盘林志颖吧，《为什么受伤的总是我》。"说完，也塞给我十块钱，然后甩着马尾辫追浩子去了。

　　我就不明白了，浩子既不像郭富城，也不像林志颖，最多有点像被泰森揍了一顿的米老鼠，你们上赶着追他干吗？小小年纪就得了白内障吗？真够可怜的！当然，带几盘磁带倒也不是什么难事，可我走到图书城就不想帮她们买了。凭什么呀，西北风嗖嗖的，我这大鼻涕都快流到肚脐眼了，你们可好，坐在暖气悠悠的肯德基里，又啃鸡腿，又喝可乐，嘻嘻哈哈一点没把我放在心上。我漫无目的地在寒风中溜达了一圈，买了本漫画，气鼓鼓地准备往家走，忽然听到中国书店南侧的胡同里有人吆喝："清仓了，清仓了，十块钱三盘喽！"

　　转进去一看，三轮车上摆的全是盗版磁带，十块钱三盘，随便挑、随便选。呜呜呜——炉子上的开水顶起了壶盖；咚咚咚——熟透的大红苹果纷纷脱离了树杈。我瞬间就茅塞顿开了，立马掏出十块钱，买了两盘郭富城、一盘林志颖，快马加鞭杀回了家。拆开包装纸，一盘接一盘地试听了一遍。音质没问题，全都清晰流畅，虽说是盗版，磁带本身做得和正版并没太大区别。最大的问题在封面和歌片上，印刷得太粗糙，所有歌词都印歪了，郭富城的头像太虚幻。

不过没关系，恰好这三盘磁带我家里都有，而且全是正版的，保存如新。我麻利地翻出来，把封面和歌片换到盗版磁带上，将盗版的封面和歌片留在正版上，反正我最后听的是正版就可以了。毕竟拆开了人家的新磁带嘛，为了显示体贴入微，我又分别做了三个磁带纸套。那时候特别流行给磁带包纸套，用挂历纸或打印纸，更讲究的就用礼品包装纸，我也是做贼心虚，特意找了几张漂亮的包装纸，严丝合缝地折了三个纸套，起码从外观看起来不是正版胜似正版。

第二天按时交货，三位女同学赞不绝口。旁边另一个女生高梓岚看到了，也要拜托我帮忙买磁带。她家住在远郊区县，每天坐父母单位的班车上学放学，平时根本没时间去逛图书城，见我提供的"带货"服务如此值得信赖，干脆直接拍给我三十块钱，让我帮她把黎明、张学友和叶倩文的专辑都给带回来，而且同样赋予我特权，允许我拆开新磁带先听一晚。

这一单"生意"就比较有难度了。盗版磁带很好搞定，去胡同里就能买到，问题是相应的正版歌片不好找，我家里只有张学友那盘，黎明和叶倩文就要另谋打算。课间，我悄悄问了几个男同学，从吴志强和白靖那里得到了支援。放学先去图书城花十块钱买回三盘盗版带，然后我就去了吴志强家，出价一块钱，收购他手中黎明的正版封面和歌片。吴志强家里那叫一个乱，磁带、筷子、臭鞋垫、烂苹果堆得满桌都是，他随手挖掘出黎明的磁带盒，却发现里面的歌片不见了，我督促他找了十多分钟，终于在窗台上的半块白薯下面找到了。歌片上还沾着一块白薯皮，比一星期没洗的袜子都脏，根本没法用，气得我扭头去找"牛蛙"，又找倪春华，再找李洪涛，谁家都没有这盘黎明的磁带。最后无奈，只好先到白靖家"收购"叶倩文的歌片，没想到白靖却说黎明那盘磁带他在对门邻居家看到过，当即带我过去敲门谈价钱。那个长相酷似沈殿霞的女生爱黎明如太上老君炼丹炉，　开始说什么也不愿把歌片让给我，最后我狠心开出两块五的天价，这才顺利拿下。

没想到做生意这么有意思，这么有成就感，赚钱这种事也没什么难度嘛！那两天腰包鼓了，腰杆儿也像灌了水泥镀了金，买煎饼一律加两个鸡蛋。我妈偶发善心，问我零花钱够不够用，我也是直接回复一句"不用管我"。挥金如土的感觉确实美妙。不过土挥出去落下来还是土，钱挥霍完就没那么好赚了。谁会天天委托你去买磁带啊？人家又不是没长腿。更要命的是，白骨精再怎么化妆也没那二两肉，质量不过关，早晚是要露馅儿。郭茵迪最先发现了问题："大班长，上礼拜你帮我买的磁带是在哪家音像店啊？我想去换一盘。"

我后脖子一紧："为什么呀？"

"A面最后两首歌杂音特别重，是不是质量有问题？"

高梓岚也凑过来说："没错没错，我那盘叶倩文的，B面也有杂音，不会是盗版吧？"

　　　　　　凯风自南　我的"三亲"家庭协奏曲

"怎么可能！"我挤出个砂纸般的笑容，"肯定是你们的录音机进灰尘了，用清洗带清洗一下就好了。"

"真的吗？"

"真的真的，肯定管用。"

这算是勉强糊弄过去了。

下午放学后，我们年级的足球联赛正式开踢，女生们比男生还兴奋，众星捧月般拥着浩子和"牛蛙"去了操场。我实在没什么兴趣，一个人溜溜达达又到了图书城，从书店逛到古玩店，又从古玩店转进了一家卖体育器材的私人小店。耐克的球鞋、阿迪的队服、彪马的棒球帽，一应俱全，而且价格低得惊人，比商场里便宜一半都不止。除了体育用品，他家还卖各种武术器材，沙袋、双节棍、拳击手套，这些都是摆在明面上的，另外还有些甩刀、匕首、飞镖什么的，藏在柜台下方的角落里偷偷卖。我一眼就看中了那把银光闪闪的蝴蝶刀，就是录像带里香港黑社会大哥玩的那种，甩起来花样翻飞，又痞又帅。看看价格，才十块钱，买一把玩玩吧！

练了一晚上，手指关节磕得生疼，终于耍出了周润发的潇洒劲头。第二天进了班，我迫不及待想给几位男生演示，忽见郭茵迪捧着随身听走进来，从里面抽出一盘磁带，指着我说："喏，李炀在那儿呢！"

门外又跟进来一个人，个子足有一米七，一张大饼脸凹凸不平，神似《猫和老鼠》里的那只斗牛犬。这不是郭茵迪的表哥大侯嘛，去年留级到我们年级六班，是学校里有名的闹将，三天两头和其他同学切磋武艺。我立马就傻眼了，郭茵迪这是带表哥来评理（揍我）了。

"李炀！"大侯气势汹汹地冲到我座位前。

我把手里的蝴蝶刀牢牢攥紧，"噌"一下站起来说："侯哥侯哥，听我解释。"

"解释什么！"大侯怒冲冲地瞪着我，吓得我一阵尿急，"都赖你吧……"

"我……我怎么了？"

大侯就像春节晚会上的变脸节目忽然嘻嘻一笑，斗牛犬成了可爱的小京巴："我们班主任非让我当英语课代表，还布置我出一期学习英语的黑板报，她说上次你们班出得特好看，设计小样在你手里，让我找你要，跟你学习学习。"

"……"就这？别一惊一乍的行不行？我松了口气，手上的蝴蝶刀又轻快地飞舞起来，告诉他那黑板报小样在我家里，明天带来给他送到班里去，有什么不会的只管问我。

"够意思！"大侯拍拍我肩膀，却不舍得走，两眼直愣愣盯着我手里银闪闪的小蝴蝶，"哇，这刀真漂亮，多少钱？卖给我吧！"

"二十……"我脑子一转弯，弹珠台似的又蹦出一个数，"五。"

"这么贵？哪儿买的？"大侯一边问，一边翻起了上衣兜和裤兜。

"呃……白沟，我爷爷从白沟带回来的。"

"我身上就二十二，差你三块。"大侯冲我一龇牙，伸手把刀抢走了。

我从桌上抄起钱数了数，微微一笑说："可是，这刀你会玩吗，甩一个我看看？"

“那有什么不会的……哎哟，真疼。”大侯毫无章法地甩了两下，砸得手指头都快断了。

我冲他勾一勾食指说：“再给我三块钱，我免费教会你。”

大侯一把掐住我脖子又放开，笑着骂我：“给钱还叫免费啊？郭茵迪，借我三块钱。”

我在楼道里教了大侯五分钟，大侯天生就是舞刀弄枪的材料，很快学会了，乜斜着小眼睛，晃荡着歪脖子，手掌间的银龙飞腾翻转，一副痞气十足的样子。只是得了屠龙刀的人，总还会奢望倚天剑，他漂亮地用了一个收刀势，把蝴蝶刀塞进裤兜，得陇而望蜀：“要是再有几件暗器就好了，我就能天下无敌了。”

我想起那家店里的四角星飞镖，赶紧说：“有啊有啊，我家就有忍者飞镖，要不要？”

“塑料的吧？”

“铜的，能把人耳朵削下来。”

“真的？要啊，有多少要多少，我都包圆了。”

大侯简直就是和珅转世、财神下凡，又一次让我的“生意”兴隆起来。那几天我频繁出入于图书城的体育器材店，以及我们学校锅炉房后面的垃圾站。大侯披个风衣、戴个瘸腿墨镜，说是小马哥，更像小驴哥。我俩一手交钱一手交货，先是卖了五枚铜制飞镖，进价四块，转手卖八块。收完钱我有点心神不宁，毕竟那忍者镖做工太粗糙，我还特意找了些砂纸，回家先把它们打磨了一遍。然后又偷用我妈擦脸的雪花膏，给这五枚金属制品做了一套深度护肤，再用宽条透明胶带前后一粘，相当于加上了塑封效果。可我还是怕大侯不满意。大侯接过来拆开包装，对着旁边大杨树一通乱飞乱戳，一不小心把自己的手给划破了，但是就凭见血这一点，他不但没挑眼，还对杀伤力特别满意，过后就把班里几个死党全都介绍给我，指定我为独家供货商，让他们都从我这里买飞镖。

　　两个星期转眼而过。鼓胀起来的不再只是我装钱的裤兜，小肚子、大屁股，还有红苹果似的腮帮子，全都朝哈哈镜里的形象发展。也难怪，最近中午带到学校的"三板斧"都被我喂了流浪猫，肯德基、麦当劳反倒成了我的午餐食堂，只要中午作业不多，我就拉上兰天和蒋丽丽去校外加餐。我发现大多数女孩都不爱吃原味鸡的鸡皮，撕下来扔在纸盒里，这么好的东西怎么能浪费呢——给我给我，我统统代劳。就这样，一顿饭吃掉四五块大号鸡皮根本不在话下，出门的时候，嘴唇鲜艳欲滴，好似两片刚出炉的叉烧肉。回到班里往椅背上一靠，拍拍肚皮，打个饱嗝，课间义务擦黑板这种事我也就不再出头了，放学帮手部有残疾的同学收拾书包我也不怎么上心了。还有那个什么什么年级足球联赛，早被我抛到三十三层天外去了，爱赢不赢，爱输不输。吃饱喝足，窗外飘起扑棱蛾子 ① 般的大雪片，我先睡一觉再说。

　　"大班长，大班长，廖老师让我找你呢！"我刚趴到课桌上，吴志强就裹着一身雪碴子从外面跑了进来。

---

① 扑棱蛾子，昆虫鳞翅目蛾类的俗称。

　　　　　　　　　凯风自南　我的"三亲"家庭协奏曲

"找我干吗？"

"救场啊，今天就剩六个队员了，怎么踢啊！"

我想起来了，中午一点正好是年级联赛的半决赛，还真是风雪无阻，怪不得班里没几个人了，原来都去操场助威了。我扫了一眼仅剩的几个同学，其中只有我和倪春华两个男生："不对吧，咱们班二十个男生呢，怎么会就剩六个队员呢？"

"哎哟你忘了？上午数学考试，四个男生不及格，刚才被揪到办公室抄卷子去了；还有两个发烧的，今天根本没来上学；两个当值周生，去低年级检查个人卫生了；两个玩弹弓，打碎了音乐教室玻璃，被教导主任抓走了；一个和其他班同学打架，被马老师带走了；还有一个爬墙头摔了个倒栽葱……"

我赶紧拦住他："别说了，别说了，咱们班还能要吗？"

吴志强也乐了："不能要才需要你出马啊，快走吧，比赛马上就开始了。"他像拖死鱼似的把我拖起来，又招呼正在写作业的倪春华一起跑下楼勤王助阵。

别看外面雪下得挺大，但是不怎么冷，主要是风没来，这雪就下成了单口相声，特别自由散漫，仿佛谁家天鹅绒被子破了，从四面八方涌向光明顶，峨眉派一撮，华山派一撮，少林武当又一撮，各有主张，各怀心事，东一榔头，西一棒子。楼门口的台阶上，积雪转眼如砖厚，一排大黑脚印，外带几口浓痰，踩得泥泞不堪。右侧那条残障通道，光溜溜的地面却像淡妆敷粉，只薄薄一层细雪，怎么看都不会把鞋弄脏。我自作聪明地一脚踩上去——哎哟我的亲娘啊，那叫一个滑，老头钻被窝，附赠一个激流勇进——啪！嗖！

啊！一下飞出去好几米，鞋是没弄脏，衣服没法要了，而且把我屁股摔得无限接近于喀斯特地貌。

吴志强和倪春华赶紧把我搀扶到球场边，廖老师看我又是一副铁拐李的姿态，以为我还在闹情绪，翻个白眼对倪春华说："大倪，做做热身活动，准备上场。"

"哦，好……可是廖老师，我没穿球鞋啊！"倪春华其实根本不会踢球。之前体育课分组对抗，他一直站在场边负责捡球，所以今天也没任何准备，这么冷的天依旧穿着他那双俗称懒汉鞋的黑布鞋。别说下雪了，那鞋平时走路都打滑，这要是上了场，还不变成滑不溜手[①]的弟弟"滑不溜脚"啊？

廖老师指指我的鞋说："跟李炀换一下嘛，你俩脚应该差不多大。"

一说鞋号，还真一样。我不乐意也没辙了，只好把自己的疙瘩鞋换给他，穿上他那双薄片似的破布鞋，往场边一站，冻得我大脚趾头都学会拍电报了。廖老师把上场的七名队员聚在一起，说了几句注意事项，看样子还想给倪春华布置一些战术，又觉得说了也是白说，最后只好来一句，"反正你也不怎么会踢，就记住一点，别往咱们自己的球门里踢就行了。"

一声哨响，比赛正式开始。倪春华明显不适应节奏，刚跑几步就滑了个大马趴，再看浩子和"牛蛙"，两双拐子的优势显现出来，抓地力稳牢，照旧可以马力全开。不过对面的一班真是不好对付，

---

① 滑不溜手，姓游名迅，《笑傲江湖》中的反派人物，以轻功著称。

　　　　　　　凯风自南　我的"三亲"家庭协奏曲

七名队员平均身高超过一米六五，个个膀大腰圆，就像一队会移动的树桩子，使出各种合理冲撞，撞得浩子和"牛蛙"白衣飘飘、白发苍苍、白面郎君，白得都快成透明人了。不到十分钟，我们班两球落后。

接下来的一幕就有了日本漫画风格。危急时刻，竟然是倪春华站出来拯救了球队。刚才那一摔换成是我，早下场输液吃人参去了，可这个泥娃娃似的农村孩子却仿佛开了光，一下找到了比赛状态。别看大倪跑起来好似一道名菜"赛螃蟹"，又慢又笨，对方却拿他这种太极拳风格的踢法一点脾气没有。倪春华在中场接到球，老大爷似的慢悠悠带到前场，对方一个大块头迎面冲了过来，可把大倪吓坏了，干脆停下脚步放弃抵抗——给给给，把球给你还不行？他脚尖一扒拉，球滚到一边去了。大块头没想到得来全不费工夫，急匆匆扭动重心，却忘了给土地爷爷买路财，土地爷爷"阿嚏"一声，地上的积雪便跟着晃动起来，大块头两只脚玩命挠地，越挠越滑，像条案板上挣扎的大鲤鱼，抖身而起，脆声落下，连滚带爬摔得直哼哼。倪春华不紧不慢伸腿迈过对手，捞回球来杀入禁区，轻轻一推，明明是往右下角踢出去的，结果球上沾了雪片，忒滑，一脚踢呲了，滴溜溜地直奔左下角而去，守门员完全扑反了方向，居然稀里糊涂地被扳回一分。

我们班啦啦队在场下欢声雷动——大倪，好球！大倪，漂亮！别激动，没过几分钟，更精彩的表演又来了。这次倪春华带球来到底线附近，照旧是晃晃悠悠撇着难看的外八字，刚才那大块头后卫这回可长了记性，没敢发力猛扑，只是在身侧紧逼不放，可眼看着大倪离球门越来越近，守门员沉不住气了，生怕再来个"反物理"失球，借助场地积雪之势，冲出禁区一个凶猛的滑铲。倪春华早有准备，机灵地往上一跳，守门员这一飞铲却刹不住车了，直接把后面的大块头铲了个狗吃屎，两个本方球员大腿小腿绞在一起，全都爬不起来了，倪春华从二人中间勾出球来，一脚捅射，进了空门。

2：2！

上半场二十分钟转眼结束，中场短暂休息五分钟，大家围在一起，都说倪春华是真人不露相。倪春华使劲摆手，谦虚地说自己确实不会踢球，这些都是小聪明，毕竟雪地太滑了，跑得越快冲得越猛，就越吃亏，这场比赛只可智取，不可强攻。然后又转过来冲我说："大班长，你这疙瘩鞋太舒服了，又暖和又合脚，待会儿我要是没体力了，把鞋还给你，你替我上去踢一会儿，他们绝对不是你的对手。"

倪春华这么一说，我还真有点跃跃欲试了："没事没事，你先踢着，我再去借双鞋。"

廖老师瞄了我一眼："那还不快去做热身。"

"是！"劲头一下就上来了。我跑到主席台边压起了腿，活动着半僵的身体，一边琢磨找谁再去借双鞋。左看看右看看，忽然看到大侯从教学楼里走了出来，赶紧冲他招手："侯哥，这边这边，把你的球鞋……"

大侯表情看起来有点不对劲，没了往日的嚣张放纵，眉眼间全是惶恐不安。紧接着，他身后冒出了六班的班主任宋老师和医务室的杨老师，两个老师中间架着我们班的李洪涛，右眼上蒙着块纱布，

凯风自南　我的"三亲"家庭协奏曲

满脸是血，再往后则是我们班的班主任马老师。马老师让前面几个人赶紧先往医院走，自己径直来到我面前，从大衣兜里掏出一把蝴蝶刀和几枚忍者飞镖，严肃地质问我："李炀，六班侯哲民手里的凶器是你卖给他的吗？"

"我……"

风好像在我脚底下埋伏了好久，就为等这一刻偷袭我似的。转瞬之间，它鼓动着残暴之雪篡位登基，虐杀了刚刚那些温和的、欢快的、悠然自得的皇父皇兄，仿佛不是来自天上，而是从阴冷的地狱里呼啸着溢出人间，高耸成一只螺旋状、层层冰封的巨大蚕蛹，将我死死困住。喷涌的雪花加速褪去植物形态的伪装，用充满粗粝感的尖锐阵型朝我脸上猛冲，我听到马老师冰锥般的声音疾刺而来："你妈妈呢？打个电话把你妈妈叫来！"

那天下午，是我记事以来遭遇过的最恐怖的风雪天。狂风板着铺满蓝莓酱的脸，舞起丈八蛇矛般的电镀教鞭，催动全宇宙各式各样的雪花，飞旋起锋利的齿轮边角，集体杀向我们学校六年级班主任的办公室。渺小的人类如我，完全就像一只掉进了水晶球八音盒中的小白熊，原本应该随着欢快的圣诞歌瞪圆纯情的双眼，晃起憨憨的大头，耍宝卖萌就对了。可今天的情况却完全失控，不知从哪儿跑来个熊孩子，粗暴地抄起水晶球，恶作剧似的猛摇猛晃，于是水晶球内的雪花不再悠扬婉转，音乐也不再悦耳动听，小白熊只觉天旋地转，从东边的沟滚到西边的梁，又从北面的山撞上南面的墙，鼻血噗噗地流，脑袋嗡嗡地肿。而那熊孩子却不知疲倦，装了金霸王电池似的动力无穷，一点没有打算停下来的意思。直到马老师和我妈说得口干舌燥，我才声泪俱下地诚恳表态一定洗心革面，当即迷途知返。马老师绷着蓝莹莹的脸点了点头，命我明天交上来一篇六百字的检查，以观后效。

我和我妈走出教学楼时，我觉得自己已经萎缩成了一个七老八十的小老头，上来先呛了一口风，然后被一只无形的大手扯开衣领子，以最大剂量的恶意死命往脖子里挤"牙膏"——颗粒状、薄荷味、会渗透皮肤并钻进骨头缝儿的天然"牙膏"。我妈回头看看我，摘下自己快要洗白的蓝围巾扔过来，狠狠抿了抿开裂的嘴唇，顶风冒雪头前带路，她说要带我去李洪涛家亲自道歉。

到了门口，敲了几分钟，屋里始终没人应声。"可能还在医院里没回来吧！"我妈站在楼道沉默了一会儿，忽然对我说，"你不是想挣钱吗，走，我先带你挣钱去。"

这里距离她上班的地方特别近，过条马路就到了。说起来挺唬人，什么什么装饰装潢有限公司，到了门口才知道那公司也就比货运电梯大点有限，挤在杂乱的一排平房中间，书签般狭长的一巴掌地方，里面还没暖气，从室外走进去，并没觉出暖和多少。小屋里两张三屉桌、一台放电脑、一台放刻字机，墙角处还弄了个小灶台，锅碗瓢盆都挂在墙上。这些加在一起就占去了一多半空间，几张椅子横七竖八，能站人的地方好似梅花桩星星点点，赶上做展板、做灯箱这种大工程，便只能在户外一展身手。

现在，门口的空地上就搭着一个小工棚，同事刘叔叔、魏叔叔都在棚子下面忙活着，工作台边堆放着几十块塑料展板。他们先用铅笔和卡尺在展板上画出一行行虚线，然后用"转移贴"把刻好的不干胶字转移下来，对齐那些虚线轻轻贴上去，用手掌缓缓抚平，不能进空气，不能有鼓包，完全按压平整后，再把"转移贴"小心翼翼撕下来。这么细的活儿，戴手套肯定会影响手感，只能赤手空拳，贴完三四行，赶紧对着手心哈两口热气，以免手指头冻成冰葫①。刻字机在室内滋哇乱叫地响，我妈大概是故意惩罚我，让我坐在机器旁边再接受一次伐毛洗髓的深刻批判。并给我安排一项任务，机器里每刻出一整页不干胶字，就把边边角角没用的地方撕扯干净，只留上面的一行行小字，然后用"转移贴"覆盖上去，送到外面的小工棚。说完，她把"小太阳"散热器往我腿边推了推，自己也去屋外帮忙了。

还不到五点，工棚里就亮起了小灯泡。从屋内看出去，雪花明显变得稀疏起来，只是摇摆的幅度更剧烈了，不得不说，那个玩弄水晶球的熊孩子真是精力无限。雪后风就如同蘸了鹤顶红的苗家剑、胡家刀，在对手裸露的肌肤上稍一划拉，刀刀见血，处处藏毒。刮进屋的威力减弱不少，却也像何铁手的"含沙射影"，叫人防不胜防。我把袖子往下扯了扯，只露出三根娇滴滴的手指头，捏住镊子，笨手笨脚地撕扯那些不干胶字上多余的部分。大字体还好说，小字体就费劲了，要把用不到的细枝末节都抠下来，尤其那些有立刀、弯钩、反犬旁的小字，刻字机刀压不够，难度堪比牙医补牙。过会

---

① 冰葫，20世纪90年代流行的一种冷饮。

儿我妈跑进来倒热水喝，看我哆哆嗦嗦的样子就来气："给我把手拿出来，这是干活的样子吗？你瞧瞧，你瞧瞧，那个'包字头'下面的勾呢，怎么给抠没了？"

正说着，屋外有个沙锤似的声音叫唤起来："赶紧出来个人，把灯箱抬进去，一点眼力见儿没有。"是店里的老板陈大大回来了，一句话里夹带着三句国骂和京骂。他蹬着个三轮车，驮着一个比三轮车还大一圈的喷绘灯箱，风风火火地到了门口。店里实在搞不定的项目，他们就炒给外面的同行去做，做好了再用三轮车拉回来。我和我妈出夫一看，刘叔叔和魏叔叔已经把灯箱从三轮上抬了起来，陈大大在后面掸着身上的雪，骂骂咧咧没完没了。我妈听不下去，上前安抚老板，有事说事，骂人有用吗？陈大大就说，回来路上，搞不清哪个混蛋从楼上倒中药渣子，全给洒在灯箱布上了，本来白白净净的，这下可好，成大花脸了，明天交活儿，人家医院挑眼不给结账可就歇菜了。

大家把灯箱抬进小工棚，就着昏黄的灯光一看，画布左下角原本印着一座干净清爽的医院大楼，现在却黏糊着黑压压一片污渍，就像压了块乌云似的。刘叔叔小声说了一句，"这要是挂出去可太难看了，到底是医院还是太平间啊！"陈大大就骂他，"你大爷的，闭上你那鸟嘴。""行了行了，"我妈提议，"先烧一点开水，用抹布蘸着洗涤灵擦一擦，能擦掉多少算多少，最后实在不行，找些刷白球鞋的大白，应该能补救回来。"于是大家七手八脚忙活起来，我回到屋里，继续抠弄我的不干胶字。

过了十分钟，听到他们在外面议论，大部分污渍都擦下去了，只有那医院大楼图案上方的顽固污迹怎么都清理不干净。魏叔叔进屋找了块大白，拿出去试了试，好像也不成功，涂上去就变成灰黄色了，跟一块哈喇子似的。陈大大又准备开始骂街，咔咔吐了两口黏痰，一嘴炉灰渣子紧接着就倒出来了。我妈不理他，进屋从笔筒里挑了几根水彩笔，又出去了。大约二十分钟后，就听魏叔叔在外面赞叹起来，"可以啊周姐，您还有这本事呢！"我妈轻描淡写地说，"好歹也是在宣传科干了十几年的人。"我把弄好的一大摞不干胶字拿出去一看，原来我妈在灯箱布上画了一面暗红色的小旗子，将那团污渍完美遮挡起来，下面再加个旗杆立在医院大楼一侧，看上去非常和谐，好像原本就是这么设计的。魏叔叔接过我送来的不干胶字，又转头表扬我，"不错不错，真够利索的，比我动作都快。"

我妈哼一声说："就这点破活儿，但凡有手有脚的人都能干。"

魏叔叔笑着说："现在的小少爷可不能这么说，你得多鼓励鼓励人家。"

我妈一撇嘴，雪花在哈气中打起小旋风："他干什么正经事了，我就鼓励他？"

拯救完岌岌可危的灯箱，我妈回到屋里灶台边起火做饭，准备几个人的晚餐。炒完最后一道菜——红烧茄子，不舍得锅底那些香喷喷的酱汁，便从蒸锅里掰下半块热馒头，来回来去擦了几遍，然后顺手递到我面前，让我吃掉。这是我们家的老传统了，蘸上锅底酱汁的热馒头比满汉全席不在以下。陈大大看见了不以为然，嘟哝着说，"至于不至于啊，这都什么年代了，缺那一口吗？"我妈假装没听见，招呼大伙赶紧趁热吃饭，吃完了，匆匆忙忙打扫一通，拉着我又去了李洪涛家。

李洪涛的伤势看上去颇为吓人，主要是因为戴上了眼罩，难免让人产生各种灾难式联想，眼球爆了？眼珠子摘除了？我妈进屋时也不免攥了下拳头，可听他奶奶一介绍，立刻又放心了。根本没伤到眼珠，也不会影响视力，就是个眼角处的普通外伤，休息几天就好了。我妈赶紧让我给李洪涛道歉，又放下一百块钱聊表寸心。李洪涛奶奶说什么也不要，追到门外说，"这孩子纯属自作自受，非跟别的班同学借什么耐克运动服穿，回家路上把那挺贵的衣服剐破了，你说人家能不揍他吗？这事跟您家孩子关系也不大，您的心意我领了，谢谢你们。"

走出楼门，我妈摘下手套，用红肿干裂的右手掏出十块钱塞给我说，"这是今天帮忙干活的工钱，以后想挣钱很简单，就上你妈那儿挣去，也甭上学了，也甭读书了，就这样当个打工仔，挺好。"说完，扭头回公司加班去了。

那天晚上，我趴在台灯下，搜肠刮肚写了一篇言不由衷的深刻检讨，但一肚子牢骚却无处发泄，找谁说说呢？干脆撕下两张稿纸，洋洋洒洒一路写下去，居然一口气又写了七八百字。放下笔，重新读了一遍，无比解气，无比通畅，一不做二不休，装进信封，贴上邮票，第二天上学路上我就给投到晚报社的《文艺副刊》去了。

没过两天，一封退稿信被我妈从楼下带了上来，报社编辑不但退回了我的整篇文章，居然还附赠小纸条一张，写得挺不客气，说我的文笔文风都不符合该版要求，思路过于凌乱，语言也不讲究，以后来稿务必言之有物，切忌空泛抒情。另祝学业有成。

放在以前，我肯定又撂挑子了，这次不知怎的，信心反而被挑拨上来。前两次投稿都是石沉大海，连个龙王哈欠也没捞到，这次竟然有人搭理我，说明人家编辑真的仔细读过了，既然有人看，那我就死皮赖脸继续投呗。说实话，六年级的课程对我几乎没有任何压力，每天做完作业，晚上总能留出大把空闲时间。我妈看我遮遮掩掩、东写西写，抻着脖子偷瞄一眼，倒是从不干扰阻止。这次我心里有数，牙根下面较着劲，不能再想到哪儿写到哪儿了，我得给自己找个参照物。俗话说天下文章一大抄，不抄人家的故事和语句，起码要抄一抄高手们的写作方法吧！再上语文课的时候，我就收起自己那点不值钱的羡慕嫉妒恨，认真听马老师读倪春华的各类范文。我发现大倪和我最大的不同，一篇八百字左右的作文，人家只用最后八十个字，甚至五十个字来抒情或发表评论，前面的篇幅都是讲故事，或塑造人物，娓娓道来，不急不躁。我可就不一样了，一上来就是无病呻吟、多愁善感，其实什么都没说明白。

不过想一下学到位也没那么容易，慢慢来吧！可是倪春华那边却出了问题。过完元旦，我们正上自然课，他忽然被马老师叫了出去，五分钟后眼神慌乱地回来收拾书包，又匆匆离开，直到期末考试也没再回来上课。后来我听吴志强说，倪春华的妈妈在老家出了意外，伤势很严重，所以他连夜坐火车回东北去了。

我的写作模板消失了。好在家里还有各种作文选、作文大赛汇编，翻出来细细品读，读着读着还真琢磨出一些门路。包装精美的作文大赛选集，里面的获奖文章水平很高，而且往往都出自重点中学的高才生；可那些普通作文选的小册子，水平就参差不齐了，来自普通中学的稿件明显增多。所以说，投稿方向是不是也应该拐个弯，不要一上来就奔高速路，你骑个自行车冲上去，还能有狗命在吗？晚报的《文艺副刊》，那可是京城著名作家们的表演舞台，神仙打架，龙争虎斗，编辑怎么可能用你的稿子？不要跟人家硬碰硬，就像在雪地里踢球似的，把速度降下来，换种踢法往球门里踢。从体育版入手是不是更好？这里的来稿都是球迷，对文采的要求也低，而且别看我踢足球水平一般，看球赛还是挺有一套见解的，毕竟从五六岁开始，我爸就把我死死按在小板凳上，让我陪他一起看马拉多纳和莱因克尔的比赛。

　　正好那些天有个美国世界杯足球赛的展望征文，我就写了点自己的幼稚看法，对某一支北欧球队特别看好的几大理由，寄了出去。过后照样没动静。想想也对，人家专业足球记者肯定比我懂行，我搞这些正儿八经的足球技战术分析，那不是关公门前耍大刀吗？独辟蹊径才能取得意想不到的效果，就像我妈把弄脏的灯箱布画成红旗飘飘，于是我又改了文风，玩起了铁血丹心的武侠风格，不再枯燥地预测球队成绩，也不分析什么技战术优劣了，天马行空地展望起哪位球星将在这届世界杯上掀起滔滔巨浪、血雨腥风，并把他们都设想成叱咤风云的江湖人物：巴乔就是神出鬼没的风清扬，博格坎普是不动声色的苗人凤，布洛林是憨厚耿直的石破天，罗马里奥和贝贝托则是珠联璧合的玄冥二老……

稿子投出去之后，我心里忽冷忽热，一会儿自信满满，一会儿又自泼冷水。每天放学回家，我都先奔我爷爷那屋，抄起晚报直接翻到体育版，压路机似的碾视一遍，看看惊喜是否降临。第一天没有，第二天没有，一直到第七天，都没有。基本没戏了。耷拉着脑袋去"客厅"吃饭，把报纸扔在沙发上。我妈随手拿起来找电视节目预告，乱翻一通居然没找到，不禁抱怨起来："今天晚报怎么改版了？"紧接着"哟"了一声，"这个征文作者怎么也叫李炀啊？重名重姓了吧？"

我放下筷子抢过来一看，哇，原来今天体育版从一个版面扩成了两个版面，翻过来这一版全是世界杯征文选登，而我的那篇武侠风格征文就在其间。豆腐块！这就是作家们最喜欢说的标准的豆腐块！大脑有点缺氧，银河倒转，星汉灿烂，我晕晕乎乎地坐下来，先把自己的文章默读一遍。读完了不过瘾，再读一遍，就跟不是自己写的似的。

"真是你写的？"我妈问我。

"那当然！"我把报纸递给她，脸上还是一副幸福的痴呆状。

我妈看我有点范进中举那意思，赶紧帮我倒了杯热水，这才捧起报纸认真读了一遍，放下之后说："主要是人家增加了一版，一时找不到那么多好文章，就把你的塞进去了。"

这次嘲讽对我没产生一点效果，因为我根本没听进去，脑子里一直在想编辑怎么把六百字的文章删成了四百字，中间似乎还改动了几个词，为什么就不能原封不动地刊登呢？为什么不提前征求一下我的意见呢？下次我要写得再完美一些，遣词造句再精致一些，让编辑想删想改都无从下手。一周之后，稿费通知单和一封编辑来信同时到了我手中。稿费不多，二十块钱；信也简单明了，意思是小同学思想很活跃，稿子很有新意，以后不必局限于世界杯征文题材，有什么其他想法都可以投过来，再接再厉，体育版的大门一直为你敞开。落款是晚报体育部方编辑。

我的作家梦在此之前仅仅只是一筐冷冰冰的柴草，既不产生热量，也不供给营养，这封信则像一支从辕门外射来的神箭，箭头裹着火球，精准地将这筐干巴巴的圣火点燃了。那个寒假，除了写作业、上家教，其余所有空闲时间几乎都被我用来钻研写作了。桌角上堆满各种成语词典、写作分类词库、诸子百家经典名句，面前摆着厚厚的稿纸，我爸用过的英雄钢笔，还有晚报、足球报、球迷报等参考资料。为了让自己更具备腹有诗书的文豪气质，我还特意从壁橱里找出一副无镜片的眼镜，写文章的时候就往鼻梁上一架，冒充民国文学大师。春节过后，展望世界杯征文活动结束，体育版上公布了获奖名单：一等奖一名，奖金五百元；二等奖两名，奖金各三百元；三等奖三名，奖金各一百元；纪念奖五名……等一下等一下，倒车倒车，三等奖这不是我的名字吗？一……一百元奖金！我的天哪，一块镶着金边的铁饼掉脑袋上了。

拿着学生证和汇款单去邮局取钱，我激动得满手出汗，营业员阿姨大概是体谅我的心情，特意给了我一把零钱，让我好好过了下数钱的瘾。出了邮局，我妈对我说："想好怎么用这个钱了吗？"

"您想吃什么，我请您吃，烤鸭怎么样？"

"你就知道吃！"我妈换上一副严肃的表情说，"我给你提个建议吧，你自由采纳，好不好？"

"嗯。"

"昨天返校的时候，马老师不是说倪春华的妈妈刚做完手术嘛，是不是还要号召全年级同学为他家捐款？"

"对。不过马老师说了，一块也行，五块也行，看自己家的情况而定。"

"我是这么想的，倪春华他爸爸是个残疾人，生活本来就不能自理，现在妈妈又受了这么重的伤，家里的生活肯定特别难，比咱们家情况糟糕得多。咱们起码还有爷爷奶奶帮忙，还有小姑和姑父照应，妈妈我也是健全人，生活虽然不富裕，可是也不愁吃不愁穿，所以别人捐多少我不管，你能不能把给妈妈的这份心意捐给倪春华呢？以后回想起来，我的第一笔稿费没有拿去浪费在吃喝玩乐上面，而是帮助了需要帮助的人，急人之难，雪中送炭，是不是更有纪念意义？"

我妈说得我眼圈都红了，胸口间一股热浪翻腾："没问题，就照您说的办，我把这一百块钱都捐出去！"

开学后第一个周末，又下了一场大雪，不过气温挺有主心骨，硬撑着没给"立春"两个字丢脸，于是这雪就下出了一股飘逸而温暖的味道。那天晚报体育版上，我又收获了一份属于自己的豆腐块"料理"。我妈下班回家一看，高兴地转身又出了门，冒雪在外面走了半个多小时，找到一家关门最晚的小报摊，一口气买回来十份晚报。第二天星期日，她带着我和那些报纸去了姥姥家。

无轨电车开到北海后门就走不动了，估计是不知哪个零件想去看冬日的白塔，闹起了罢工，我们只好下了车，慢悠悠地往地安门溜达。雪后阳光显得特别明亮，像一杯碰洒的热果珍饮料，从路边的古老红墙缓缓流泻到墙根的雪地上。好多打雪仗的孩子在胡同口跑来跑去，雪球玩得太久，把手冻僵了，他们就从地上抓一把裹满阳光的雪，搓肥皂似的搓上几下，双手立刻就会变得热乎乎的。进了大杂院，我妈迫不及待先给老街坊们发了一圈昨天的晚报，一边发还一边说，"这孩子，也不知道从哪儿学来那么多成语，用得还挺顺溜，好多词啊，我都闹不清什么意思，还得现查字典……"

吃过午饭，我三舅戴着厚厚的眼镜片当着姥姥、姥爷的面儿，郑重其事又把我的文章给他们念了一遍，弄得我挺不好意思，赶紧溜到院子外去上厕所。回来时，我发现鞋带开了，就在窗外蹲下来系鞋带，听见我三舅正在屋里和我妈闲聊："姐，那天我在商场碰见你们科原来一同事，打了个照面就过去了，我也没敢认。"

"哪个同事啊？"

"好像姓方吧，我记得来过咱家一次，是不是前两年调到报社当编辑去了？"

"嘘！"我妈赶紧压住他，声音很低很低地解释了两句什么。

"哦、哦，明白了明白了。"我三舅如梦方醒。

我妈拿起火炉上的水壶倒水，玻璃窗上立刻暖雾弥散："炀炀这个身体，你说他以后能干什么？太辛苦的工作肯定够呛。还好他喜欢看书写文章，长大了要是能凭这点本事混口饭吃，累不着，饿不死，我也就知足了。嘻，未来的事谁说得准呢，我这不就是想鼓励鼓励他嘛！"

　　小学最后一个学期伴着回升的气温，像冬眠过后醒盹儿的小动物，伸着懒腰就溜达过来了。实在也没什么太特别的感受，紧张？忙碌？那是根本不存在的。我照旧在闲暇之余，写写擦擦地爬格子玩。可惜发表了两篇文章后，文学之旅似乎走进了塔克拉玛干沙漠，每一封投稿都有去无回。那天是礼拜三，我回家写完作业，正摇头晃脑背一篇课文，我奶奶从楼下取晚报上来，顺手带了两封信，一封给我，一封给了我爷爷。我一看信封，不免有点小激动，右下角印着某某生活报的字样，真不容易，总算在荒漠里发现了绿洲。撕开一看，竟然又是退稿信，而且除了我的稿子之外，编辑老师连半个字都没给我留，哼，海市蜃楼都算不上。气得我扭头去"客厅"

199

吃饭，把失望打碎成鸡蛋花，就着西红柿汤狼吞虎咽。看完"动画世界"回屋一瞧，我妈正捧着我的退稿端详呢。

"您怎么又偷看我的信？"我严正抗议。

"我没偷看啊，"我妈表情特从容，"我这是明目张胆地拿过来看。"

"您——"

"这是被退稿了吗？"

"是啊是啊，您别看了。"我把信夺过来塞进信封。

"我都看完了。怎么，又不当足球评论员了？"

确实，这篇稿子写的不是足球，而是一篇生活类小散文，主要讲我奶奶听力不好，经常把某件事听岔了，闹出不少幺蛾子，然后她自己还恼羞成怒，死不承认是自己的问题。

我妈摇着头说："不好不好，哪能这么写你奶奶，都给写成邪派人物了。"

"我奶奶还不算邪派？灭绝师太都没她邪恶。"

"胡说，你奶奶虽然脾气暴了点，可是对你怎么样，你心里不清楚？"

"那我不管，谁让她老欺负我爷爷呢，这叫实事求是。"

我妈指着我鼻子说："让你奶奶听见，非得气冒烟儿了不可。"

窗外呼的一下撞进来一阵风，好像替我奶奶出气似的，把原本微微打开透气的玻璃窗吹得大敞大开，"哐啷哐啷"直发抖。紧跟着，从一楼大门口传上来"啪啪"两声脆响，一听就是那两扇破旧的木制门板，被狂风带起来，又狠狠地抢回去，相继撞在门框上。

我妈赶紧起身关窗户，又扭头去了厨房。立春后的北京没别的，就是风多，"皴风"如剪刀，稍不留神就会把你的皮肤吹得又皲又皴，故曰"皴风"。

这会儿，我爷爷慢腾腾地从"客厅"走出来，冲厨房里的我妈叨咕了一句："风又不小啊！"然后高抬腿，轻落足，朝卧室方向迈起了四方步。走一步，嗽一声嗓子。嗽一声嗓子，再走一步。嗽了五六声嗓子，才把这不到五米的漫漫长路延伸进去。

"我说啊，那什么，有个事……"我奶奶应该是没听见，我爷爷大概又用手捅了她一下，"哎，跟你说话呢！"

"什么？你说什么？"

我爷爷底气明显提不上来了，声音像踩在黄土掩盖的陷马坑上，随时要掉下去："罗琳最近回国了，说这个星期天想到咱们家来看看，吃个便饭。"

我奶奶声音一下子掀了锅盖："谁？"

"罗琳，罗老师。"

"她怎么又来啊！"

"什么叫又来啊？人家出国都四年了，这不才回来一趟吗？"

"你还想让她天天回来？"

"你这叫什么话！"

"什么话？不是你心里想说的话？"

"得了吧你！"每当我爷爷被我奶奶逼到角落里，总爱甩出这句没有任何杀伤力的撒手锏，说完基本就是缴械状态，听凭处治。

我奶奶"哼"了一声："干吗，还要在咱家吃饭？嘴怎么那么馋啊？是不是外国饭不好吃，在那边天天饿肚子啊？"

"你就不能积点口德？"

"她爱来不来，出个国就了不起了？甭跟我说！"

"那……那我明天给她回电话去了？"

我奶奶赶紧把预防针打起来："不过我先把话放在这儿，到时候我可不管做饭，我这手腕子疼着呢，腱鞘炎又犯了。"

我爷爷再一次变成河马，缩到池子里去了，鼻孔"噗嗤噗嗤"往外冒水泡，敢怒不敢言。

我妈起身出了小屋，在我的书架旁转了一圈，回来时手里拿着一本薄薄的小书，坐到小床边翻看起来。过会儿我爷爷探头进来，脸跟风干的鱼片似的，冲我妈咧开一个干巴巴的笑容："这个礼拜天，你不加班吧？"

"不加不加。"我妈笑了笑，晃晃手里的书，"罗阿姨是南方人吧，我翻翻这本菜谱，到时候做几道南方风味的小菜，做不好您可别怨我啊！"

"不用那么麻烦，家常便饭就好。"我爷爷松了口气，"你妈这个人啊，我真没法说她。"

后来的事实证明，我奶奶虽然没什么文化，但几十年的老革命也绝非浪得虚名，对敌斗争经验可真不是盖的。战略上藐视敌人，用不屑一顾的轻蔑态度，令自己在气势上先拔头筹。战术上则务必重视对手，防要防得住，扎紧篱笆；攻要攻得出，磨刀霍霍。人不犯我我不犯人，人若犯我我必犯人。周四回家路过楼下裁缝铺，我就听见我奶奶在里面哇啦哇啦地说着什么，这也算她的一项绝技了，甭管多平凡的对话总能制造出吵架的感觉："我说，你先把手头的活儿放一放行不行？先把我这裤子改了，这个礼拜天我就要穿。"

裁缝细声细气地说："礼拜天还早嘛，您先放在我这里就好啦！"

"不是下个礼拜天，是这个礼拜天。"我奶奶都快嚷嚷起来了。

"我知道是这个礼拜天呀！"裁缝顿了一下，"您看，您这个裤子特别不好改，这里，还有这里。要不，再给加两块钱吧，明天我就给您改出来。"

"两块？行行行，两块就两块。"我奶奶亘古未见的痛快麻利，"明天下午我就过来取，你给我弄好点啊！"

晚上睡觉前，我妈从卫生间洗漱回屋，神神秘秘跟我来了一句："你奶奶这回真是拼了。"我没明白什么意思，放下手中只看了两页就看不下去的《傲慢与偏见》，也去卫生间洗脸刷牙，闻到"客厅"里传来一股臭烘烘的鞋油味，扭头一看，吓得一激灵，我奶奶也不开灯，黑乎乎跟座小山似的大马金刀盘踞在沙发上，嘴里咕咕哝哝着正擦皮鞋呢。也听不出来说的是什么，魔镜魔镜谁最美的口诀？还是睡美人一觉不醒的咒语？反正我就知道，她手上那双圆头皮鞋，上次穿还是去人民大会堂参观呢！

礼拜六，我小姑回来吃饭，进门就被我奶奶惊着了，盯着那一头新鲜出炉的羊毛卷连呼"哎哟妈呀"。我奶奶一撇嘴："废话，我本来就是你妈！"

我小姑忍着笑："您这是要接见联合国秘书长啊？过春节都没

见您烫头。"

"怎么啦，烫个头还碍你事了？"

"不是不是，我是说您这是在哪儿烫的呀，怎么跟干草堆似的。"

我奶奶捣鼓了两下自己的脑袋，更像个鸟巢了："你甭管，把你平时用的那个雪花膏给我用用。"

"嚯，您也被资产阶级腐蚀了？"

"我们无产阶级就不能漂亮漂亮了？"

"能能能！"我小姑赶紧翻书包，找出一瓶擦脸油递给我奶奶，"您悠着点用啊，这是同事从日本给我带回来的。"

罗奶奶来我家那天，我奶奶捯饬得还真挺像那么回事：大皮鞋波光粼粼，小马甲神采奕奕，脸上的皱纹也跟煮熟的白菜叶子似的，沟壑里都闪着清亮的绿光，颇有点小乡绅班纳特家千金小姐的意思。我妈使劲冲我挤眉弄眼，我就问她，"这是不是就叫仇人见面、分外眼红啊？"我妈笑着说，"仇人算不上，马马虎虎算个情敌吧？！"果然，温婉和善的罗奶奶一进门就被我奶奶背水一战的主场气势给镇住了，满脸堆笑："老姚，几年不见，你可真是越活越年轻了，气色真好。"

我奶奶皮笑肉不笑，摆出一副千年难遇的斯文样子："好久不见，好久不见。你看你，还是那么优雅漂亮。"

罗奶奶给我们带了不少礼品，巧克力、西洋参、伊丽莎白瓜，还送了我一把非常精致的瑞士军刀。然后我爷爷带着她到每个房间转了一圈，深入了解了一下我们四口之家的生活状态，这才到"客厅"里喝茶聊天。我奶奶往我爷爷身旁一坐，腰杆笔直，看上去比参加居委会会议都严肃正式，就差拿个小本本记笔记了，只是眼神有点飘忽不定。我走过去抓桌上的花生米吃，发现她两只手放在膝盖上，十根手指像根雕一样僵硬扭曲地绞在一起，特别不自然。尤其罗奶奶和我爷爷聊起以前单位里的往事，那个意气风发、斗志昂扬的年代，她更插不上话了，只能闷闷地在一边听着，摆出酸碱度不一的各种假笑。哪知助听器忽然玩起了临阵退缩，老是接触不良，一聊到忆苦思甜的关键段落就变成静音、杂音，急得我奶奶不停地捏来捏去，反复用干咳声试音，生怕错过一些我爷爷没向她交代过的重大问题。罗奶奶倒是善解人意，看我奶奶好奇心这么重，尽量把自己的声调提高到大礼堂演讲的水平，有时说到好玩的地方还特意再帮她大声重复一遍。可即便如此，等我妈做好了一桌饭菜，几个人开吃开喝的时候，"客厅"里的气氛还是风云突变。

主要还得怪我爷爷，吃饭就好好吃吧，心血来潮非要临时改剧本，当场啤酒换白酒，把收藏多年的五粮液都拿出来了。这下可精彩了，剧情急转直下，几盅白的一下肚，我爷爷一溜小跑回了卧室，捧回一对奔马造型的笔架子。我记得那是去年春节前他从单位领回来的老干部慰问品，当时我奶奶嫌没处放差点给扔了。这回我爷爷自作主张，直接送给了罗奶奶，说是留个纪念，以后再见面不知道何年何月了。罗奶奶也是酒入愁肠，情绪跟着激动起来，收下其中一个，又推回来一个，说："这样吧，你一个，我一个，以后身在他乡，睹物思人，也算是天涯若比邻。"要不说酒是穿肠毒药呢，我奶奶那眼神立马就成了刮骨钢刀，焦距疯狂切换，一会儿大一会儿小，一会儿近一会儿远，最后接近失焦状态。万幸她不是葫芦娃家族的人，要不真就在餐桌上喷火喷水，伤及无辜了。我妈一看不对劲，赶紧把气氛往回拉，开几句玩笑，又问大家要不要添饭。我就说我再来一碗吧，气得我妈给了我一巴掌。之后罗奶奶再跟我奶奶说话，我奶奶脸色就没有任何表情了，狠狠拍了两下助听器，气急败坏地说："坏了，彻底坏了，什么都听不见了。"

我爷爷醉眼迷离，完全没读懂气氛，傲慢地伸出右臂朝卧室方向划出一道楚河汉界："你吃完了吧，吃完就别碍事了，回屋歇着去吧！"

我奶奶狠狠剜了我爷爷一眼，气鼓鼓地撤回老巢，卧薪尝胆去了。

我和我妈也吃得差不多了，一前一后回到小屋。我妈看看窗外，云淡风轻的，不禁微微皱眉："天气预报不是说今天有六七级大风吗？"

我傻呆呆地看了我妈一眼："您还盼着刮大风啊？"

"该刮的时候不刮，心里总觉得不踏实。"

大风暂时没来，我爷爷的酒劲可上来了，我从来没（听）见过他这么纵情豪放。高谈阔论、杯杯相碰不说，推杯换盏之间，竟然还和罗奶奶吟诵起了毛主席诗词，然后两人又轻声合唱了一段《革命人永远是年轻》。眼花耳热后，意气霄生，往事的车轮滚滚向后，话就越说越没边了。聊到新中国成立初期，国家反对封建婚姻，像我爷爷这种当初在农村成过亲的完全可以不承认那桩父母之命、媒妁之言，大可在首都重新追寻人生的幸福。不过我爷爷毕竟是受过传统教育的人，经过无数次心理斗争，还是觉得陈世美不好当，生活稳定之后，终于把我奶奶从河北老家接来了北京。罗奶奶长叹一声，欲言又止。我爷爷于叹息之外再加一声叹息，两眼盯住窗台上的那只伊丽莎白瓜，说梦话似的自怨自艾起来："唉，没办法，这个老太太啊就是这么个素质，就是这么个文化水平。除了一天到晚吹毛求疵地跟你怄气，不会别的，呵呵！"

饭后，我妈代替我爷爷把罗奶奶送到楼下，又帮她叫了一辆面的①。回到家里，我爷爷靠在"客厅"的沙发上，兀自沉浸于往事的阴晴雨雪中，拉着我妈又聊了一会儿，说起当年罗奶奶漂亮、干练，而且知书达理，琴棋书画样样精通，和我爷爷颇有共同语言，后来即便出国，也一直书信不断，逢年过节，还要从国外寄点东西过来。当然，每一次我奶奶都老大不乐意……说到这里，我爷爷大概是困了，哈欠一个连着一个，眼泪止不住地流。我妈就说，"您快回屋睡一觉吧，这都三点多了，睡醒了起来再吃晚饭。"

这一觉我爷爷一直睡到快七点。醒来一看，我奶奶披头散发坐在窗前，昏昏沉沉的光线中，倩女幽魂似的将两道怨恨的目光掷到窗外，伸展成一对冰冷的双刀，呼呼带风都耍出火星子了。是的，天气预报中的大风终于刮起来了。我们楼一层大厅的两扇破门板又开始噼里啪啦地撞击门框。有时是左右开弓，你拍一，我拍一，一边拍一下，似乎一位熟练的鼓手，有节奏地随风应和；有时又像慌不择路的逃犯，这边跑，那边窜，脚下的节拍永远踩不到点子上，直到一头掉进警察叔叔的罗网，便如两张门板同时合拢，齐齐击向

---

① 面的，20 世纪 90 年代北京的一款出租面包车。

门框，"砰"一声轰鸣，石破天惊。

我奶奶就在这威力十足的巨响中安然稳坐，慢悠悠地开始念叨起来："你说说，那么好的一副笔架子，你怎么不说给炀炀留着呢？"

我爷爷仗着残存的一股酒劲说："我给他的笔架、笔筒还少啊？少说得有三四个了吧？这又不是什么值钱的东西，你不是上次还说要扔了吗！"

我奶奶冷笑一声："我什么时候说要扔了？你少编排我。让你给我老家的侄子寄点东西，你看你那个抠抠搜搜的，这可倒好，那么大个东西说送人就送人了。"

"你讲点道理好不好，这根本不是一码事！"

"怎么不是一码事啊？"

"你那侄子认识几个字？当年连小学都没上完，他要笔架子干吗使？"

"我说的是咱家那些不要的旧衣服。有件八成新的风衣你穿不下了，宁肯给了楼下收废品的，也不说给我侄子寄回去。"

我爷爷都快崩溃了："当时你也没说啊！"

"我怎么没说？你自己聋了你赖谁？"

"我聋还是你聋啊？"我爷爷甚至笑了一声。

"我是聋，可是该听见的话我都能听见。"

"……"

"你不是觉得这辈子亏了吗？赶紧找那些聊得来的同志去吧，没人拦着你。现在国家保护人身自由，别说六十多，就算七老八十，想当陈世美也没问题，干吗非憋屈着自己啊？"

这时我妈正在小屋里给我的试卷签字，听完这话明显手抖了一下，小声说着："完了完了，你奶奶这耳朵真是神了。"我估计我爷爷听了这段话肯定也冒出一身冷汗，仅剩的那点酒精彻底挥发，如同那位被拒绝求婚的达西先生一样一双眼睛盯住我奶奶，又是气愤又是惊奇。我爷爷脸色铁青，从五官的每一个部位都看得出内心的懊恼，但还是竭力装出镇定的样子，一直等到自以为已经装像了，才开口说话："你这说的都什么跟什么呀，前言不搭后语的。"

我奶奶忽然嚷了起来："谁前言不搭后语了，别以为多认识几个字就能看不起别人，狂什么狂呀，混蛋东西！"

"……"

全家人都陷入了死寂的泥潭中。窗外的大风也变得更重，更迟滞了，仿佛绝顶高手对决，招数总是越出越慢。一楼的破门板此时也跟着停顿下来，像躲猫猫的孩子蹑足潜踪，屏息凝神，反倒更叫人心绪不宁，以为大风就这样过去了，结果突然给你炸开一声——砰！更玩命，更惨烈了，感觉再撞两下就要把门板震碎了。

大屋里终于传来一通乱响，好像抽屉被拉开了，稀里哗啦，噼里啪啦。谁在翻什么东西，然后我爷爷猛地叫了一声："你干吗？你把剪子放下！"

我妈愣了几秒钟才做出反应，起身就往大屋跑，我也趿拉着拖鞋跟着跑过去，就见我奶奶此时已化身为叶二娘版的南海鳄神，一手握着大剪刀，一手提着那天刚改过的毛料西裤，刷的一剪，欻的一刀，裤腿成了大喇叭，裤兜成了豁牙子，裤裆上要是再来一下子，那就彻底割袍断义了。

我妈也是头一次遇到这阵势，心里难免有点发毛，停在门口，不敢往前靠得太近，生怕自己也被削成墩布条，只好把我拎出来说事："您二老这是干吗呀，有话好好说不成吗？这怎么还动刀动枪的，您再把炀炀吓着！"

我奶奶果然把剪刀放下了，但眼里依然冒着塞拉炯[①]发射时的超强激光，气冲丹田，怒吼一声："跟你们没关系，回你们屋里去！"乘着一股气浪飞到门口，一掌就把我妈推出去了。我妈往后一退，正好踩到我大拇哥上，疼得我嗷了一声。我奶奶把卧室门狠狠撞上——咚！楼下的破门板也跟着抽风——啪！嘿，这叫一个乱！

我妈还是有点不放心，贴着门缝又朝里听了半天，只剩下窗外的小风嗖嗖响着，战场上一片沉寂。大概是我爷爷服了软，放弃了无谓的抵抗。我奶奶撒完了那股子邪火，伤敌一千自损八百，也没力气再赶尽杀绝，只得暂时鸣金收兵。我妈拉着我退回到中立国安全地带，揉着刚才我奶奶掌力所及的右肩，吸溜着气说："你奶奶在居委会工作真是屈才了，就她这膀子力气，应该上中国拳击队当教练去。"

不出所料，新一轮"冷战"又开始了。

说起来有点神奇，每次我爷爷奶奶互相"制裁"对方的时候，

---

① 塞拉炯，美国动画片《布雷斯塔警长》主人公手中的激光武器。

总要玩一回移形换影大法。平时，我奶奶在家里叨叨个没完，除了睡觉，嘴里永远"噼噼啪啪"炒着崩豆。"冷战"开始后，她就把锅凉下来了，把豆子也闷到了被窝里，整天躺在床上不出声，用后背傲视一切，谁也别叫我，谁也别惹我，反正我谁的面子都不给。我爷爷也随之反转出另一副面孔，出奇的话多、话密，对我和我妈更是关怀备至：回来啦，喝水吗，看不看电视，吃不吃苹果……彻底变成一碎嘴老头了。原来早上起床，都是我爷爷天不亮就爬起来，到颐和园或紫竹院里锻炼身体，我奶奶留在家里帮我准备早点。现在变成我奶奶每天五点半起床，下楼头顶大树、掌劈石碑，练完一套硬气功，就和几个老姐妹坐在花园里聊天，指指点点纵论四邻：这家人快搬走了，那家人新搬来的，楼上大姑娘找了个离婚的，楼下老头子搞上了小保姆。没有她们不管的事，搞得我和我妈都得绕着花园走，就怕被这帮老太太盯上了嚼舌头。

等我晚上回家，我奶奶也不管做饭了，照旧躺着面壁。我爷爷挂着条碎花小围裙，跟大号围嘴儿似的，独自在厨房里忙忙乱乱地颠勺炒菜。不能说我爷爷厨艺不精，我爸、我小姑以前都说过，小时候最爱吃我爷爷炒的菜。只是现在锈刀出窍，重临江湖，难免感到力不从心，毕竟厨艺这东西不像武侠小说，年纪越大内力越深，用进废退是不变的真理。切肉切葱花全是连刀；放了盐转眼就忘，过会儿又搁一大勺；做出来的鸡蛋炒米饭更精彩，东一坨西一坨，外面一圈焦煳，里面丝丝凉意，让人吃出脆皮雪糕的感觉了。

我爷爷大概觉得，这么恐怖的饭菜必须让我奶奶也来深度体验一下，于是小声对我说："炀炀，把你奶奶叫过来吃饭。"

我放下筷子，跑去卧室拍我奶奶屁股（她没戴助听器）："奶奶，过来吃饭啦！"

我奶奶像一头受惊的奔牛，头也不回，直接在床上玩了个鲤鱼打挺，我都怕她从窗户直接弹出去："您干吗呀您，吓死我了！"

我奶奶觉出情况不对，回头一看，原来不是挨千刀的"陈世美"，这才稍微平缓了一点，轰苍蝇似的冲我挥手："去去去，不吃不吃！"

爱吃不吃，我还不管了。回"客厅"跟我爷爷一汇报，我爷爷也没办法，只能跟着说一句："不吃拉倒吧！"

老两口之间唯一没调换的，应该就是看电视了。甚至，我爷爷还变本加厉。以前看得太晚，我奶奶总嫌他费电，嘟囔个没完，有时耐不住性子，干脆跑过来直接关电源。现在好了，没人管了，可劲儿看吧，看到十二点也行，换作是我，非美死不可。我妈却说，"不对不对，你爷爷这情绪还是不对头，刚才我从门缝往里看，以为他看的是什么言情电视剧，惹得你爷爷长吁短叹的，结果一听台词，好家伙，是赵本山的小品！这哪儿行啊，再这样下去，非出人命不可。唉，真是国难思良将，你小姑出差怎么还不回来？"第二天趁着下楼遛弯，我妈抽空给我小姑打了个长途电话。

今天外面没风，街上挺安静。我小姑在遥远的东三省，叽里呱啦进行了一通战局分析，那大嗓门绝对遗传自我奶奶，我站在电话两米外都听得一清二楚。我妈刚把本次事件的导火索讲完，我小姑就拿出一股子见怪不怪的冷静，反过来宽慰我妈："嫂子，没事，咱妈以前跟咱爸闹脾气还动过菜刀呢，这都是小场面。"

　　　　　凯风自南　我的"三亲"家庭协奏曲

我妈一吐舌头："小场面我都应付不来，万一谁要失了手……"

"放心吧，妈心里有分寸。这几天啊她正在气头上，谁劝都没用，让她把怒火消化消化。跟炀炀也说一声，离他奶奶远着点，不然容易误伤。"

"我主要是怕他们身体受不了，咱妈这都好几天不跟我们一块儿吃饭了。"

我小姑嘻嘻一笑："嫂子你是不知道，妈那个床头柜最下面的抽屉里存着好多口粮，什么桃酥啊、月饼啊、果酱面包啊，够她吃一礼拜的。妈这人啊，就爱偷摸着吃零食，生怕让别人知道，笑话她嘴馋。"

"怪不得呢！"我妈一脸苦笑，"可是咱爸老这样也不行啊，天天强颜欢笑，心里憋着火撒不出来，这两天我听他嗓子都哑了。之前腰伤恢复得不错，最近眼瞅着又塌下去，驼背驼得厉害。"

我小姑叹口气说："咱爸现在的悔过之心还不够虔诚，反省得也不够深刻，想让咱妈主动服软，那是天方夜谭。等这一星期过完，心里的火气彻底下去了，爸就该行动了。妈做饭有'三板斧'，咱爸哄咱妈也有'三板斧'，而且保证药到病除。等咱爸用到第三招，我基本也就回北京了，到时候我再跟着劝一劝，两人立马破镜重圆。"

还得说我小姑经验丰富，把我爷爷奶奶的作战意图研究得明明白白。接下来的几天，我爷爷火气渐消，还真就跟下象棋似的步步为营，开始小心翼翼地往前拱卒。到了楚河汉界，不用强弓硬弩猛攻，而是学任盈盈的属下们暗地里给令狐冲疗伤治病，讨取欢心。

当然，我爷爷要治的是心口的伤、感情的痛，选用的"药材"也就比较特殊。

食盐、白糖、孜然、面粉、生姜粉、胡椒粉、食用油、生鸡腿……这是我爷爷开出的第一副药方，药名叫作"中关村粮店老北京美式炸鸡腿"。"灵药"出锅后，焦黄酥脆，哩哩啦啦往下滴着金水，咬一口简直尾巴骨都能翘起来，一向是我奶奶的最爱。不过她平时从来不舍得买，我爷爷偶尔买回来几只，她还老说不爱吃不好吃，让我赶紧吃，等我吃不了了，吃剩下了，一转眼，她风卷残云地全给打扫得一干二净，然后叨咕着说，"凉了就没法吃了，我主要是怕浪费。"可是这回不行了，药效没问题，病人却拒绝治疗、拒绝服用，从卧室扔到厨房，又从厨房扔进冰箱，放了三四天，都快馊了，我奶奶也无动于衷，反而鼓动我快去把那几个炸鸡腿吃掉。我刚想遵旨照办，就被我妈铁索一样的目光拦了回去，只好咽口唾沫说，"那是给您买的，您快吃吧，要不全都坏了。"我奶奶冷笑一声，"坏就坏了吧，扔了它就得了。"

我爷爷打死也不信我奶奶会就此摈弃勤俭持家的优良传统，堕落成奢侈腐化的反面典型，肯定是药物的配伍出了问题，调一下方子就好了。于是第二副药方换成了炸羊肉串，第三副是炸茄盒，第四副炸排叉，接二连三，狂轰滥炸，投向对岸敌营里。可依然没有任何反馈，对方以不变应万变，有点草船借箭的意思，最后这些大补之物毫无悬念地全都进了我的肚子里。眼瞅着"三板斧"的第一招堪堪用老，我爷爷迅速做出变化，使出了第二个大招——往家里招人。

先是从楼下拽了个老同事回来，坐进"客厅"摆起了象棋。老同事不知家中战况惨烈，进门时还跟我奶奶笑眯眯地打招呼呢，我奶奶抹不开面子，只好勉强赔上一个塑料假笑。我爷爷瞅准机会，涎皮赖脸冲我奶奶说，"你现在没事吧，去帮老高沏壶茶。"如意算盘打得挺好，当着外人总得给我点面子吧？我奶奶可不管那一套，你这是忏悔认错的态度吗，还敢如此傲慢地指挥我？别说老高，他就算是从高老庄来的，我也管不着！她眼皮不抬，助听器也不捏了，直接开门下楼，自己遛弯去了。我爷爷那叫一个熬淘①，彻底影响了棋力发挥，连杀三盘，一盘没赢。老同事也烦了，"不跟你下了，臭棋篓子，越下越臭。"

老同事指不上，我爷爷又盯上了收废品的曾老虎，隔三岔五就给带到家里来，然后大可名正言顺地跟我奶奶搭话："收废品的来了，你卖不卖废报纸啊？""卖不卖旧电器啊？""卖不卖旧椅子旧桌子啊？"

当然，问了也是白问，最后还得我爷爷自己往外倒腾。曾老虎来了几趟，明显会错了意，以为我们家要搬家呢，直接跟我爷爷来了一句："电视、冰箱、洗衣机是不是也不要了？下回我开个大车来，一块儿都给拉走吧！"吓得我妈赶紧摆个暂停手势："别介别介，我们家还要呢！"又冲我爷爷说，"您可别往家里瞎招人了，最后我妈没哄好，家都让您卖空了。"

"就是就是，"我从一堆废旧物品中抽出个小铁铲，拿在手里晃

---

① 熬淘，北京方言，憋屈、委屈的意思。

了晃，"最后我没成败家子，您倒成败家子了。"

　　我爷爷第一板斧抢了空，第二板斧又闪了腰，我妈对他的第三板斧彻底没了信心。我学着说评书的田连元，挥舞着小铁铲给我妈演示程咬金的三板斧："第一招劈手，第二招掏心，第三招叫作脑后摘瓜。最厉害的就是这第三招，趁对手二马一错蹬，出其不意，痛下杀手。"

　　我妈连不屑的表情都不屑去做了："痛下杀手？算了吧，你爷爷可没这魄力。"

　　果然，二马一错蹬，我爷爷这第三板斧直接就拉了胯，远远地落荒而逃了。怎么回事？闹肚子了！一大早起来他就占着厕所不出来，急得我夹紧大腿根儿，在楼道里直学玛丽莲·梦露："爷爷，爷爷，您快点行不行，我憋不住了。"

　　又磨蹭了足有五分钟，我爷爷才慢腾腾地走出来，一脸的萎靡不振。等我上完大号，我妈早上班去了，"客厅"里有个狐仙似的声音在召唤我："炀炀……炀炀……"音节缥缥缈缈、断断续续的，标准的聊斋女鬼风格。扭脸一看，我爷爷靠在沙发上病恹恹地朝我伸出个兰花指："帮我把医院的病历本拿过来，好不好，就在五斗柜的第三个抽屉里。"

　　"您这是怎么了？"

　　"肚子不舒服，准备上医院看看去。"

　　我赶紧跑到大屋，给他找病历本。我奶奶今天也起晚了，正坐在床边梳头，看我明目张胆翻她柜子，瞪着眼问："大早上找什么呀？"

我看她没戴助听器，也懒得多费唇舌，说了她也听不见。抽出里面的病历本在她眼前晃了晃，指指"客厅"方向，就给我爷爷送过去了，然后背上书包，陪着他一起下楼去医院。一楼的两扇门板今天像一对分居的夫妻大敞大开，互不理睬，尽最大所能保持住可以达到的最遥远距离。走出楼门，我爷爷脚下连连打晃，我伸手想搀他一把，他却冲我摆摆手说："没事没事，不用管我，你快去上学吧，待会儿要迟到了。"

　　说完，回头朝楼上扫了一眼。我奶奶本来正在阳台刺探敌情，立马把头缩了回去。我也没办法，看看电子表确实快迟到了，只好一溜小跑去了学校。上完早自习，"牛蛙"姗姗来迟，让马老师狠批了一顿。据说是闹钟没响，睡过头了。第一节课间，他蹿过来跟我说："嘿，你爷爷今天胃口真好，买了两个糖油饼、一屉小笼包，还吃了一碗豆腐脑，喝了一碗豆浆。"

　　我头顶上长出一串问号："谁？我爷爷？"

　　"对啊，我在早点摊碰上他了，他还叫我坐下来吃两口呢！"

　　"不可能，我爷爷今天肚子疼，上医院看病去了。"

　　"你别逗了，除非看的是贪吃病。"

　　"呸，你肯定起猛了，是不是还没睡醒呢？"

　　"我骗你干吗？爱信不信！"

　　结果晚上回家我就信了。一进门，发现我小姑终于出差回来了，正在卧室给我奶奶做思想工作："您看，我爸都病成这样了，您还不关心关心他？这么大岁数的人，还让他自己去医院看病，多可怜啊！"

　　我探头往屋里看了一眼，这回换成我爷爷脸朝着墙，躺在床上一动不动了。我奶奶安然稳坐太师椅，冲我小姑冷冷一笑："真以为我是傻子呀？"

"谁也没说您是傻子呀！"

"你自己拉开抽屉看看。"

我小姑没动窝，只是问："怎么了？"

"你瞅瞅人家今天去医院开了多少种药：脚气膏、痔疮膏、眼药水、咳嗽糖浆、风湿止痛贴……除了妇产科没去，其他科转悠一溜够，治肚子的药就开了个酵母片，那管个屁用啊？"

我小姑也晕了，平时她老跟我妈说，我奶奶这人没什么心眼、傻实诚，现在这么一看，那是没跟你们玩心眼，让着你们呢！此刻她心里大概也在埋怨我爷爷，您装病也装得细致一些啊，哪有肚子疼开痔疮膏的，新式疗法吗？可嘴上还拼命往回找补："那……那……那我爸可能到了医院肚子就没那么疼了，顺便多开点药……"

"哦，到了医院肚子就不疼了，回到家就接着疼，演电视连续剧呢？"

然后我就听到大屋里的双人床"咯吱咯吱"响了两声，我爷爷好像也装不下去了，干脆从床上一跃而起，对我小姑说："算了算了，你别跟她费劲了，爱怎么着就怎么着吧！我呀，猪八戒摔耙子，不伺猴（候）了。"

我奶奶"啪嚓"一声，貌似把手边的什么东西摔在了桌上。我爷爷也不含糊，睁圆环眼，咬碎钢牙，怀抱铺盖，径入"客厅"，直到晚上睡觉也没回卧室。我小姑有生以来头一次见到"脑后摘瓜"这一招无功而返，神色也不免慌乱起来，只能"客厅"、卧室两头灭火，劝完这个哄那个。可一直等我妈下班回家，这位和平特使也没能完成任务，怏怏而归。

我妈也觉得最近气氛太压抑，努力找些跳跳糖般的话题，投进龃龉的口腔，搞出点轻快音符。周六午后她难得清闲，想到我礼拜一就要过生日了，微笑着提议："我给你买个大蛋糕吧，想吃巧克力的还是白奶油的？"

"不要，我都不爱吃。"这话题并没让我觉得轻松，内心反倒升起一股落花吹作雪的忧伤。

"那要不蒸一锅海鲜吃？不过这日子口，海鲜还真不好买，没到时令呢！"

"什么都不想吃，我不想过生日。"

"唉……"我妈轻轻叹了口气，正要继续说什么，被我阻住了。

"妈妈，"我抬头伸出右手的食指说，"过生日那天，我只有一个不情之请。"

"嚯，还不情之请，说来听听。"

"我想自己骑自行车去上学。"

"你行吗你？"

"我们学校规定，十二岁就可以骑车上街了。"

"规定是规定，可你自己又没单独上过大路，不用你爷爷陪着你？"

"不用不用，一回生二回熟，您让我多骑两次就没问题了。"

我妈挑着眉毛想了想，眼珠一转："来，咱们用花生米一决胜负吧！"

她去"客厅"的果盘里抓了几颗五香花生，回来剥了壳、搓掉外皮，选出两颗又大又饱满的各自掰开分作两瓣，再挑出其中带小鹰钩的那一瓣，自己拿一个，给我拿一个，准备一较高下。这是她和我爸以前常玩的游戏，家里遇到什么事决定不了，双方各执一词，两个人就会用这种方式分个输赢，谁把对方那半颗花生米上的小钩钩拼掉了，谁就是赢家，最后就得听谁的。

　　我瞅了瞅自己那半颗花生米，问了个奇怪的问题："为什么都是一半有钩、一半没有钩呢？"

　　"两边都有钩，那花生壳里不就住不下了吗？"我妈一撸袖子，"来，出招吧！"

　　那我就不客气了。我朝我妈一抱拳，伸出手中的"小镰刀"，直接扣住对方的"鹰钩鼻子"，用个"拐"字诀往下一拐——得，软柿子没吃着，还把自己大门牙崩掉了。

　　我妈以静制动，轻松取胜："我赢了，听我安排吧！"

　　气得我把无能的失败者当场处决，嚼成碎末，咽进肚子里。我妈也把胜利者当成人参果，丢进嘴里慢慢咀嚼："这样吧，反正下午也没事，我陪你出去练练车，你把我带到双榆树那边的农贸市场买点东西，再把我驮回来，全程都稳稳当当、不出差错，星期一我就让你自己骑车上学。"

　　哇，出乎意料，成交成交！

　　距离上次我爷爷陪我练车，又快一年没骑过了，手脚都有点发潮。不过就像我爸说过的，自行车这东西你只要学会了，基本上一辈子都忘不了，储存在肌肉记忆里了。滑轮上车后，打了三五招醉拳，马上进入平稳驾驶状态，即使我妈跳上后座，我也能骑得又快又直。十分钟就到了农贸市场。我妈让我在门口看着车，自己进去买了一串塑料假花、一小盆白菊花，刚走出来就冲我使劲招手，把我拉到一堆荆棘丛后面躲起来，又指指马路对面的民政局说："你看那是谁？"

"呀，我奶奶。"我跟我妈大眼瞪小眼。

"别出声啊！"我妈怕我暴露位置，又往下按了按我的大脑壳，自己也保持半蹲姿态，远远张望。三月初的天气乍暖还寒，路边的花坛仍旧光秃秃的，这荆棘丛算是唯一的掩体。一根根错落的小芒刺，被冬霜雨雪打磨得寒光闪闪，扎里挓挲，支棱在眼前就像军事基地外的铁丝网，透露出一股形势严峻的味道。

我奶奶正和一个不认识的老太太说话。对方似乎耳聋得更厉害，说什么都听不清，急得我奶奶只能连说带比画。那老太太发射出的信号同样找不到接收点位，也是连比画带说。看起来两个人棋逢对手将遇良才，最后只能是越说嗓门越大，对面老太太几乎快要喊起来了："我说啊，你下个礼拜再来吧，今天不开门，没人。"

我奶奶一脸未达成目标的痛悔表情："知道啦，谢谢你啊！"扭头走了。

我妈直起身子，眼神怪怪的："不会吧？难道是我想多了？"

"什么不会吧？"

"没你的事。"她把手上的东西放到车筐里，又嘀咕了一句，"不行不行，还是呼你小姑一下吧，万一呢！"

我还是搞不清有何玄机，迷迷糊糊地跟着去了电话亭。

"什么！"我妈才说了不到三句话，我小姑的半个脑袋就快从电话里冒出来了，"妈上民政局干吗去了？"

"谁知道呢，反正看她在门口晃悠了半天。要不明天你再回来一趟吧，再跟他们好好谈谈，怎么说也不至于闹到那一步啊！"

"行行行，我明天叫大朗一块儿回去。妈也真是的，这都多大岁数了，瞎较什么劲啊，也不考虑考虑儿女们的感受，真不让人省心。"

礼拜天下午，我小姑两口子横眉怒目，抱着"待从头、收拾旧山河"的气魄与决心，杀进了家门。一到"客厅"，全傻眼了。电视里播着京剧《桑园会》，我爷爷靠在沙发上嘴唇红润，目光柔和，听得如痴如醉。我奶奶正在一旁帮他剥花生，那劲头就跟袭人伺候宝玉似的，温柔和顺不可言表，耐心细致地剥了壳，搓掉皮，将光溜溜的果仁摆到我爷爷面前。我爷爷捏起一粒送进嘴里，再跟着哼上两句小曲："秋胡打马奔家乡，行人路上马蹄忙。"那叫一个美，那叫一个滋润。我小姑险些把自己的腰椎间盘扭到八达岭长城上去，匆匆转进小屋问我妈："嫂子，他们这是演的哪一出啊？"

我妈也是黄连就老醋又苦又酸："我也正纳闷儿呢！中午吃完饭，两人就在大屋嘀嘀咕咕地聊上了，亲热着呢！"

我小姑一屁股坐在我妈小床上，摇着脑袋说："真服了，这怎么跟幼儿园小孩似的，到底为什么又和好了？"

"是啊，为什么呢？"我妈也当了一回复读机。

这种事自然也不好再深究，反正和好就是和好了，总不能让当事人再开个新闻发布会吧？谁来当记者？谁上去提问？万一再把结痂的伤口挑破了，血流成河，满目疮痍，责任算谁的？至于其中的种种奥妙与悬疑，直到第二天晚上才真相大白。

礼拜一风停了。我们楼那两扇破门板也被热心楼长包上了一层厚厚的海绵，以防下次再搞风中摇滚演唱会。晚上放学后，我没直接回家，而是骑上车往北走，小心翼翼地贴着马路牙子，独自去了圆明园后身的一处荒地。办完该办的事，回到大院门口已经快七点了。车流明显松缓下来，注意力也跟着松了，距离成功到家一步之遥，眼瞅着就出了事。

一辆送啤酒的三轮车本来和我并排而行，不知怎的，忽然就跟喝多了似的甩开膀子朝我挤过来。只见骑车那大胡子眼皮打架，看样子已经困到了极限，差点就把我蹬车的右脚别进他的后轱辘里。吓得我"哎哎哎"叫了好几声，车铃都来不及按，挓挲着脚丫子，高高抬起来，勉强躲过被绞成肉馅儿的风险，却没躲开三轮板车硬邦邦的后沿儿，正磕在我小腿上，那叫一个生疼。车把当时就握不稳了，猛一下朝人行道歪过去。一个驼背的老奶奶正好提着塑料袋走在上面，直接让我撞了个凿凿实实，一头滚进了树坑里，"咕咚"一下，脸都蹭破了。

我这一下也摔得不轻，推开自行车坐起来，发现自己右脚的球鞋都甩没了。那骑三轮的大胡子发现出了事故，一下清醒过来，看都不看我，闷着头两腿紧捯，一溜烟跑没影了。我暂时也顾不上追他，只得去扶受伤的老奶奶。仔细一瞅，呀，这不是住七号楼的许奶奶嘛，也是我们学校大队辅导员赵老师的妈妈。许奶奶气喘吁吁地歪在树坑里，声音低沉地哼哼了两声："哎哟，哎哟，别碰我胳膊。你这孩子，怎么不看着点儿啊？"

路口拐出两个穿西装的叔叔也跑过来帮忙，拦住我说："别动她胳膊，可能是骨折了。你这小同学骑车也不看着点，再给老人家撞出个好歹来。"

我简直委屈死了："不能赖我呀，又不是我要撞她的。"

"不是你撞的是谁撞的？"其中那个瘦瘦的叔叔说，"道歉的话都不会说一句？真没家教！"

另一个胖胖的叔叔看了眼我的中队长袖标说："就这还中队长呢！问问他哪个学校的，让老师把他的两道杠撸下来。"

这时又走过来一个面熟的老爷爷，帮着那两个叔叔把许奶奶慢慢扶起来，坐到路边的台阶上，扭头一看是我，"哟"了一声："这不是李书记的小孙子吗？你爷爷就在楼下等着你呢，刚才还说你这么晚怎么还不回家，我给你把他叫过来吧！"

这老爷爷腿脚挺利索，跑进我们院里也就三四分钟就把我爷爷拉到大门口来了。我爷爷上前抚慰伤者："老许，你看这事闹的，没把你撞坏吧？"

许奶奶冲我爷爷摇摇头："左胳膊动不了了，里面疼得厉害。你这个孙子啊，真是愣头愣脑的。"

我爷爷就问我："到底怎么搞的？"

我把事情经过简略说了一遍，最后还是强调真的不能赖我，都是那个骑三轮的大胡子别我的车。许奶奶听了直摇头："我怎么没看见什么三轮车。"

旁边那两个叔叔也跟着帮腔："我们从那边过来，就看见您孙子从车上摔下来，这位老同志已经趴在树坑里了。现在这孩子认个错可真难，都是在家惯的吧？"

我爷爷一脸窘迫，拼命嗽嗓子："那个什么，咱们要不先上医院吧，照个片子再说，好吧。炀炀，把你的车扶起来，让许奶奶坐后面，我推她去医院。"

两个叔叔挺热心，也跟着一块儿去了医院。那位老爷爷自告奋勇，回院里找许奶奶的家人去了。因为我的鞋少了一只，去哪儿都不方便，他们就让我先回家了。

我一上楼，我奶奶就喳喳起来了："你这是跑哪儿去了？等着你回来煮饺子吃呢！哟，鞋怎么还丢了一只？你爷爷呢？给你找鞋去了？他都下楼等你一小时了，你没看见他？"

我奶奶属于不管金锅、银锅、钻石锅都要打破问到底的那种人。我只好把刚才的交通事故又说了一遍。我奶奶一听，谁？老许？我知道她，死爱较真儿的一个老太太，不行不行，你爷爷可斗不过她，我也得过去看看。说完，扔下围裙就出去了。

我彻底蒙了，坐回小屋里，书包都忘了摘下来，随手按下录音机，正好是一首王杰的《心痛》，"什么是爱什么又是无奈"，真是越听越憋屈。再一想到今天还是自己生日，更觉得夕阳西下、断肠人在天涯。一首歌没放完，我妈回来了，还带了个小蛋糕。门刚关上没几秒，我小姑也回来了，也带了个小蛋糕。可是听我把刚才的事一说，这两个蛋糕就成了牛家村的郭靖黄蓉，一起到密室里面壁疗伤去了。

我妈指着我说："我就一句话没叮嘱到，你就不知道姓什么了，骑个车你说你撒什么欢儿啊！"

　　我都快哭了："真不赖我，您怎么不相信我啊，真的是别人先撞的我。"

　　我妈不管那一套，一把抓过自行车钥匙说："上中学之前，不许再碰自行车了。"

　　"不骑就不骑！"我也不高兴了，把书包从肩膀上摘下来，从里面拿出一袋子野菜和一个小铁铲，往"客厅"的圆桌上一摆，"反正我已经完成任务了。"

　　我小姑不明就里："这是干吗去了？"

　　我眼圈一下就红了："我爸以前说等我十二岁生日的时候，就给我买一辆山地车，陪我一起骑车去圆明园后面的野地里挖野菜。明天是他的祭日，扫墓的时候我想让我妈把这些野菜带过去给他摆上。"

　　我小姑看看我妈，我妈默默地把头扭到一边去了。我小姑站起来说："算了，我也去医院看看吧，真有什么大问题，爸和妈一言不合又得掐一架。嫂子你就在家里等消息吧，给炀炀把饺子煮上吃了，别饿着孩子。"

　　我小姑出了门。饺子也下了锅。没一会儿，厨房里飘出一股神秘的味道，我妈吸了两声鼻子，自言自语说："你奶奶这是包的什么馅儿啊？"我心说了，还能有什么馅儿啊，包饺子也是那"三板斧"，猪肉韭菜、猪肉白菜、猪肉大葱，弄不好还是谁家处理的过期猪肉。等饺子端上桌，我这第一口咬下去，差点连自己舌头都给吞进肚里——我的妈呀，不对不对，我的奶奶呀，这也太好吃了吧！不禁脱口而出："皮皮虾馅儿的！"

我妈疑惑地看看我，也夹起来尝了一个："哟，还真是，你奶奶居然还会这一手，从来没露过啊！"想了想又说，"这季节皮皮虾可不好买，她这是上哪儿买的呀？"

我也是饿了，暂时管不了那么多七七八八，风卷残云一口气干掉了小三十个。太过瘾了！其实我从小就不爱吃饺子，尤其到我奶奶家上学之后，甭管什么节日还是节气，助兴的食物永远都是饺子、饺子、饺子，早就把我吃腻了。但是，只有皮皮虾馅儿是例外，因为喜欢吃皮皮虾，又懒得包那个扎手的硬壳子，所以这个馅儿的饺子就成了我的最爱。满足了口舌之欲，我浑身暖洋洋的，心情也好转了不少，只因为戴罪之身，不敢放肆看电视，回小屋翻起了名家散文集。快九点的时候，我爷爷和我小姑终于回来了。

我小姑进门就问我妈："咱妈回来了吗？"

"没有啊！"我妈吓一跳。

"嘿，这老太太上哪儿去了？"

"没去医院？"

"没有啊，从始至终也没看见她。"

"怎么回事啊？"

我爷爷就在一旁介绍情况。说他们带许奶奶拍了个片子，一看确实是骨折，就上急诊外科打石膏去了。然后我小姑和许奶奶家里人都来了。然后石膏也打完了。然后几个人一起走出了医院。然后也还是没见到我奶奶的人影。

我妈问我爷爷："您二位还闹别扭呢？"

我爷爷冤死了："没有啊，今天下午还好好的呢！"

我妈一时也想不明白，只好又拿我撒气："都是你吧，你今天要不惹事……"

"您怎么什么都赖我呀？"我真是比我爷爷还冤。

我这抗议的话音刚落，我奶奶就溜溜达达地进了门，手里竟然还提着我那只失踪的臭球鞋。我小姑急着问她，"这一晚上干吗去了。"我奶奶不紧不慢，也学会卖关子了，先端起大茶缸喝了几口水，喘匀了气，这才开始自吹自擂："我呀，下楼一琢磨，先甭看老许去了，看了也是给人家赔礼道歉，那个老太太呀，得理不饶人的主儿，你不把这事掰扯清楚了，她以后不定在背后怎么说你呢！我别自找没趣了，我还是先找那个送啤酒的去吧。炀炀不是说了嘛，蹬个三轮车，留着大胡子，穿一件黑绒衣，不用问，肯定就是原来我们七区居委会旁边小卖部里送啤酒那小伙子，我直接找他一趟去吧！"

"啊？大晚上的您还真去了？"我小姑担心地说，"您也没穿个棉衣服，外面多冷啊！"

"冷个屁，这都三月份了。"我奶奶内力深厚，不当回事，"我刚一走到马路边，就在垃圾箱旁边看到炀炀的球鞋了，没想到揣着它后来还真帮上忙了。"

"怎么回事？"

"你听我说啊！那小卖部里就老板一个人，一看我去了，还以为居委会检查卫生呢！我猜他还不知道我已经退休了，我也就干脆没告诉他。我说你甭紧张啊，我今天有点私事，想找你们店里送啤酒那小伙子，用他的三轮车帮我拉点东西。老板说他下午送货去了，还没回来呢，有可能在外面吃点东西再回来，要不您在屋里坐会儿？我说行吧，反正他不回来我就不走，我这一坐还真就坐了一个多小时。"

我小姑听得直摇头："您可真有闲工夫。"

"废话，没逮着人我不白去了吗？过会儿就看那小子醉醺醺地蹬着三轮车回来了，络腮胡，黑绒衣，就是他，没跑。我在门口一把就给他揪住了，一说撞人这事——嘿，这小子仗着酒劲儿跟我犯浑，死不承认。那老板也出来帮着说话，说您是不是认错人了？跟我玩这套是吧，行，我先不跟你们较劲。我就围着他那辆三轮车转了一圈，三轮车上全是一箱箱的空酒瓶子，还没来得及往下卸呢，我偷偷从怀里把烫烫的球鞋掏出来，扔到那些空箱子中间去了，然后我就指着那鞋咋呼他，我说你看，我孙子的球鞋还在你三轮车上呢，撞完人你就跑，你这叫肇事逃逸你知道吗？那小子一看就傻了，他心里有鬼啊，想赖也赖不掉，只好点头承认了，说自己刚才有一阵实在太困了，一犯迷糊就撞上旁边的自行车了，也没想到后果那么严重。他老板这回也没话说了，气得直抽他后脑勺。我就跟他说，明天老老实实跟我上老许家赔礼道歉去，看病的钱我替你出了都没事，但是你个大小伙子，你得敢作敢当，不能让我孙子替你背黑锅，我孙子还要评市级三好学生呢！还要保送重点中学呢！"

我小姑听完兴奋得直鼓掌，冲我奶奶伸出一对大拇指："妈，您可真够牛掰的，赶上福尔摩斯了。"

"撕谁呀撕？你少跟我扯这些洋玩意儿。"我奶奶一摆手，指挥我小姑，"去去去，赶快给炀炀切蛋糕去，这都快十点了。"

我小姑起身就奔了厨房。我使劲摇头说："我不吃，我真的不想吃。"

我奶奶瞥了我一眼，又看看桌上的野菜，把茶缸子一顿，说："哦，过生日吃蛋糕都成罪过了？那以后几十年的生日你都不过了？我知道明天是你爸爸的祭日，可今天就不好好吃饭了？就不好好睡觉了？小小年纪的，心事别老那么重，高高兴兴把蛋糕吃了，明天给你爸爸好好烧两炷香，让他在那边也能踏踏实实的，怕什么呀，这不还有我们呢！"

我奶奶说着说着眼角也湿了，低头看看手指上的几道裂口，起身回了大屋。

我爷爷轻声细语地问我："你奶奶包的皮皮虾饺子，好吃吧？"

"好吃！"我真是有生以来头一次，由衷赞美我奶奶的厨艺。

"老李，咱家创可贴你又给塞哪儿去了？"我奶奶在卧室里冲我爷爷喊了一嗓子。

"那不就在床头柜里吗！"我爷爷无奈，跑过去帮她找创可贴。

我奶奶开启母老虎撒娇模式："我不管，你给我包上。瞧你买的那些破虾，那么小，真够难剥的，把我手都划破了。"

"你可真是站着说话不腰疼，现在就没到吃皮皮虾的季节，你知我跑了多少家农贸市场才找到吗？你自己怎么不买去？"

"废话，我要是会骑车，我早把海淀区的农贸市场跑遍了。民政局那个菜市场我去了两趟，那家福建人开的海鲜店一直没开门，

　　　　　　　　　　凯风自南　我的"三亲"家庭协奏曲

快把我累死了，要不我用得着求你吗！"

我爷爷随即甩出他的经典应答："得了吧你！"

我小姑端着切好的蛋糕走回"客厅"，冲我妈使了个眼色："瞧见了吧，其实程咬金的绝招不止那三板斧。"

我马上搭腔："对对对，我也想起来了，应该是三斧子半。劈手、掏心、脑后摘瓜，最后还有个更厉害的半招：二马一错蹬，摘瓜没成功，就用那削尖了的斧子把儿，捅一下对手的马屁股，走你——"

我小姑一拍大腿，指着我说："傻小子，你就是那个马屁股，你爷爷奶奶都一样，最怕的就是这一招了。"

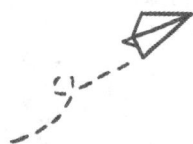

第八章

把炀炀送进重点中学，
然后你想走就走吧！

春末夏初，喜鹊喳喳叫的一个午后，马老师在日光浩荡的玻璃窗边，语气平缓地通知我，已经将我保送到本区一所重点中学，不必参加最后的升学考试了。接着她又反复强调，千万不要到处声张，踏踏实实照常上课。

我的小升初备考冲刺，就这样在起跑阶段便鸣金收兵，心理意义上的暑假几乎从五月初就开始了。每天依然参加各种模拟测验，义务帮大家做值日，给成绩落后的同学讲题、答疑、改卷子，忙得手脚拧麻花，内心却松弛成一个"大"字形，平躺在加利福尼亚的蓝天白云下。那一年美国世界杯，踢到淘汰赛我几乎场场不落，熬夜看球这么放肆的事，我妈非但没反对，还在"客厅"沙发上帮我准备了柔软的大靠枕，以及每晚精心熬制的冰糖百合绿豆粥。东山高卧的状态一直延续到漫长的暑假里，如同嚼了太久的口香糖，已经嚼出橡皮味，急着想吐掉，却找不到垃圾桶，头一遭盼着能早些开学。

家人们当然都替我高兴。我妈自不必说，我爷爷天天摇着大蒲扇坐在楼下花园里，让嘴角和耳垂保持同一水平线，见人就提"保送"两个字。姥姥、姥爷那边倒不至于这么激动，但每次去地安门也要拿国宴标准招待我。小姨和舅舅们又是送书送辞典给我，又是买名牌运动服做奖励；我小姑这边知道了，直接拍出一部索尼随身听，乐得我大门牙差点脱落。

唯独我奶奶一毛不拔，连个多余的笑脸都不给我。自从大破醉酒三轮车肇事逃逸甩锅事件后，这位退休在家的"一代宗师"便干起了业余侦探，虽在居委会退居二线，义务巡逻可是天天不落。她和身边那几位老姐妹，每日里驰骋楼群之间、纵横车棚花园，上午抓住卖鸡蛋、卖江米酒的游商小贩严加盘问，下午追着修暖气、修下水道的工作人员查工作证。到了七八月份，不知道哪根筋搭错了，居然把我也当成可疑分子，只要我一出门，她就在阳台上神神秘秘地监视我，搞得我都有点摸不着头脑，难道自己是做了什么威胁地球和人类安全的事情吗？

早上我骑车送我妈上班，晚上我和我妈下楼遛弯儿，我奶奶都会及时准确地出现在阳台一角，使个标准的骑马蹲裆式，身子一矮，屁股一沉，塌腰，缩脖，像个狙击手，只留出三分之一脑瓜顶，眯

　　　　　　　　凯风自南　我的"三亲"家庭协奏曲

起的双眸仿佛高倍瞄准镜，释放出无声无息的跟踪电波。幸好我妈第六感不输圣斗士，很快有所察觉，不动声色地对我说，"你奶奶怎么搞的，又跑出来盯梢了。"我一回头，阳台上有个脑门金光一闪，不见了踪迹。后来我和我妈学了乖，不跟她硬碰硬，下楼呲溜一转弯，身影消失不见，急得她在阳台上跳着脚找我们，脑袋探出一大截。这时我再杀个回马枪，蹿到阳台下，瞪着眼珠揭穿她。我奶奶躲避不及，尴尬中抖机灵，冲楼下路过的肖奶奶喊一声："老肖，你这一捆大葱多少钱啊，我也下楼买点儿去。"

肖奶奶停住脚步，抬起手上提的一摞白塑料管说："什么大葱啊，这是我们家装修用的管子。"

当然，这种小儿科式的反击不可能让我奶奶退避三舍。八月中旬，我妈店里接到个加急的大工程，四天之内要给客户做出五十个展板、二十条横幅，他们几个人实在忙不过来，就把我也拉去店里帮忙，负责最简单的刻字环节。这下可好，引起连锁反应，把我奶奶也给招来了。她每天特意多走二十分钟路，跑到我妈公司附近的菜市场买菜，然后溜达到店门口，给我送冰镇汽水喝。我妈都觉得好笑，"您可真逗，我还能渴着他、饿着他呀？"我奶奶干巴巴一笑说，"这不是怕你们店里没冰箱嘛，大热天的，炀炀就爱喝冰镇的。"第二天改成送冰棍，第三天干脆说自己买菜买累了，坐在门口的小工棚下和刘叔叔、魏叔叔聊起了闲天。

魏叔叔问她，"您干吗跑这么远买菜啊？"我奶奶说，"这边的菜便宜啊！"刘叔叔无奈笑笑，"那才能便宜几毛钱啊！"我奶奶假装没听见，顾左右而言他，"以前常来这边的居委会办事，现在发现周围都变样了，居委会好像也搬家了。"刘叔叔指指对面小巷子说，"搬到那里面去了。"

"怪不得呢，我说怎么找不着了。"我奶奶提着一兜菜站起身，"你们忙吧，我先回去了。"

等我奶奶走远了，魏叔叔笑呵呵地对我妈说："这老太太多敞亮啊，心直口快的。"

"啊？"我妈眼神里飘出一丝微妙气息，"我这个老婆婆啊说话经常口不对心，你永远搞不清她到底要干吗。"

"老人不都这样吗，明明是心疼你，嘴上就是死不承认。你看她对炀炀多上心，还怕这大孙子跟着妈妈没的吃、没的喝，有点意思！"

我妈扭脸看了我一眼："谁知道葫芦里卖的什么药啊！"

八月底，野蜂飞舞的乐章终于画上休止符。返校报到那天，班主任舒老师成了全年级的焦点人物。这是她第二次出现在我们班同学面前，一条活力十足的背带裤，加上清爽的短发，女明星般的精致面容，搞得其他班男生都溜过来一睹风采。年轻漂亮的班主任总是能让班里的气氛变得不太一样，尤其男生，个个乖得像拉布拉多，缴学费、领新书、调换座位、指定班干部，各项事宜和顺井然。舒老师知道我以前当过中队长，就把男生班长的任务交给我，让我和女生班长黄凌霄各负其责。不过讲到最后一项——正式开学前的三天军训，男生们都开始嘬牙花子，女生们也哀怨地交换起眼神。看来，没人愿意在大热天去受那份罪，要是能找个理由不参加军训就

凯风自南 我的"三亲"家庭协奏曲

好了。

　　背着新课本回家时，离吃午饭的时间还早，只见大屋房门紧闭，我奶奶重金属般的嗓音在门后嗡嗡回荡。屋里好像不只我爷爷，我小姑也在，大概又趁着跑业务溜回来的。我把耳朵贴上门板，听到我奶奶的八卦连环掌呼呼带风："你知道什么，那个姓魏的离过婚，现在自己带着个八岁的儿子，也没有北京户口。"

　　"您行了，您行了，"我小姑打断她，"您还真上居委会查人家户口去了？这叫侵犯人身自由。"

　　"就是，"有我小姑撑腰，我爷爷胆子也肥了，跟着一起谴责我奶奶，"你别老瞎管闲事好不好？"

　　我奶奶急了："这怎么能叫瞎管闲事呢？小荣，你大哥最后说的那些话，你这么快就都忘了？"

　　"……"我小姑沉默不语。

　　"他是不是跟你嫂子这么说的：只要把炀炀送进重点中学，然后你想走就走吧，我不耽误你。我记得没错吧，这还是你从医院回来跟我说的呢！"

　　"……"我小姑将沉默进行到底。

　　"你想想，你嫂子要是真跟别人走了，炀炀心里接受得了吗？弄不好上学都上不下去了，再跟着社会上的小青年学了坏怎么办？而且现在他刚上初一，以后还有高中，还有大学呢，我跟你爸这身体状况一年不如一年……到时候让他依靠谁去？"

　　我小姑终于接茬儿了："妈，您放心，我和大朗早就商量过了，我嫂子要是真……以后一直到炀炀大学毕业，我们俩都管他，要钱出钱，要力出力。"

"说得好听，你们自己孩子都弄不过来呢，还得让你婆婆操心带着。你少在这儿跟我表决心，我是让你想办法留住你嫂子。"

我小姑快疯了："您真瞧得起我，这种事我管得了吗？我又不是街道妇联的，就算街道妇联也没权利干涉别人的私生活。我跟您这么说吧，从法律上来讲，我嫂子现在跟咱老李家一点关系都没有，人家要是真愿意往前走一步，谁也无权干涉。再说了，您怎么就认定她跟那姓魏的有这方面意思呢？"

"傻子也能看出来啊！就这一个多月里，我少说碰上两回了。李姐、熊姐、赵姐也都碰上过。而且都是星期天，你嫂子坐在那姓魏的自行车后座上，还搂着人家的腰，也不知道上哪儿玩去了。还有昨天，不对不对，应该是前天，他们俩在颐宾楼门口那个夜市喝着啤酒，吃着毛豆，亲亲热热聊了三个多小时……"

"三个多小时您都在旁边盯着？您说您累不累啊？"

"没有没有，我一开始遛个弯儿就回来了。可躺下又睡不着，最近天天都睡不着，就为这事愁的。我就又出去转了一圈，看他俩还在那儿坐着没走呢！"

"你说说你妈，没事找事。"我爷爷弱弱地加了个脚注。

"我跟你爸一说这事，他连理都不理我，你快给我想想办法。"

我小姑甩出祖传的撒手锏护体："您得了吧您，我也没办法，顺其自然吧！"说完，拉开房门要去上厕所，吓得我像个弹珠台里的小钢珠，跌跌撞撞冲回自己屋里，把书架上的两本字典都给碰掉了。

　　　　　凯风自南　我的"三亲"家庭协奏曲

不过这回心里倒踏实了。我奶奶葫芦里卖的不是蒙汗药，而是绝情丹——怕我妈奔向新生活，就此一去不回头。还怕我接受不了人生大逆转，堕落成社会上的小混混。哈哈哈哈，真够逗的，这都什么年代了，马上 21 世纪了好不好？电视台播的是《北京人在纽约》，收音机里放的是玛丽亚·凯莉，满大街的港台录像带、日本漫画，早不是那个封建愚昧的旧社会了，现在的孩子谁还在乎这点破事啊？

"没错，后爸、后妈有什么可怕的？"那天下午，吴志强拉我去他堂哥家里玩，拿自己举例说，"你看看我，爸妈离婚后，现在都各自成了家，我一下有了四个爸爸、四个妈妈。"

"那你爸你妈肯定是掉进聚宝盆了。"堂哥揶揄他。

"别闹别闹。我是说，我现在有四个爸妈，其中两个爸爸、两个妈妈。"吴志强拍拍我肩膀，"你知道这里面最大的好处是什么吗？"

"什么？"

"不管你想买什么好吃的、好玩的，都可以找他们要两份钱，反正他们互相之间也不通气，而且都觉得不能输给对方。尤其我那个后爸，总怕邻居说他对我不好，我要三块他就给五块，我要五块没准儿就给十块，反正从来不亏待我。"

堂哥露出一副悠然神往的表情："听你这么一说，我都想撺掇我妈离婚了，前两天她还说不想跟我爸过了呢！"

吴志强吓了一跳："那可别，我爸已经够瞧的了，二大爷再离了婚，非把咱奶奶气死不可。"

开学前那几天，我和吴志强经常泡在堂哥家里玩，就是那位"中关村倒数第一霸"。堂哥家里有一台386电脑，插上五寸或三寸软盘，在DOS系统下"噼噼啪啪"敲一串字符，屏幕里就能蹦出各种趣味横生的小游戏，比任天堂游戏机还有意思。关键是还能跟着堂哥学一点电脑知识，回家在我妈面前好好显摆一番：您知道什么叫COPY吗？您知道FORMAT是什么命令吗？我妈跟听天书似的眼神空茫，连连摇头。我学着堂哥的语气指点江山，等到21世纪，谁要是不懂电脑谁就是文盲。我妈有点不信，"太玄乎了吧！那么老贵的东西，一般家庭也买不起啊！"

聊完后爸后妈的轻松话题，我们仨继续玩电脑。我今天状态不佳，小兵排爆的游戏第一关怎么都玩不过去，不是踩雷自爆，就是找不到爆炸装置，白白耗尽了时间，炸弹启动，全场玩完。屏幕上一片白光闪过，忽然想到两天后军训的事，感觉屁股下面真的坐个炸弹，干脆把键盘让给吴志强，起身问堂哥："军训到底痛苦不痛苦啊？"

堂哥使劲点点头："当然痛苦了。我第一次参加军训不到一个小时就中暑了，躺在篮球场哇哇地吐。后面两天脚底板磨出好几个泡，还化脓了，差点去医院截肢。"

"这么恐怖！能不能不参加？"

"不能吧，好像必须参加，要不然学校不让你毕业。除非你有医院的免体证明。"

"哦？……哦……"

原本以为走投无路，忽然之间柳暗花明，我心里简直乐开花了——免体证明还不简单吗？晚上趁着喝中药的工夫，我就跟我妈念叨起来："这副药好像不太管用。"

我妈正趴在床头柜上写着什么，厚厚一摞稿纸，还有几张表格，听我这么一说，警觉地抬起头："怎么不管用了？"

"喝完之后肚子不舒服，晚上还老觉得特别累。"

她放下笔埋怨我："谁让你最近玩得那么疯呢，天天不着家。明天不许出门了。"

我简直求之不得，立刻双手赞成："干脆这样吧，您去医院帮我开一份免体证明，开学前这几天我就都不出门了，在家里好好预习一下功课。"

我妈立马识破了我的小九九："说来说去你就是不想参加军训吧？"

"不是不想参加，是我这个病情不允许啊！"我把后背一驼，像个小老头似的假装咳嗽了两声。

"你甭跟我装模作样的，上个月刚做完化验检查，转氨酶什么的不是都正常嘛。而且你们那个军训是很小的规模，一共才三天，在学校操场上站站军姿、走走正步，又不是急行军十公里，有什么不能参加的？"

"您看，您也说了，小规模的，那还有什么锻炼意义？这样吧，明年夏天再组织大规模军训的时候，我一定参加。"我看我妈态度也不是那么坚定，总归还是有点担心我的身体，立刻开始哼唧起来，"哎哟喂，您就帮我开一下吧，我这肚子里难受得要命，浑身上下脑袋疼，哎——呦——喂——"

我妈翻了个白眼，终究被我磨得没了脾气："瞧你那德行吧，就这一次啊，下不为例。"

"谢谢妈妈。"我赶紧搬出语数外三门课本，换上一副专心预习、志在千里的"乖乖虎"姿态，除了吃饭睡觉，一口气坚持攻读到第二天晚上。

我妈回家的时候，我迎上去又是接包又是递拖鞋，像个体贴的日本主妇："您回来啦，您辛苦了，免体证明帮我开了吗？"

"哟，我给忘了。"

"啊？那我明天怎么办啊？"我把拖鞋往地上一丢，两只鞋小王八似的全都倒扣了过来。

我妈用脚扒拉着拖鞋，语气比脚尖的动作还要轻描淡写："什么怎么办！你就去锻炼锻炼呗，好不容易有个机会帮你减减肥，暑假里都快胖成球了。"

"我都没做什么准备啊！"

"在校园里军训要什么准备啊，起床穿上校服不就去了吗？"我妈回到小屋，忙忙叨叨掏出一沓文件研究起来，时不时在上面标注一条直线，或是画个圈圈，对我左右摇摆挤眉弄眼的痛苦姿态无动于衷，空隙时还不忘埋怨我两句，"我这最近工作上忙得要命，你就别老给我找事拖后腿了行不行？"

"……"我还能说什么，只好学我奶奶，把肉墩墩的自己往床上一扔，扯过毛巾被，再来个鲤鱼打挺空中烙饼180°，翻身对着白墙一言不发。

凯风自南　我的"三亲"家庭协奏曲

第二天早上起床，天阴得跟咸菜缸似的，熟疙瘩、酱黄瓜、腌雪里蕻都在天上挂着，臊眉耷眼，无精打采。可看起来又不像会下暴雨，真要能下出水淹七军的效果也好啊，那就不用军训了。我妈说，"你瞧，老天爷都帮你，阴天，还多云，一点都不晒，快去训练吧！"我心里一万个不乐意，拖拖拉拉地下楼取车，看到魏叔叔在对面花园吹着口哨擦自行车后座，笑着冲我招了招手。过会儿我妈穿花蝴蝶似的跑下楼，跳上他的凤凰二八车，有说有笑一道上班去了。我推着小车从地下室出来，抬头看一眼三层阳台，我奶奶好似呆滞的稻草人，执着地伫立在惨淡阴云下，眼神中仿佛蓄积着一场连绵的秋雨。

　　要说老天爷还算挺照顾我，三天军训全是阴天，最高气温没超过三十度。可阴天并不代表轻松应对，分配给我们班的那位教官特别严厉。军姿站不直，挨罚！正步踢不高，挨罚！军体拳打错了，挨罚！而且不是罚一个人，全体男生一起罚。细细一算，三天时间里就数我犯的错误最多，而且越挨骂越紧张，恶性循环，失败之母孵化出差错之子，笑话一个接一个。走正步前方领队，走着走着就把大家都给带成了顺拐；打军体拳又记错了顺序，一记电炮凿在后面同学脑壳上，于是连累大家多做了上百个俯卧撑和深蹲起。更要命的是，这些糗事还被兰天看到了。对了，一直忘了说，兰天也考上了这所学校，而且和我分在了同一个班。她扑哧一笑，转身就把我以前的外号"大火柴"散播给其他新同学，意思是我脑袋太大，身体不协调，气得我顶着燃烧的"火柴头"就回了家。

　　都赖我妈！都赖我妈！揉着又酸又胀的屁股蛋子，我真想跟她大吵一架。然而我妈最近忙得连吵都没时间，每晚在我昏昏入睡时她才裹挟一身黑夜气息神秘归来。等我正式开学后，更是一连三个周末没休息，包括中秋节都在外面飘着，白天黑夜连轴转。虽然我们仍住在同一个房间里，但只有半夜醒来翻身时才能感觉到对方的存在。黑沉沉，雾蒙蒙，看不到清晰的脸庞，也听不到熟悉的说笑与斗嘴，只有含混低沉的鼻息，如同扑朔迷离又不动声色的陆地板块漂移，说不好哪天就真的挥手拜拜了。好在我也逐渐进入到中学生的紧张状态中，没工夫再去想这些杂七麻八的事，代数、几何、生物……这些第一次接触到的新学科让人跃跃欲试又不敢怠慢。还有一周一次的电脑课，最令我充满期待：从五笔字型和简单的程序语言学起，再也不像之前玩游戏那样，只按前后左右几个特定键，现在全都要按，大脑也要跟着一起转，老师还要求我们尽量盲打，肯定是手忙脚乱，一脑袋线团。偷眼看看周围几个男生，键盘敲得比寻呼台还利索，编程语言似乎也都略懂一二，不由想起吴志强堂哥说的"新世纪文盲"，感觉和人家的差距越拉越大，还真有点惴惴不安呢！

中秋节后的那个星期六晚上，我妈忽然提议要带我出去下馆子，京城餐厅最流行的"四大俗菜"——京酱肉丝、鱼香肉丝、宫保鸡丁、糖醋里脊，任我一次吃个够。走出大院门口，她又补充说，魏叔叔和他儿子涛涛也跟我们一起吃饭，估计已经在饭馆里等着了。我倒也没觉得有什么不妥，魏叔叔这人挺好相处，说话总是笑眯眯的，并不招人反感。进了饭馆，魏叔叔照旧乐呵呵地跟我打招呼，让我坐在涛涛身边，又命令儿子喊我炀炀哥哥。我连忙说，"别别别，你就直接叫我李炀吧，我不习惯给别人当哥哥。"

涛涛倒是不客气，人来疯似的爆出一嗓子："李炀！"那声线又尖又刺耳，吓得我往边上缩了缩脖子。

"哈哈，李扬叔叔不是给唐老鸭配音的人吗？"这小子懂得还挺多。

"啊哦，嘎嘎嘎！"我一把掐住他脖子，学唐老鸭发脾气。

我妈冲我一瞪眼，说你再吓着涛涛，开玩笑没轻没重的。然后，她从兜里掏出两盘任天堂游戏卡，递过去对涛涛说："你炀炀哥哥送你的。"

"……"我蒙了，这从何说起？仔细一看，是两盘八合一的游戏卡，那里面的游戏跟我的其他游戏卡都有重叠，上次收拾抽屉时随口跟我妈说了一句这两盘卡没什么用了。可没用归没用，我也没说随便送人啊！

魏叔叔对涛涛说："还不谢谢干妈？"

涛涛站起来，不着边际地敬了个歪礼："谢谢干妈！"

嚯，这一连串组合拳，揣①得我眼冒金星，云里雾里。怎么还叫上干妈了？什么时候认的？经我同意了吗？照这么说，这位就是我干弟弟了？我重新打量了一遍这个小嘎嘣豆子，黑不溜秋跟个煤堆里跑出来的脏猴子似的，袖口上还黏着一块屎黄色的鼻涕嘎巴——瞧瞧你那个脏样儿吧！

---

① 揣，duǐ，北方方言，顶撞、冲撞。

两盘凉菜端上来，魏叔叔开了瓶啤酒，冲我妈示意了一下。我妈摆摆手拒绝，他就给自己满上一杯，喝一口上面的浮沫，说："周姐，我一直想说来着，你们家炀炀一看就不是凡夫俗子。"

我妈微微皱眉："你才见过他几次啊，就下这种结论？"

魏叔叔摇着手指说："见过几次不重要，重要的是咱们炀炀在待人接物时的一些细节，给我的印象特别深，从这些细节上就能看出一个人的格局。"

"更了不得了，他一个小屁孩能有什么格局啊？"

"这你就错了吧。三岁看大，七岁看老，炀炀现在快十三岁了，已经能看出未来人生中很大的一个格局了。"

"越说越邪乎。"

"真的真的，你看啊，炀炀这孩子不管什么时候见到长辈永远是第一时间主动问候，叔叔您好、阿姨您好，特别懂礼貌。而且他还有个特点，说起话来出口成章，成语一个接着一个，一看就是那种'腹有诗书气自华'的孩子。另外就说现在吃饭吧，咱们大人不动筷子，他也不动，两只手老老实实放在桌子下面，这是什么？这就是规矩，这就是素质，以后绝对是干大事的材料。"

"行了行了，他最近已经够飘的了，你再夸他更不知道姓什么了。"

"我还没说完呢，"魏叔叔端起酒杯一仰脖，大半杯酒像进了水缸，"我的意思是说，炀炀现在之所以能够这么出类拔萃，能够轻而易举地进入重点中学，完全是因为做母亲的培养得好，教导有方。"

这句话一说完，我妈再想忍也忍不住了，眼神里分明写着"别闹"两个字，嘴角却不受支配，在两三秒钟之内将得意的笑、矜持的笑、开心的笑、掩饰的笑、又很想笑、又不想笑，糅合混搭飞速演绎了一遍，俨然成了琼瑶电视剧里扭捏做作的十八岁少女。没看出来啊，这魏叔叔虽说文化程度不高，哄人开心倒是一套一套的，原来是借我明修栈道、暗度陈仓来恭维我妈。身后那桌有个叔叔喝高了，还没来得及往厕所跑，便稀稀拉拉吐了一地的抽象浮雕，一股泔水味在室内四散暴走。

这顿饭忽然就不香了，浑身像长了痱子，刺痒无比。涛涛坐我旁边跟耍把式似的胳膊肘飞来飞去，夹凉皮时甩了我一身麻酱。最无法忍受的是，这孩子吃饭吧唧嘴，鼻孔也跟着一起哼哼。我尽量不搭理他，把注意力集中在四大俗菜上，一边抵御着身后的馒墩布味，一边闷着头加紧往嘴里塞肉，吃完马上回家，这干弟弟我是再也不想见了，拜拜了您呐！我妈看我吃得太快，有点不满意了："你慢点吃，怎么跟没吃过饭似的。"

"吃完了还得回去写作业呢！"

"别着急，别着急，"魏叔叔也安抚我，又问我妈，"明天的事你跟他说了吗？"

"哎哟，我最近这脑子真是不够用了。"我妈让我先把筷子放下，听她说正事，"明天下午，叫魏叔叔陪你去买辆自行车。"

"啊？"幸福来得有点突然。

我妈又解释说："我最近经常要出去办事，把咱家那辆二四的小车留给我用吧，再给你单买一辆山地车。"

一把"老头乐"从天而降，浑身的刺痒瞬间消失了。我耐不住兴奋的语气问："什么牌子？捷安特吗？"

　　"捷安特太贵了，先买个组装车吧，四百左右的。"

　　"浩子买的组装车也要五百多呢！"

　　"用不了，"魏叔叔接过话茬儿，"明天我带你去一个熟人的车摊，买完零件，咱们自己组装，不用他们装，起码能省一百块手工费。"

　　我妈瞪着我说："明天跟你魏叔叔好好学学。你魏叔叔的手可巧了，什么都会弄，你再看看你，台灯坏了都让你爷爷修，就不会自己钻研钻研？"

　　"我以后又不当电工，凭什么要浪费时间钻研这些没用的事？"

　　"你就跟我犟嘴吧，越来越不懂事了。"

　　我承认，最近确实爱跟我妈较劲，有点故意顶牛的意思，但心里也确实想要山地车，天天骑个女车上学多让人笑话啊！

　　第二天中午吃完饭，我对着镜子把嘴角使劲往上拽了拽，露出"小铃铛"①一样僵硬的笑容跑下楼，跟着魏叔叔一起去了学院路。

　　学院路两侧的私人车摊儿一家挨着一家，卖自行车零件，也卖名牌整车，还有不少回收二手旧车的。不过像魏叔叔这样买了零件自己动手攒，那还真是独一份。这跟在中关村攒电脑是一个道理，不但要有手艺，还得懂市场行情，不然买零件都能被老板把裤衩坑没了。魏叔叔带我到最南边一家车摊儿上，先给老板递了根烟，口

---

① 小铃铛，著名导演谢添执导的国产儿童电影《小铃铛》里的同名木偶。

悬河汉一通神侃，不到十分钟，侃下一个诸葛亮斩马谡的折扣。老板脸色绿哇哇地说："我可真是服了你了，来来来，给你倒杯水，你慢慢弄吧！"

自行车零件摆满一地，老板把工具箱也给准备好了。魏叔叔往马扎上一坐，仔细挽好两边袖口。我蹲在一旁帮他打下手，这才注意到魏叔叔的手指跟古巴雪茄似的，黑亮亮，硬邦邦，貌似孙大圣曾经在上面撒过尿、题过字。扳子钳子这些工具到了这只大手上，灵活得如同一把小剪刀，叮叮当当四十来分钟比画速写都麻利，一辆山地车的雏形便已亭亭玉立。

他把钳子一扔，点根烟歇口气，抽的是那种黑灰色的天坛香烟，俗称"黑杆儿"，抽一口好似拖拉机喷黑烟，把原本清爽亮堂的天空都给熏阴了。干巴巴的乌云，干巴巴的风，推送着二手烟往我肺里钻，呛得我干咳不止。好在魏叔叔还算知趣，紧嗑了几口，就把烟掐了，继续装变速器。

山地车和变速器本来就是天生一对，相应的还有句话，叫烟酒不分家。其实和烟天生一对的东西还有很多，比如痰。烟抽足了，痰自然就来了。那痰从魏叔叔胸腔最深处像一股沉睡千年的泉眼，被阵阵魔法灵烟唤醒后，爆发出惊人的上古神力，在喉咙底端汇聚奔涌如浩浩激流，呼噜，呼噜，试探性地冒个头，紧接着一道闪电劈上去，"咔"的一声跳到舌尖；再用大门牙狠狠往下一捋，手枪上膛似的喷薄欲出在两唇之间；最后提一口丹田之气——噗！漂亮的抛物线，划出一道美丽的细菌彩虹，就算裘千尺重出江湖，恐怕也要自愧不如。我使劲低着头，在地上找十字改锥，然后默默递过去，不敢让眼光去追寻那彩虹的落脚之处，实在是……实在是太恶心了！

魏叔叔兀自陶醉在自己的精纯手艺中，调试车闸时忽然问起我的兴趣爱好："听你妈妈说，你喜欢看武侠小说？"

"对，不过我只看金庸。"

"金庸的书我大概看过两三部，感觉没有想象中那么好。我还是更喜欢古龙，文笔飘逸，人物也有个性。"魏叔叔捏一下左闸，飞转的前轮"啪"一下定住了，"另外我觉得温瑞安写得也不错，情节更刺激，故事节奏更快。"

"看金庸的小说可以学历史知识。"

魏叔叔笑了，又往远处吐了口细菌彩虹："学历史靠武侠小说？别太天真了。那都是作者编造的历史，夹带的私货太多，知道吧！"

"哦……"

"最近还给报社投稿吗？"

"偶尔写一写。"

"哪方面的？"

"主要是足球方面的。"

"对对对，你喜欢看足球。可世界杯四年才踢一次，平时怎么办？"

"周末有意甲、德甲什么的，世界杯中间还有欧洲杯、美洲杯可以看。"

"足球这东西我实在没什么研究，看不下去。"魏叔叔又捏了捏右闸，后轮也像训练有素的哨兵，一个干脆的立正动作，稳稳定住了，"二十几个人，费劲巴拉地踢九十分钟，有时还得搞加时赛，最后一看比分，两个大鸭蛋，多没意思啊！还是篮球好看，NBA知道吧，芝加哥公牛、菲尼克斯太阳，那个对抗多激烈，进球得分也多，你进一个两分球，我进一个三分球，看起来真过瘾。"

"呵呵。"

坏了，昨天吃饭时浑身刺痒的感觉又来了。这回是后背痒，而且是正中心，最难抓的那个点。我想伸手挠，又觉得胳膊不够长，从上面往下，从下面往上，大概都够不到，而且动作施展起来会非常尴尬。背后有若个电线杆让我蹭蹭就好了，可姿势也太羞耻了，忍着吧！

山地车终于组装好了，魏叔叔骑上去试了两圈。车摊老板走过来收钱，冲我点点头说："小子，你爸爸真是这份儿的。"一个大拇哥递上来，"在我这儿买了两次车，他就学会怎么装了，现在比我装得还利索。以后可别让他来了，再来我们都要失业了，到时候我们都得跟你一样，管他叫爸爸了，哈哈哈哈！"

有那么好笑吗？啊！痒死了！都痒到我脚指头缝里去了！

接下来那两天，我只要骑上这辆车就觉得浑身发痒。车轮蹬起来，如同启动了一条传送带，成群结队的虱子跳蚤往我后脊梁爬。你说车子不好骑吗，也不是，车身轻快，变速器也流畅，脚镫子都不需要太用力，自己就往前"嗖嗖"地转，可骑在上面感觉就是很不爽。也许是因为样子太土了吧，黑黢黢的车身和魏叔叔肤色相差无几，然后大梁上又来了一行金字，还是英文的，和捷安特的英文名就差一个字母，人家第一个字母是大写的 G，我这个是大写的 O，再配上银闪闪的脚镫子、电镀的后架子，简直土气到家了。骑到学校第二天，放学时就有同学拿我打镲①，"你这车什么牌子啊？"然后故意眯起眼拼读那几个字母，"呕、呕——安特？"

兰天在一旁挺身而出，帮我还击："那说的不就是你嘛，我的超级偶像—— 一个让人超级想呕吐的对象。"

那同学眼神哀怨地看了看兰天，噘着嘴溜走了。

我和兰天骑上车一起出了校门。兰天安慰我："别理他，神经病一个。其实你魏叔叔手艺挺好的，我爸爸就不会弄这些东西。"

我这根"大火柴"又被划着了，熊熊火光从头顶烧到胸口："说魏叔叔怎么就扯到你爸爸了？这两个人是同一个性质吗？"

"他和你妈妈现在走得挺近吧？"

哇！女孩对这种事果然有异乎寻常的第六感："你怎么知道的？"

兰天抿嘴一笑："因为你现在越来越反感他了。"

"反感说不上，就是不想看到他。"

"可你妈妈挺愿意看到他的，你怎么办？"

"……"

兰天忽然叹了口气："再坚强独立的女人，内心也是柔软的。如果这时出现一个对她特别体贴的人，愿意听她说说话、发发脾气，同时又能接受你的存在，总难免会让人想去依靠一下。"

我惊了，没想到她能说出这么成熟的话，好像在哪部言情电视剧里听过，当时没什么特别感觉，但用到我身上可就太刺耳了："算

---

① 打镲，北京方言，拿人开涮，略带恶意地玩笑。

了吧，我！不！需！要！"

"不是你需要，是你妈妈需要这样一个人。尤其她老了以后，身边总要有个伴儿吧，不然谁来照顾她？"

"我可以照顾她呀！"

"你可不行，那时候你已经成家了，万一婆媳关系再不好，那可怎么办？"

我彻彻底底地傻掉了，感觉自己就是个钻木取火的原始人，这些事情我连想都没想过，它们根本就不在我这个楼层里。我们初一在教学楼的一层上课，类似的问题起码在四层、五层才会遇到，需要坐电梯上去才行，可原始人会坐电梯吗？原始人根本还不知道电梯的存在！

大脑中没有合适的语言去回应这个生活常识外的话题。我把自行车停在文体商店门口，手上甩着链子锁，气呼呼走了进去。兰天也跟着我下了车。放学前我俩就说好了，要在这里买几支圆珠笔。

顾客们都躲着我走，以为进来个套牲口的莽汉。兰天从后面追上我，拍拍我肩膀，"你生气啦？冷静点，冷静点，要出人命了。"出不出人命不好说，人家的玻璃柜台确实有点危险。我指指柜台里的一款三色圆珠笔，让服务员帮我拿出来看看。服务员阿姨挺不高兴，冲我一瞪眼，"把你那铁链子收起来，在这儿撒什么野？"兰天一拉我胳膊，伸手把链子锁抢了过去，低头往自己书包里塞，忽然叫起来："哎呀，你没锁车吧？"

我这才反应过来，净顾着闹脾气了，怎么把锁车的链子锁都给带进来了？冲到商店门口一看，绝了，前前后后也就两三分钟，我的山地车已经没影了。正是下班时段，街上车水马龙，除非你有直升机能升到空中去，不然根本闹不清偷车的往哪边跑了。

回到家，正好碰上我妈临时回来取东西，听我一说车丢了，直接跟我拍了桌子："上个破重点中学，不知道自己几斤几两了！"

"我知道啊，一百三十八斤。"

"你少跟我犯贫！四百多块钱的东西一点不知道珍惜，你当自己是谁啊，李嘉诚的儿子都没你这么能糟蹋东西。"

"李嘉诚那年纪当我爷爷还差不多。"

"你再来劲？我还说不得你了？"我妈让我气得眼泪都掉下来了。

我一看她哭，不敢再耍贫嘴了，只是叫屈："那也不能全赖我啊，明明是那帮偷车贼的错。"

"不赖你赖谁？你连锁都没锁，那不是成心叫人家偷走吗？先不说买车花了多少钱，就说人家魏叔叔给你攒个车容易吗？整整一下午，风吹日晒的，你可倒好，一点感激之情都没有，你当这是个积木玩具呢？过两天人家要是问你，车呢？骑得怎么样啊？你怎么回答？"

魏叔叔！魏叔叔！！魏叔叔！！！

我真是受够了，嚷起来："关他屁事，他算老几啊？"

我妈呆了一下，随即也冲我吼起来："怎么说话呢，什么时候变得这么混了？就你还好意思说人家涛涛没教养，你看他敢跟家里人这么说话吗？"

"你觉得他好，你给他当妈去！"这句话都冲到舌根儿下面了，终究还是被我狠狠咽了回去，像一根鱼刺，不，一根裂开的鸡大腿骨，没刺激到我妈，却真真切切刮伤了我。

我妈有点上不来气："这孩子完了，彻底完了。你以后什么事都别找我了，我懒得管你！"

"爱管不管，不稀罕！"

我把书包往椅子上一扔，转身出了小屋，拉开大门一口气冲到楼下——受不了了，我要离家出走！

我疯子似的跑出大院西门，正好有辆公共汽车进站，也不管是哪一路车，开到哪里都无所谓，直接从后门跳了上去，在靠窗的空位上坐下来。我脑子里思绪如麻，有我奶奶和我小姑说过的话，也有魏叔叔说过的话，还有兰天对我说的那些话，乱糟糟地交叉在一起，通了电似的火星四射。呆滞的目光从"电子一条街"穿越而过，最终来到颐和园后的一片空旷停车场上，等售票员阿姨大声提醒总站到了，我才想起要下车。

左手边就是颐和园北宫门，右手边好像是通往香山公园的必经之路，春游秋游的时候走过两次，依稀记得越往那边走，路两旁越荒。管它呢，荒凉才好，走丢了更好。走到尽头转个弯，一座叫不上名字的小山起伏在视野里。山下还有条浅浅的河，河水静止不动，看上去不怎么清亮，但也说不上多脏多臭。我索性屁股一沉，半蹲着从河堤上出溜下去，沿着破败的河岸往前溜达。

别看我爸体育方面挺在行，唯独游泳这一项比较弱，所以从小就没传授我水下的功夫。放暑假时回昌平住，家属院附近也有条清凉的小河，晚饭后我们一家三口常去那边遛弯，在夕阳的光晕里走走停停，打打水漂、追追青蛙。我妈总说，"三个旱鸭子，老跑到河边瞎转悠什么，夠儿①危险的。"我爸朝她伸出自己右手说，"有我在你怕什么？"我妈照着那掌心就是一巴掌，"就你那狗刨儿，不把自己淹死就不错了。"想想那片温暖氤氲的夕阳余晖，再看看眼前阴郁暗沉的凄凉水面，我不由得把校服拉锁往上紧了紧。

接着往前走。天越来越黑了，阴森森的那种黑，周围也没个路灯，身后的草丛似乎有点躁动。耗子？黄鼠狼？我正瞎琢磨，一回头，就见一个大黑影从草丛中立了起来，吓得我心跳起码停了三秒钟。黑影闷声闷气地问我"你干什么？"还好，是个人类。再仔细瞅瞅，哦，应该是个流浪汉。比我高出一头多，衣服上全是破洞，头发披散着……等等，他怎么朝我走过来了——他要干吗？救命啊！我转身撒腿就跑，脚底下磕磕绊绊，易拉罐、碎石子、废弃的电线，好几次都差点把我弄到河里去。我铆足劲跑了两三百米，停下来回头看看，流浪汉没影了。人家没兴趣追我，只是把我赶出领地而已。小腿发酸，大腿发软，脑子发胀，搞什么搞嘛！我不想在河边逗留了，谁知道还会钻出什么"白垩纪怪兽"，于是使出爬煤堆的绝技，提口气往河堤上蹿，几乎是连滚带爬回到了大路上。迷离的灯火间，我望见极远处的河道似乎也转了方向，不再围着那小山的背影无言流淌，甩一下倔强的马尾辫，不做半分留恋地分道扬镳了。

此时，鼻尖上滴落一颗水珠。扬起脸看天，第二颗、第三颗相

---

① 夠儿，北京方言里可作副词用，表示程度提高，有特别、非常的意思。

　　　　　　凯风自南　我的"三亲"家庭协奏曲

继砸在眼皮上，也就一两分钟的工夫，这雨就无声无息地铺开了。你看，天要下雨的时候，既不打雷也不刮风，谁也预测不了。马路对面有家小饭馆，糖醋鱼的香味若隐若现。面对敌人的围追堵截、严刑拷打，我是绝对不会屈服的，但如果肚子里的馋虫倒戈我就只能乖乖投降了。裤兜里只揣了几毛钱，怎么办，进去化缘吗？肚子一旦瘪下去，内心就会升腾起超越佛祖的宽容大度。人家魏叔叔招我惹我了？请我吃饭，帮我攒车，我可倒好，以怨报德，还反过来冲我妈发了一通邪火，这是何必呢？最近难得我妈一直没犯过心脏病，我跑出来这么半天，万一再让她急出个好歹来怎么办？我越想越觉得自己太过分了，算了算了，回家去吧！

坐车回到白颐路时，已接近中雨状态。后排有个小姑娘敲着玻璃说，"奶奶您看，那两把伞真好玩。"我用手抹一把车窗上淡淡的哈气，也扭头向窗外瞧去，只见一把黑绿相间的青蛙造型雨伞，和一把印着小蝌蚪的白伞并肩走在一起，格外显眼。哈哈，这不是小蝌蚪找妈妈的故事吗？两把伞走到海淀斜街路口的小饭馆前，缓缓收拢起来，一只小黑猴子从白伞下露出尊容——涛涛？真的是他！旁边那个收起伞拉住他手的人——啊！这……这不是我妈吗？两个人身影一闪，飞快钻进了饭馆里。等到我下车后一路狂奔，淋得半身湿透回家一看，"客厅"饭桌上空空如也，连个米粒都没剩。我爷爷奶奶把目光从电视屏幕转移到我发白的冷脸上，迷惑地问："没吃饭？"

"我上哪儿吃饭去啊？"

我奶奶赶紧站起来往厨房走："我以为你又跟你妈出去下馆子

257

了，那我给你煮包方便面吧。"

"煮两包吧，一包不够吃。"也不知道是冷的还是气的，我浑身直哆嗦，"再卧两个鸡蛋。"

等我吃上面，我奶奶像看非洲难民似的打量着我道："瞧瞧这孩子最近瘦的，腮帮子都嗤进去了。"

我爷爷惊呆了，从沙发上直起身子，看看我，又看看我奶奶："你什么眼神，他那是吸溜面条呢，他还瘦？"

我奶奶一翻眼皮："你别说话，什么都不懂。慢点吃，慢点吃，吃饭干吗还皱着眉头啊，跟两条蔫巴巴的小草似的。够不够吃啊？要不我再给你炒个鸡蛋西红柿？"

这场雨下过之后，我妈对我的态度明显降温。

上学没车骑——"自己坐两站公共汽车吧！"

阅读课文签字——"我现在要出门，找你爷爷签吧！"

明天大风降温——"衣服不是都在大衣柜里嘛，自己没长手？"

早晨起来，我爷爷站在过道里问她："最近公司里够忙的吧，注意点儿身体，别累坏了。"

我妈嗓音沙哑，上火了："没办法，前天接了个运输公司的活儿，上百辆车，车身两侧贴不干胶字，车头车尾还要贴运输队的标志，光给刻出来还不行，到时候还要去人家公司帮人家往车上贴，我看这国庆节都未必能好好休息。"

"悠着点儿，累病了可就不值了。"

"没事，爸，我这一忙起来反倒把不舒服、不愉快的事全给忘了，利大于弊。"

这么一说，我是不是也应该找个发泄途径，把心中的落花流水倾倒出去？不是没有机会。9月30日，也就是国庆节前一天，我们学校惯例的秋季运动会开幕式上，初一年级和高一年级新生将分别进行军训成果汇报表演，也就是这两三天的事了。

放学后，舒老师组织全班同学到操场集合，加入全年级的统一排练中。我呢，别看军训时挨了不少骂，今天却像打通了任督二脉状态奇佳，把郁闷、委屈、嫉妒、迷茫都化为龟派气功①，运转至末梢神经，军体拳打出了三级微风，正步走跺出了小型地震。第一天累得腿疼胳膊疼。第二天更惨，练到天色漆黑，最后一遍正步走，夜晚的凉风和身上的热汗里应外合，肚脐眼儿立马城门失守，小腹跟炼丹炉似的——咕噜，咕噜——嘟！嘟！嘟嘟嘟嘟！不到百米的行进距离，播撒下一串香浓的"养生之气"。真是对不住身后的同学们。有个叫丁兆辉的，走在我后面第二排，捂着嘴直骂街："谁放毒气弹了？"

排练结束，我直奔卫生间，蹲了十分钟也没什么好转，回家后胃里直犯恶心，脑袋也像灌了铅，脖子都有点吃不住劲了。我奶奶看我脸色不对，找出体温表给我一试，三十七度四，竟然发烧了。我爷爷过来瞅了瞅，说可能是胃肠型感冒，回卧室拿来几袋对症的冲剂。我奶奶用手一探我屋里的暖水瓶，没热水了，就去厨房烧了半壶开水，冲好药，灌了暖瓶，坐到我床边，端起药碗一个劲地吹，

---

① 龟派气功，日本漫画《七龙珠》中龟仙人所创绝技。

吹两下再念叨两句："呼——呼——你妈怎么还不回来啊，这一天天的忙什么呢？呼——呼——天凉了也不说给你加件衣服，学习上也不说督促你了。呼——呼——行了，可以喝了。"那冲剂本来挺甜，可让我奶奶的无情铁嘴一吹，把糖分都给吹没了，我一口气喝下去，脸上的表情更苦了。

"感觉怎么样？来，我再给你揉揉肚子吧！"我奶奶大手一伸，按到我肚子上就揉开了。一会儿往上捋，一会儿往左摩挲，一会儿转圈圈，一会儿又横着晃荡，一点规律没有，一点章法也不讲。这哪里是按摩，整个一"分筋错骨手"，揉得我都快胃穿孔了。不过有句话叫恶症下猛药，过会儿她把手拿开，我还真就感觉肚子里热乎乎的舒服多了，神了！刚想爬起来去吃口东西，外面大门一响，我妈回来了。我奶奶铁掌一挥，又按住我肚子揉了起来，疼得我直哼哼。

"怎么了这是？"我妈手上提着一盒生日蛋糕进了屋。

我奶奶站起来说："这孩子胃疼，你还给他买蛋糕吃？"

"不是给他的，今天小魏的儿子过生日，我早上在咱家门口蛋糕店订的，顺便回来拿点东西，待会儿还得出去呢！"

我奶奶抄起体温表递给我妈看，特意留着没甩下去："炀炀还有点低烧。今天这么凉的天气，你也不说多给他穿件衣服，校服里就一短袖，他能不着凉吗？工作再忙也别把儿子扔一边啊。"

"瞧您说的，哪儿至于啊？"我妈笑了笑，"三十七度四，这不叫发烧，当年我们高烧四十度，大晚上还坚持上夜班呢！他们这些孩子呀，娇生惯养，太缺乏锻炼了。"

说完，她拉开抽屉，拿上该拿的东西，走出了小屋。我奶奶追出去说："炀炀都这样了，你还出去啊？"

"那这蛋糕怎么办？人家晚上还等着吃呢！"

"管他呢，留着给炀炀吃呗！"

"他不是胃疼嘛，吃什么蛋糕啊！您待会儿给他熬点粥吧，我一会儿就回来。"看我奶奶好像特别不满意，又多解释两句，"炀炀就是着凉了，没什么大事，您别那么惯着他，让他喝点热水，放几个屁就好了。小魏今天和老陈他们出去干活了，家里没人，儿子过生日多可怜啊，我过去陪陪他，一会儿就回来。"

"啊！！！"

——咕咚！哗啦！

小屋里一声惨叫，暖水瓶落地，稀拉哗啦滚出去老远。我妈和我奶奶都吓了一跳，撩开门帘一看，两张脸加上我的脸，正好碰出三张白板。过会儿等我爷爷再跑过来，那就是杠上开花了。

刚烧的那半壶开水，一点没糟践，全浇在我右脚上了。地上一片水汪汪，比"尼罗河上的惨案"①还惨。我妈冲过来把袜子帮我扯掉，一看脚面，都快成红烧猪蹄了，正中间吹泡泡似的撑起一个又薄又闪亮的肉皮水晶球。我奶奶喊着："快快快，拿酱油！"转身就要去厨房。我妈一把拉住她："您别瞎指挥了，感染了怎么办，还是去医院吧！"

我光着脚丫坐在我爷爷自行车上，一家人把我护送进海淀医院。

---

① 《尼罗河上的惨案》，阿加莎·克里斯蒂创作的著名悬疑推理小说。

医生拿着剪子就过来了，要剪破我脚背上的水泡，吓得我使劲缩脖子，哪知一点感觉都没有，就和捅破一个大大泡泡糖差不多。然后大夫叫护士给我上药，上药才开始真正疼起来，吃炸酱面我都没吸溜得那么用力。大夫笑着说，"你就万幸吧，你们家暖水瓶里估计还剩下点凉水，把开水的温度中和了，所以没烫得那么严重，老老实实养几天，问题不大。"回到家门口，我妈去小卖部打公用电话，没一会儿就上楼来了。晚上睡觉时，我把半条右腿支棱在被子外面，透气通风，仿佛从武侠小说里露出来的一片书签，正是刀光剑影急转直下的章节，得失成败在此一举。做戏之人却有置身事外的得意与舒畅，开水果然包治百病，内服外治都是一个效果，烧也退了，胃也不疼了，瞬间入梦。

早上迷迷糊糊听见我妈在床头说话，"今天运动会就别去了，脚疼在家好好休息吧！"然后大门响了一声，她上班去了。我在一个长长的哈欠里警醒过来，起身蹿到窗台边，右脚像撕开的原味鸡，酥脆中一阵爽疼——哎哟哎哟，这才想起昨晚的冲动后果。我歪着嘴，挤着眼，往楼下一看——嗬，又是魏叔叔，车后座还带着涛涛，抱着我妈昨天给他买的生日蛋糕，真有点"一家三口"的意思，说说笑笑蹬着车并排而去。看来"书签"没起作用，我妈对这一章回的起承转折完全不感兴趣，什么草蛇灰线、寒风乍起，不过是碳酸饮料瓶里放出的一股虚幻之气，人家根本不入戏。现在她只沉醉于琼瑶阿姨的甜甜腻腻，照料着"青青河边草"，等待着"几度夕阳红"，和我完全不在一个频道上。我歪倒在小床上，扭头看看我爸的遗像，依然是无动于衷的冰冷黑白。完了，彻底没人管我了！鼻子一下就堵住了，嘴角响起洪涝警报。我爷爷听见动静，撩开门帘看看我："怎么了？"

我用手抹抹脸说："没事，脚……脚有点疼。"

他进来观察了一下我的伤："比昨天好多了，已经不肿了。去吃早饭吧，吃完了，我骑车带你去学校，今天不是军训表演吗？"

"还去学校？我的脚都这样了……"我晃着脚丫说，"今天就不去了吧，等国庆节放完假，您帮我补一张假条就行了。"

我爷爷猛地把脸一绷："那怎么行，上课可以不去，今天必须要去！"

我拿出老套路"哼唧"战术："一个破军训而已。"

"什么话！"我爷爷嗓门提高了八度都不止，抄起椅子上的校服扔过来，"穿衣服，今天必须去，发烧、骨折都必须去！我是个军人出身，我孙子不能这么娇气，你们一起演练了那么久，你还是领队，说不去就不去了，找谁代替你？这要是国家有难，打起仗来，还不全乱套了？男子汉大丈夫，必须把集体荣誉放在第一位。"

我爷爷这么一凶，吓得我比吃了"芬必得"都管用，小心翼翼穿好袜子，吃了口面包，带上饭盒和马扎，就跟着他下楼去了学校。路上，我爷爷又恢复了往日的温和，语重心长地说："以后不管怎么样都要有个男孩子的样儿，知道吗？男儿有泪不轻弹，一点小伤小痛就哼哼唧唧的怎么行？我和你奶奶都老了，还能照顾你多久呢？你也不可能事事都指望着你妈妈，你妈妈也有自己的生活，也有自己的追求，哪能把一辈子都耗在你身上！总有一天你得自己扛着自己往前走，懂不懂？"

到了学校门口，正好碰上丁兆辉。说起昨天烫伤的事，丁兆辉挺仗义，让我爷爷先回家，下午运动会结束他负责骑车把我送回去。那天的表演效果无与伦比，我昂首挺胸站在队伍前方，喊着嘹亮的口号，头上青筋暴起，眼中满含热泪，全班同学的情绪都被我带动起来了。其实也算不上什么化悲愤为动力，就是忽然对自己有了更高的要求。我爷爷说的一点没错，要学会自己扛着自己前进了：衣服自己洗，早餐自己做，没钱了自己出去捡废品，永远都不再靠我妈活着了，没有她管我我一样可以活得很好。当然，反过来也一样，她心脏病犯了我也不管了，胆结石再疼也跟我没关系，到时候绝对不再心软，睁一只眼闭一只眼，不对，两只眼全闭上假装没看见，疼死她才好呢！反正有魏叔叔和涛涛照顾她，关我什么事啊……想到这里，泪水夺眶而出。正好是经过主席台的时刻，正步踢得过猛，脚面几乎要撕开的感觉。咬牙！忍住！以后多疼多难受的日子都得自己忍着，没人再心疼我了。正步走一结束，我就听到丁兆辉在后排小声叨咕，"是不是谁又放毒气弹了，你们瞧瞧班长，都被熏出眼泪了。我可真想踹他一脚。"

　　后面的运动会我就撑不下去了，彻底蔫了。舒老师知道我脚上有伤，也没给我安排比赛项目，我坐在体育场边的马扎上，晕晕乎乎混到下午闭幕。丁兆辉骑车把我送回大院门口，我自己蹦跶着到了楼下，看见我奶奶坐在楼门前台阶上，哭得跟一个刚洗完的大白萝卜似的，旁边有个老太太拍着她后背安慰她："别着急，别着急，哭有什么用啊？"

　　我真以为自己出现幻觉了，这世上谁能把我奶奶气成这样啊，就问:"您这是怎么了?"

我奶奶抬头看见我,鼻涕眼泪更接近决堤了,拉住我手说:"十六号楼的蔡大姐刚才路过医院,说你妈妈被集装箱砸了,情况挺危险的,你赶快去看看吧!你爷爷和你小姑都过去了。哎呀我的天呐,这可怎么好啊,我就觉得你妈妈最近不对劲,怎么又跑去搞集装箱了……"

我猛然想起我妈前两天说的:运输公司的活儿,上百辆大车,刻字做图标,还得上人家公司里去贴……"轰"的一声,卡桑德拉大桥①拦腰而断。不等我奶奶说完,我扔下手里的马扎,扭头就往海淀医院跑。医学奇迹再次出现,脚一下就不瘸了,心里有只抖个不停的手,抓着后悔药的瓶子拼命往外倒——空的,一颗药都没有!妈妈您可别死啊,我错了,我刚才不该咬牙切齿地咒您生病,不该有那些恶毒混蛋的奇怪想法。您愿意干什么就干什么吧,愿意和谁一起生活都行,我只要我妈妈活着就好,学习不努力的时候骂我两句,骄傲自满的时候把我损得无地自容,我乐意,我心甘情愿!爸爸您在哪儿啊,您看到妈妈了吗?她怎么样了,您快保佑保佑她吧!

我越跑越快,快得都要飞起来了,十字路口的红绿灯对我毫无作用,整个世界都为我按下了静音键。太阳不见了,乌云从各个方向压下来,阴沉空寂的脑中闪动着久远的蒙太奇片段:家属院后的小河;小河边的废弃城墙;城墙后的上坡土路;土路两侧的周末

---

① 《卡桑德拉大桥》,意大利电影,20 世纪 80 年代曾风靡全国。

集市；从集市上回来的三个背影；热气腾腾的晚饭；窗外如血的晚霞……我几乎是用脑袋撞开了急诊科大门，耳边的音量重新放大并嘈杂起来，患者的喧哗声、护士的脚步声、金属碰撞的冰冷器械声，此起彼伏。我妈左脚上打着一圈石膏，坐在楼道里的长椅上，正和我小姑聊天呢。身后有人推着抢救室的病床，喊着让我躲开点。我妈扭头也看到了我，赶紧把旁边座位上的小布包拿开，让我挨着她坐下，给后面的病床让道。见我一头大汗，喘得快把舌头咽下去了，她又开始呲哒我："干吗呀这是，着急忙慌的？"

"我……您……"我终于倒过来一口还魂之气，低头看看我妈脚上的白石膏，再看看我小姑眨个不停的双闪"问号"，还有自己脚面上挨了西瓜刀般的剧痛，实打实地全顶到胸口上。好了，这不是做梦，我妈没事，我妈还活着，那我……我……我就先哭为敬吧，"嗷"的一声，号了起来。

"这孩子受什么委屈了？"我小姑和我妈面面相觑。

我抽泣着说："我奶奶告诉我，我妈让集装箱砸了，快不行了。"

我小姑简直服了："你奶奶净瞎咋呼。你妈中午出去办事，路过电脑市场，让搬电脑的小伙子把脚给砸了。怎么到你奶奶嘴里，电脑机箱就变成集装箱了呢？"

我妈也是又气又笑："行了行了，别哭了，丢不丢人啊！"

我收住闸门问："我爷爷呢？"

我妈说："你爷爷帮我交费取药去了。"

我小姑看我没事了，继续刚才的话题，问我妈："真不准备在老陈店里干了？"

"不干了，早就决定了。老陈那人的素质……没法说，见谁骂谁，一天少于一百个脏字他就浑身不自在，好几次气得我回家躺在床上偷偷哭。我是真受不了他了。"

"那你和小魏……"

"我们准备重打鼓另开张。之前一直到处找门脸儿，跑各项手续，就没跟家里人说。你也知道，咱妈那个嘴啊，方圆二十里都得给我传遍了，万一让老陈知道了，不定怎么骂我们呢！"

"你俩谁当老板啊？"

"注册资金我出一半，小魏和他老婆阿珍出一半。"

"啊？他不是离婚了吗？"

"谁离婚了？人家小两口过得美着呢！这不最近阿珍去广东那边学习了吗，特意托我帮他照顾一阵涛涛，让小魏多出去跑跑店面的事。"

我小姑迅速瞥了我一眼，像热气球着陆似的长长撒出一口气："嘻，咱妈这破耳朵啊，真没治了。"

这回好了，国庆节连公园都别逛了，老老实实在家歇着吧！家里一下多出了两只"兔子"，双兔傍地走，倒是给这悠闲假期平添几分欢愉喜乐。我妈打着石膏照样闲不住，蹦蹦跳跳地往返于"客厅"和厨房，帮我奶奶做饭择菜，然后刮鱼鳞，然后挑虾线，"三板斧"在重大节日期间，暂时成了远古传说。我也闲不住，蹦蹦跳跳地去了大屋，帮我爷爷拾掇老物件，我奶奶让他把旧鞋旧衣服整理整理，该扔的扔，该卖的卖，我爷爷不敢自己做主，反复让我蹦到厨房门口请示，"这件衣服，您老家的侄子不需要吧？"

过节嘛，自然除了吃就是睡，睡醒了接着吃。吃完晚饭，我和我妈又躺回各自的小床上去了。两个人都是一样的姿势，双手垫着脑袋，往床头一靠，脸朝着北面小窗，等着看国庆焰火表演。听说今晚海淀区的焰火会从中关村大操场升空而起，我家这一排窗户大约刚好可以看到一点点。我妈打个哈欠，伸手从床头柜抓一把花生，随手扔到我床上两颗。我捡起来剥开花生壳，放进嘴里慢慢咀嚼，醇香入味的花生米，双人标间般的小小花生壳，嘿嘿，这不就是我的小屋吗？有时候我是那个带尖的果仁，我妈就让着我；有时候我妈是那个带尖的果仁，我就体谅一下她。这小壳子里确实挤了点，窄了点。冬天窗户经常漏风，夏天又热得透不过气。桌子掉漆，衣柜瘸了条腿，床头柜的抽屉打开就推不回去，这几天墙皮还老跟着捣乱，一片两片三四片，飞入被窝总不见。但是周慧敏的海报我还是能找地方贴上去，抽屉推不回去正好让我有机会多再练练铁砂掌，瘸腿衣柜下面垫个钢镚儿一点不影响曾经的飒爽英姿，掉了漆的桌子趴在上面还不是一样写出了漂亮的获奖文章？夏天中暑的时候，我就可劲儿吃冰棍儿，冬天感冒了、发烧了抱个暖水袋钻进被窝照样觉得全世界都温暖，窄小的房间活动起来难免腿碰腿嘴拌嘴，互相笑着嘲讽一句"您那是假肢啊"，不也挺乐呵？看起来一切都不太好，凑凑合合；看起来一切又都不那么差，嘻嘻哈哈；看起来一切是不是恰如其分的刚刚好呢？

两张单人床，就斟酌在这不足九平方米的小屋里，错落守望。一个顶着东南角，一个顶着西北角，如同钢琴上次第间隔的黑白琴

　　　　　　凯风自南　我的"三亲"家庭协奏曲

键，泾渭分明，却又永远勾连着十指。我妈那小床上总是铺着整洁的白色床单，她就是白色的全音；我这脏到发黑如狗窝的小床，自然就是黑色的半音。白色的理性，黑色的就感性；白色的沉稳，黑色的就跳脱；白色的坚强，黑色的就敏感。没有哪位音乐家能只用一个颜色的琴键谱写出动听的乐章，它们总是一起安静，又一起响彻，一起在悲伤时呜咽出沉郁的小调，又一起在欢快时嬉闹出蓬勃的大调。现在，他们再一次起伏跃动，流泻出闪亮夜空的醉人旋律——焰火表演开始啦！

一只五彩斑斓的胖海豚，冷不丁地从小窗右上角腾跃而起。"呼啦"一下，抖下满身闪光水花，将阴沉夜空扑腾得光彩四射。屋子里像打翻一盒糖纸，也被晃得花花绿绿。紧接着又是"呼啦"一下，成群结队的海豚跃出水面，绚丽的水花四散飞溅，楼上楼下都传来喜悦的惊呼声。然后就是天上飞的，水里游的，土地里生长的，人类制造的，什么飞鸟啊，珊瑚啊，牡丹绣球啊，扇面脚印啊，全都满身斑斓地飞上了天。一浪接一浪，一环套一环，玻璃窗震得微微抖动，就像被风吹过的露天电影院幕布。

"你看，那个像不像毛毛虫？"

"不像，"我摇摇头，"像金蛇郎君的金蛇剑。"

"那个像不像喷泉？"

"不像，像马拉多纳踢出的香蕉球。"

"哼，跟你爸一样，长了个足球脑袋。"

"嘿嘿。"

"你爸要是在家就好了。你保送重点中学的事，咱们也没跟他好好交代一声，没有他一起庆祝，总感觉这高兴劲儿里少了点什么。我晚上睡觉的时候经常想，他要是第一时间知道了这事，肯定跑到车间里到处找哥们儿吹牛。"

"跟谁？鞠大大、严叔叔他们？"

"那可不只，全厂他都得吹遍了。你爸其实跟你奶奶最像了，心里憋不住一点事。"

"我怎么没见过我爸爸吹牛。"

"他就算吹牛也是含蓄地吹、谦虚地吹，让你觉不出来他在吹牛。"我妈忽然咳了两声嗓子，用我爸低沉磁性的语调说起话来，"嗐，其实也不是特别满意，要是能上北京四中那才叫完美。可惜我儿子还达不到那个水平，先这样吧，保送个区重点凑合上着，争取以后高中再往四中考。"

"您学得还真像。妈妈，我还想听爸爸说点什么……让他和爷爷奶奶说几句话吧！"

我妈望着窗外密集簇拥的焰火，想象着一家人团聚的样子："妈，您不是老失眠吗，睡觉前喝杯热牛奶，听说能安神。干脆，我给家里再多订一份牛奶吧，别把什么好东西都紧着炀炀吃，您看您都快把他喂成个小猪。爸，腰不好别骑自行车出门了，摔了怎么办？我妈这人脾气就那样，您惹不起就躲，躲不开也别硬碰硬，大不了推炀炀上去堵枪眼，看我妈敢不敢揍一顿自己的大孙子？"

"不带您这样的。"我真是又想笑又想哭，"再让爸爸对我说点什么吧！"

"儿子呀，上了中学是不是该让眼界更开阔一点了呢！不要把全部兴趣都放在武侠小说上，也不能只局限在文学书籍上，知识类的书、科技类的书，都应该多接触接触。等你妈妈再攒几个月的钱，让她给你把电脑也买回来，咱们可不能当新世纪的文盲啊！"

我噌一下坐起来，回头看看我妈。我妈两眼直勾勾盯着窗外的火树银花，不理会我。我重新躺回去，想了想说："我爸爸才不会心里只想着我呢！他一定会这样对我说：电脑不是不能买，但是你现在这个水平，买回来你也不会用。先专心把计算机课上好，等以后到了初二初三，基本操作全都可以熟练掌握了，再让你妈妈给你买，好不好？"

"……"

"妈妈，爸爸今天会对您说些什么呢？"

"是啊，他会对我说什么呢？"我妈思考了好一阵，最后才悠悠说道，"你看炀炀这么努力，又这么懂事，要不，你就再多陪他走上一段吧！这孩子表面乐呵呵的，其实心事比谁都重；当个班干部好像稳稳当当，其实特别容易头脑发热。光靠他爷爷奶奶绝对不行，万一以后跑偏了，你能甘心吗？你就陪着他把高中考完吧，要不，再看着他上了大学，没准儿还能让他给你领个漂亮的儿媳妇回来呢！"

"……"

"编不下去了，再编就该说到抱孙子的事了。"我妈从床上跳下来，单腿蹦到窗边，捧起我爸的遗像，轻轻擦拭起来。一朵巨型芭蕉叶绽放在夜空，余烬有如夜露，缓缓坠落，在玻璃镜框上吻下湿湿的划痕。

焰火表演进入了尾声。大朵大朵的礼花弹集体升空，似乎在向观众满含深情地谢幕。我恍惚看到爸爸的笑脸在璀璨光影中忽明忽灭，他像往常那样推了推眼镜，问我："儿子，爷爷奶奶还好吗？妈妈的胆结石还疼吗？你的学习成绩有没有进步啊？"

"爸爸，您放心吧，一切都好，没有什么能难住我们。只是，爷爷奶奶、妈妈和我，我们大家都很想您，您一定要经常回来看看我们，就像今天的焰火表演一样，在天黑的时候帮我们照照亮、指指路。"

"我答应你，我的好孩子，爸爸永远都不会忘记你们的。"

最后一波焰火出现时，夜空中只剩下四个超级大、超级圆的彩色绣球。它们徐徐打开自己炽热深情的花蕊，持久而坚定地释放出最有力的爱和沉默无言的光辉，在这个没有月亮的夜晚，成为互相关照、彼此温暖的永恒光源，又简单，又动人。

　　小时候看外国电影，最怕看到家人之间的亲热场景。孩子亲
吻父母，或是父母间深情相拥，甚至还有那种老爷爷老奶奶与小孙
女贴脸亲热，叫人看了脸红心跳，都不好意思直视屏幕了。因为对
一个传统的中国式家庭来说，是绝不可能以同样方式来表达亲情之
爱的。

　　中国人的情感输出自古便含蓄而隐晦，宋代诗论家严羽曾提作
诗四忌："语忌直，意忌浅，脉忌露，味忌短。"说得既是文学笔法，
也是我们民族文化中所蕴含的情感审美尺度。历代文人极尽想象感
怀之能事，用鹊桥、雁丘、沧海巫山、关关雎鸠构建起庞大而繁杂
的爱情隐喻，又用高山流水、桃李春风、竹外疏花、青眼高歌，象

征友情的深厚与高洁。但即便再怎么委婉含蓄，爱情终归还是要去主动表达、寻求反馈的，本质上也还是自私的、有所求的，肉欲上的摩擦，心灵上的慰藉（哪怕是自我慰藉），总要占据其一。求而不得，转为暗恋，性质也是不变的，表面上不要朝朝暮暮，内心的奢望永远是长长久久。友情似乎稍好一点，但也不是默默无闻只求付出。君子之交淡如水，也要有水，也要流动交汇。滴水之恩必得涌泉相报，投我以桃就要报之以李；或者在精神方面嘤鸣求声，唱和相从，"杨意不逢，抚凌云而自惜；钟期既遇，奏流水以何惭"，基本都是这个意思。

世间情愫三种，便唯有亲情，因血缘的恒固，无法自由选择，我们便也心安理得，一方沉默地付出给予，一方懵懂地被动接收。然而相较于爱情、友情，中国人似乎又最怕直面亲情。同样以文学作品为例，自古至今，几乎全是痛失亲人后忧恒悲切的追悼之词：苏轼写给亡妻的"十年生死两茫茫"，袁枚追悼小妹时所哀叹的"犹屡屡回头望汝也"，韩愈为十二郎所做祭文中的"一在天之涯、一在地之角"，都属此类精品。但稍加留意就会发现，其中父母写给儿女，儿女写给父母，写给在世之人、身边常伴之人的，却少之又少，朱自清的《背影》几乎是仅有的经典范文。那种想说爱，又不知怎样说、如何说、何时何处去说的感觉，正是中国人对于亲情表达最真实的体验。

大约就像宋玉给悲秋的传统定了调调，杜甫开启了中国人伤春的情怀，儒家学说也早已为我们的亲情表达划好了固定格式："亲亲也，尊尊也，长长也。"儒家讲"仁"，仁者爱人，"仁"的出发

凯风自南　我的"三亲"家庭协奏曲

点就是"亲亲","亲亲"的首要原则便是"尊尊"和"长长"。长辈们都被赋予类似神明的地位，自然要摆出相应的"尊荣"，不肯也不会轻易放低身段去说爱。也许儒家认为，长辈对晚辈的关爱是自然而然，根本不需要去强调，于是一代人影响一代人，代代相传，也就造成千百年来的不表达、不展示、不应和。父不言子之德，子不言父之过。父亲不能夸儿子的好处，那父亲便只能沉默。儿子不敢说父亲的不是，久而久之，索性退化成"子不言父"。最终的结局，必然是哑巴对哑巴、沉默抵沉默。在中国，血缘最亲的亲人之间，平日是不可能"谈情说爱"的，只在大喜大悲处、生离死别之际，才作痛悔地倾诉。而生死之外的日常时刻，所有的亲情交流，都是隐忍、克制、不露声色的，甚至可用现在极其流行的一个词来形容，是很"傲娇"的。

再上一个台阶，更深厚也更沉默的亲情之爱，通常来自祖孙之情，那甚至比父母之情更为深广、更为无私，也就更为沉默、更为"傲娇"。隔辈老人从不需要你懂他们的心思，更别提什么回报，尽孝的承诺对他们来说比一片落叶还轻。等你长大成人，有能力回馈这份感情时，他们很多人都已经不在世了。他们清楚地明白这一点，却依然在默默给予，绝少分甘、推燥居湿地奉献出自己生命的最后温度。那种最朴素、最沉挚的情感，正像张洁女士在《拣麦穗》中写道的："没有任何希求，没有任何企望的。"从哲学上来讲，这种爱的形式，可说是儒佛道三家所有关于形而上学的"负的方法"的汇总，也就是冯友兰先生当年所定义的"沉默的哲学"。它不是反对理性地表达，而是超越了理性。老子说"知者不言"，其实"用情者亦不言"。正是中华文明的博大精深造就了这样的亲情模式，非说遗憾倒也不算遗憾。

中国人不愿直抒胸臆的亲情，就一定比西方人时常挂在嘴边的亲情逊色吗？我看未必。人到中年愈能体会，不说比说有时更具力量。西方人常指责中国人没有宗教信仰，他们根本不懂，中国人的宗教信仰恰恰就是家庭，就是这一份份沉默无声却又沉甸甸的亲情，生死离别、阴阳两隔都不可颠覆不可忘却。清明节、中元节，其实就相当于西方人的圣诞节、感恩节。有些年轻人不理解，逝者又没感觉，又不会知道我们去拜祭他，清明节有什么意义呢？这个节日说到底，是为所有在世之人而存在的。当你站在先人墓碑前鞠躬行礼，默念着祈愿之词思念之情时，内心的神圣感绝不逊于那些西方宗教的洗礼和礼拜，你对至善至美、正义和正能量的向往，会被一次次地升华和整固。再消极再恶毒的人，立于这份信仰面前，都会有所收敛、有所悔悟，因为你相信，你的长辈你的祖先都在天上注视着你，也就是举头三尺有神明的道理。尤其在新冠肺炎病毒肆虐全球的当下，那些天天表达爱、展示爱的西方人，并未真正体现出多少他们对家人的爱和责任。他们不戴口罩，聚集游行，借此标榜高于一切的"自由"，其实是把危险和恐惧留给了家人。西方人大可以所谓的"自由"为信仰，我们当然也可以家、国、天下为信仰，念小家而顾大家，"老吾老以及人之老，幼吾幼以及人之幼"，再至博爱万物，更至天人合一。

2020年春节期间，因疫情闭关在家，似乎上天有意安排，让我忆起童年里的诸多旧事，也才有了创作这本故事集的契机。我正希

凯风自南　我的"三亲"家庭协奏曲

望用这样一些清淡、凡常的家庭往事，教会人们感恩血缘中的温暖，识别生活中"傲娇"长辈们所付出的每一处沉默隐匿的小善意，不要以为冬日的炉火、盛夏的清凉，只是大自然不经意的馈赠。"凯风自南，吹彼棘心。棘心夭夭，母氏劬劳。"人要先学会爱自己的家人，理解中国式家庭那种特有的无言而深邃的爱，才能从守护"小家"进而为"大家"挺身而出，才能成为一个为国为民奋勇担当的勇士。也许我们确实属于那种对亲情说得最少、表达起来最含蓄谨慎的民族，但只需用心去感受去体悟，最终收获的，一定会是比黄金更温暖、更闪亮、更宝贵的至美阳光。

李　培

2021 年 3 月于北京闲人居